OMNIBUS

Viola Veloce

OMICIDI IN PAUSA PRANZO

Romanzo

MONDADORI

Questo libro è un'opera di fantasia. Personaggi e luoghi citati sono invenzioni dell'autore e hanno lo scopo di conferire veridicità alla narrazione. Qualsiasi analogia con fatti, luoghi e persone, vive o scomparse, è assolutamente casuale.

Omicidi in pausa pranzo
di Viola Veloce
Collezione Omnibus

ISBN 978-88-04-64284-8

I edizione maggio 2014

OMICIDI IN PAUSA PRANZO

A Sabina Marchesi, l'Onnisciente.

Una mattina d'inverno – fuori cadeva la neve nella luce grigia – K., già stanchissimo nonostante l'ora mattutina, era seduto nel suo ufficio. Per salvarsi almeno dagli impiegati inferiori aveva ordinato all'usciere di non lasciar passare nessuno perché era occupato in un lungo lavoro. Sennonché invece di lavorare si rigirava sulla sedia, spostava lentamente gli oggetti sulla scrivania e infine, senza accorgersi, lasciò il braccio disteso sul piano della scrivania e a testa bassa rimase immobile.

FRANZ KAFKA, *Il processo*

LA MORTE TI ASPETTA IN BAGNO

Dove si è cacciato il badge? Quando ho timbrato, stamattina, mi sembrava di averlo messo nel portapenne, però ora non c'è. E sono già in ritardo, l'orologio segna le dodici e trentuno. Sposto i fogli sulla scrivania, alzo la calcolatrice, sollevo la tastiera del computer, ma non lo vedo. Cerco nelle tasche del piumino, niente, frugo agitata nella borsa. Gomme da masticare vecchie di secoli, tre pacchetti aperti di kleenex, portafogli, cellulare, scontrini del supermercato... eccolo, finalmente. Sento con le dita la plastica rigida del tesserino magnetico. Lo afferro e corro giù per le scale.

Di fronte ai tornelli c'è già Michele che mi aspetta per la pausa pranzo. Ha lo sguardo infastidito di quando non sono perfettamente puntuale.

Pignolo come pochi, Michele pretende che non abbia un secondo di ritardo sulle ineluttabili dodici e trenta che ha fissato come "ora ideale" per uscire a mangiare, dato che in giro non c'è ancora troppa gente. E io cerco di accontentarlo, perché adesso mi piace andare al bar solo con lui.

Il suo umore serio e meditabondo si adatta benissimo al mio – assolutamente tetro – degli ultimi tempi. Non riuscirei a sopportare le conversazioni leggere delle colleghe che chiacchierano dei loro mariti, mentre apprezzo moltissimo le lunghe conferenze di Michele sui saggi di storia che sta leggendo: può raccontarmi un secolo intero di guerre papaline senza che io debba dire mezza parola. Mastico e annuisco, felice di non dover parlare di scarpe, vestiti, bambini o, per l'appunto, di mariti.

Michele mi saluta con una smorfia per punirmi del ritardo, poi passa veloce il badge sulla fotocellula e parte alla velocità di un siluro: ha paura di non trovare un tavolo libero nel bar dove andiamo tutti i giorni. Due stanzone malinconiche con le foto ingiallite dei panini appese alle pareti e un pretenzioso menu del giorno che troneggia su una lavagnetta all'ingresso, davanti alla quale tutti si fermano per dare un'occhiata, prima di ordinare la solita cotoletta di plastica con l'insalata mista, che a Milano è diventata il piatto standard dell'impiegato.

Mentre sbircio anch'io cosa c'è scritto sulla lavagnetta, mi si accosta Marinella Sereni – in ufficio siamo sedute di fronte –, insieme al tipo baffuto con cui la vedo regolarmente al bar.

«Cosa ci sarà di buono oggi?» chiede al collega, sbiadito come un fantasma e insipido al punto di tollerare la compagnia della Sereni tutti i giorni in pausa pranzo.

La mia compagna di scrivania, infatti, è un intollerabile peso morto, capace solo di parlare di ricette schifose che propina al figlio tutte le sere e del fatto che non vede l'ora di andare in vacanza nella casa in Romagna, comprata due anni fa da lei e dal marito in mezzo agli zanzarosi e umidi lidi ferraresi.

Nessuno ha più voglia di ascoltare le storie delle sue imprese culinarie e della villetta romagnola, tranne – a quanto pare – il poveraccio coi baffetti, che deve essere più sfigato di lei, se non riesce a trovare una compagnia migliore per il pranzo.

Vedo che la Sereni strizza gli occhi miopi in direzione della lavagnetta, per controllare se ci sono davvero i fusilli all'ortolana e le scaloppine. La sua passione è il toto-menu: come una sibilla dei fornelli, le piace divinare le pietanze del giorno. Pensa di essere entrata nella testa del cuoco e di aver scoperto gli oscuri bioritmi che regolano il ciclo dei piatti serviti, quando è tempo di bistecca al rosmarino o quando invece lo chef ha deciso di scongelare un trancio di merluzzo. E tutte le mattine, puntuale come la morte, alle undici annuncia la sua profezia.

L'oracolo oggi aveva appunto vaticinato i fusilli con le scaloppine, ma la sento invece bofonchiare delusa: «Accidenti, mi sono sbagliata: hanno fatto il risotto alla zucca e le alette di pollo con le patate!». Poi entra indispettita, seguita docilmente dal collega-ectoplasma.

Nella ressa, riesco a scorgerla un'ultima volta, mentre addenta abbacchiata un toast gommoso al prosciutto e formaggio. Forse, per la rabbia, ha rinunciato a prendere il piatto del giorno.

Io ordino il menu completo, con tanto di torta alle mele. Poi mi siedo con Michele a consumare il pranzo, condito dalle sue chiacchiere tranquille per non rovinare il momento più bello della giornata, in cui l'unico sforzo volontario è quello delle mandibole.

Il cameriere ci mette un'eternità a portarci il conto e, una volta usciti, Michele mi costringe a correre per stargli dietro. Quando risalgo trafelata in ufficio, mi tolgo il piumino e crollo sulla sedia imbottita su cui dovrò passare altre quattro ore a fare il mio ripugnante lavoro nell'unità più soporifera del mondo – la Pianificazione e Controllo –, dove mi hanno assunta dieci anni fa, e dalla quale scapperei anche adesso se non avessi paura di perdere per sempre il mio fantastico contratto a tempo indeterminato.

Posso infatti prendere permessi non retribuiti e stare a casa quando ho l'influenza, senza l'angoscia di farmi sbattere fuori alla scadenza del contratto. Certo, ci sono giorni in cui mi butterei dal Duomo all'idea di dover passare altri trent'anni in questo posto, ma almeno sono sicura che mi butterei a stomaco pieno, e non vuoto, come invece capiterebbe a quei ragazzi con contratti a progetto rinnovati di anno in anno (quando va bene), e che ogni tanto vengono a lavorare pure da noi come consulenti.

Ma non sono il tipo che riesce a stare meglio se pensa a chi sta peggio. Faccio lo stesso una tremenda fatica ad alzarmi dalla scrivania per andare in bagno a lavarmi i denti. Digestione difficile, o magari è la solita tristezza che mi devasta quando mi fermo anche solo un attimo a pensare alla mia vita. Forse la soluzione sarebbe davvero buttarsi dal Duomo.

Mi sforzo di sollevarmi dalla sedia e prendo la bustina con lo spazzolino e il dentifricio. Entro a passi strascicati nella nostra "latrina", come la chiamo con Michele, perché i bagni sono ancora gli stessi di quando è stata aperta l'azienda, una quarantina di anni fa, pieni di scassatissimi armadietti con appiccicate le etichette dei nomi di vecchie impiegate – Antonia, Marina, Giovanna – che saranno già in pensione. Non so neanche se qualcuno abbia la chiave di questi armadietti preistorici, vuoti e inutilizzati da chissà quanto tempo.

Appoggio la bustina su uno dei lavandini. Faccio uscire un po' di pasta bianca dal tubo di dentifricio e sto per infilarmi lo spazzolino in bocca quando, alzando gli occhi allo specchio, vedo il riflesso di due piedi che sbucano abbandonati fuori dalla porta di uno dei gabinetti, che da noi sono come quelli di Sing Sing, aperti sopra e sotto.

"Cosa ci fanno dei piedi lì?" penso spiazzata, perché normalmente stanno attaccati a delle gambe in posizione verticale. C'è qualcosa che non va.

Con lo spazzolino in mano, mi avvicino ai piedi fermi ancora nello stesso punto, immobili.

Sembrano quelli di Marinella Sereni. Riconosco subito le décolleté marroni che si è messa oggi, abbinate come sempre a una gonna beige a pieghe e a una camicetta a fiorellini rosa.

Potrebbe aver avuto un malore, essere svenuta... d'istinto spalanco la porta del gabinetto con una manata. Per terra, con la schiena appoggiata alle maioliche grigie e la testa vicino al water, c'è proprio la Sereni. Ha gli occhi sbarrati e un enorme cappio bianco attorcigliato intorno al collo.

Santo Dio, è morta, morta stecchita!

Un fluido ghiacciato mi inonda le vene. Sento le mani e la testa diventare freddissime, come se il cuore stesse per fermarsi, surgelato dalla paura. Solo gli occhi funzionano ancora, e fisso imbambolata la gonna beige perfettamente ricomposta sulle gambe. Le braccia sono riunite sul petto, con le mani giunte... sembra già pronta per entrare nella bara: mancano solo i ceri e le corone di fiori.

Non so dopo quanti secondi riesco a urlare: «C'è un morto, c'è un morto, aiuto!», senza quasi capire cosa sto dicendo. Poi scappo fuori dal bagno mentre continuo a strillare.

Nessuno però sembra sentirmi... non saranno mica ancora tutti fuori a mangiare? E adesso cosa faccio? Ricomincio a gridare in corridoio o salgo al quarto piano per avvisare Vernini, il nostro direttore?

È vietato entrare nel suo ufficio senza un appuntamento, ma questa volta c'è di mezzo un morto: capirà perché ho saltato le procedure!

Non posso aspettare che arrivi l'ascensore – si è fermato chissà dove – e corro verso le scale. Faccio i tre piani in un lampo. La porta di Vernini è chiusa, come sempre. Riprendo fiato, attendo che il cuore torni a battere a un ritmo sensato. Busso delicatamente un paio di volte.

Laura, la segretaria, non risponde. Il direttore ha fatto sistemare la sua scrivania in una specie di anticamera che bisogna attraversare per arrivare all'ufficio imperiale. Soltanto Laura ha il diritto di picchiettare alla sua porta, mentre il disgraziato convocato per un incontro aspetta in piedi che gli venga accordato il permesso di entrare.

Rimango qualche secondo con l'orecchio teso per sentire se arrivano dei rumori, ma c'è solo silenzio. Forse anche Laura non è ancora rientrata dalla pausa pranzo. Mi faccio forza e abbasso la maniglia. Entro a passi felpati nella saletta deserta e do un paio di colpi leggeri alla porta del direttore.

Il rumore delle nocche sul legno non provoca nessuna reazione. Merda! Dev'essere uscito anche lui. Dalla stanza non proviene nemmeno un bisbiglio, mentre io sono sempre più agitata. Sarà per la sua altezza – un metro e novanta – e il pizzetto mefistofelico ormai brizzolato, ma se incontro Vernini anche solo sulle scale vengo immancabilmente assalita da un'onda di panico puro e primitivo che mi paralizza. Come troverò il coraggio di dirgli che c'è la Sereni morta nel bagno delle donne?

La porta si spalanca all'improvviso. Il direttore mi guarda esterrefatto, con occhi di fuoco.

«Cosa ci fa qui, Zanardelli?» sibila, avvicinandosi come se volesse tirarmi un ceffone. «Chi le ha dato il permesso di entrare?»

Non riesco a rispondergli, pietrificata dalla sua apparizione. Boccheggio un attimo senz'aria e poi emetto una specie di grido strozzato: «Marinella Sereni è morta...».

Lui mi guarda come se gli avessi appena annunciato lo scoppio della Terza guerra mondiale. «Cosa sta dicendo?»

Lo supplico: «È la verità: ho visto il suo cadavere nel bagno del primo piano! Aveva una corda intorno al collo... dobbiamo chiamare la polizia!».

Vernini allora mi afferra per un braccio senza dire una parola e punta di corsa verso l'ascensore. Entriamo insieme nella cabina e, quando si aprono le porte del primo piano, mi strattona per farmi uscire più velocemente.

Il corridoio è ancora deserto. Vernini si precipita in bagno, ma poi, alla vista del cadavere della Sereni disteso per terra, si irrigidisce di colpo. Diventa più bianco di uno straccio e comincia a ripetere come una nenia: «Perché a me, perché a me...». Infine, con una complicità assolutamente imprevista, mi mette una mano sulla spalla e geme: «Prima il tribunale annulla la cessione del call center, e adesso trovo un morto in bagno: sono rovinato!».

Credo di essere vittima di un'allucinazione uditiva. Com'è possibile che di fronte a un cadavere Vernini riesca a parlare dei colleghi del call center? Li aveva sbattuti fuori un anno fa, con la tecnica della cessione del ramo d'azienda, spedendoli in un magazzino sperso in mezzo alla pianura padana, mentre noi impiegati eravamo rimasti a Milano. Ma quelli del call center, invece di accettare il loro infausto destino, erano andati dal giudice del lavoro per chiedere l'annullamento della cessione, visto che continuavano a rispondere alle stesse telefonate di prima. Una ventina di iscritti alla Cgil si era poi accampata con tende di fortuna e bandieroni rossi sotto le finestre della sede di Milano, fino al giorno in cui il giudice aveva condannato il direttore a riassumerli tutti e pagare le spese legali della "controparte", come la chiamava Vernini con malcelato disgusto.

Tutto questo non giustifica però la sua reazione. Cosa vorrebbe fare? Avvolgere il cadavere della Sereni in un tappeto e portarlo giù – passando per le scale di servizio – per poi buttarlo in un cassonetto della spazzatura, così da evitare un'altra tornata di assemblee sindacali, magari sulla sicurezza dei dipendenti nei bagni dell'azienda?

Non so cosa stia passando per la sua mente luciferina, ma è probabile che sia in cerca di una "soluzione". Forse, se potesse, taglierebbe la Sereni a pezzettini per gettarla nello scarico del water. E poi potrebbe far fuori anche me, per non avere una testimone scomoda.

«Dottore, mi dispiace per quanto le sta succedendo, ma forse dovremmo chiamare la polizia...» balbetto imbarazzata, dando per scontato che la corda intorno al collo della Sereni sia un dramma che riguarda più lui che non quella povera crista appena morta.

Vernini sembra riprendersi: «Ha ragione, Zanardelli, ma bisogna far sgombrare l'edificio, perché nessuno tocchi nulla o possa entrare in bagno. Sa cosa facciamo? Diamo l'allarme antincendio, così tutti dovranno lasciare gli uffici, mentre io telefono alla polizia!».

Mi spinge fuori dal bagno e prende il cellulare da una tasca. Compone un numero e poi tuona: «Sono Vernini, date l'allarme antincendio e fate evacuare gli uffici! Tranquilli, è solo una prova, vi spiego dopo!».

Passato mezzo secondo, sentiamo gli altoparlanti annunciare l'ordine di sgombero: «Siete pregati di lasciare l'edificio e raggiungere le uscite di sicurezza».

Nei corridoi, però, non si vede ancora nessuno. Sbuca mesto da un ufficio soltanto Luigi Randazzo, il responsabile del nostro piano in caso di incidenti.

«Un'altra esercitazione?» chiede annoiato. «L'ultima è di due settimane fa!»

L'anno scorso ha fatto il corso da pompiere e a ogni falso allarme gli tocca convincere i colleghi a seguire le procedure, anche se tutti sanno che si tratta della solita stupidissima esercitazione, mentre lui, che si infila svogliato una giacchetta fosforescente, fa il giro del piano e dice: «Su, per favore, andate fuori...», muovendo le braccia nell'aria per accompagnare le parole.

Il direttore però stavolta fa sul serio: «Avanti Randazzo, si sbrighi, faccia uscire tutti e li raduni davanti all'ingresso!».

Luigi, sempre più scocciato, insiste: «Ma perché un'esercitazione adesso? Non è meglio di mattina?».

Vernini lo fulmina con lo sguardo. «Si metta quella stupida giacca e faccia quello che le dico! Esca anche lei, signorina Zanardelli, la chiamo dopo.»

Luigi estrae la giacca arancione da un armadietto e comincia la sua via crucis: «Dài, uscite, per piacere...».

Mettono fuori la testa dall'ufficio solo tre o quattro persone che lo seguono riluttanti, mentre io corro a prendere il piumino e la borsa per uscire insieme a loro. Basta pochissimo, però, perché tutti i colleghi disseminati tra i bar della zona arrivino davanti al portone dell'azienda. Un paio cercano di entrare, ma la porta a vetri è chiusa a chiave. Restiamo dieci minuti raccolti in un silenzio nervoso, poi un tipo che conosco di vista comincia ad arringare la folla: «Ci si blocca la digestione con un gelo così! Basta con queste buffonate delle prove di evacuazione!».

Me ne sto da sola, in disparte. La faccia della Sereni mi balena davanti, pallida e spenta, con quell'orribile corda intorno al collo. Quando leggi sui giornali che hanno ammazzato un camorrista, non pensi: "Che strano... chissà che cosa aveva fatto di male quel povero ragazzo!". Ma se uccidono la tua compagna di scrivania, colpevole solo di andare in vacanza ai lidi ferraresi e di parlare troppo spesso del menu del giorno del bar vicino all'ufficio, allora ti chiedi: "Chi può aver strangolato un'impiegata? E perché?".

Forse Marinella aveva una vita segreta, di cui nessuno sapeva nulla. Ma non riesco a credere che potesse avere un amante. Era già difficile pensare che fosse sposata: non poteva avere una doppia vita una tizia così! Si lavava i capelli una volta alla settimana, di domenica, come era solita raccontare in giro, e dal giovedì, quando erano già impresentabili, se li legava in un codone unto da castoro. Questo non è di certo un delitto passionale, e non capisco proprio chi possa rischiare la galera per uccidere una come la Sereni, che era sì insopportabile ma innocua...

Sono così immersa nei miei pensieri da aver lasciato fuori tutto ciò che sta succedendo attorno a me. Non ricordo quanto tempo fa ho letto un articolo su quelli che tornano indietro dopo essere quasi morti: annegati e rianimati, infartuati e operati. Raccontano di essersi staccati dal corpo e di aver visto dall'alto i medici che armeggiavano col defibrillatore, mentre loro erano calmi e tranquilli. Proprio come adesso: non sento più nulla. A dare la brutta notizia ci penserà Vernini. La Sereni in fondo era una sua *risorsa* – come gli piace chiamarci – e tocca a lui annunciarne la perdita.

Dopo pochi minuti arrivano un paio di volanti a sirene spiegate. Inchiodano davanti a noi con una frenata a effetto, i poliziotti escono di slancio, correndo verso l'ingresso. Vernini apre in fretta la porta per farli passare e la richiude.

La folla degli impiegati ondeggia in una specie di "ohhh..." meravigliato, mentre qualcuno mi tocca una spalla. Sento una voce che dice: «Cos'hai? Sei bianca come un lenzuolo!».

Ci metto un paio di secondi a collegare la voce di Michele alla sua faccia, come se la vista fosse sconnessa dall'udito. Non riesco quasi a metterlo a fuoco, poi il suo viso sorridente appare da dietro la nebbia di indifferenza in cui sono sprofondata.

Mi sento subito più sollevata. Stare con lui è come prendere una dose di Valium, ma in salsa logica. Michele lavora in azienda da dieci anni, siamo stati assunti quasi insieme. All'inizio mi sembrava bislacco, con la sua laurea in Matematica e la pedanteria da informatico che trasforma la vita in frammenti di codice.

Michele infatti è un programmatore perfetto e ha messo a punto più della metà dei sistemi informatici che usiamo. Lui non prova emozioni come fanno tutti, no. Lui le emozioni le programma. Decide quando è il caso di amare una donna – la sua fidanzata – o voler bene a una come me, che apprezza la sua compagnia e ascolta le lezioni sul Medioevo in pausa pranzo, masticando in silenzio.

Il mio compagno di bar calcola tutto e non è mai imprevedibile, depresso o anche solo di cattivo umore. Quando siamo insieme mi sento come se stessi facendo un giro in barca a vela in un giorno di sole e con il mare calmo.

E poi Michele riesce a trasformare tutto in un'equazione, che risolve leggiadro in un paio di passaggi. Sarebbe capace di dirti nel giro di tre minuti in quanti anni puoi ammortizzare la spesa della lavatrice se i componenti della famiglia sono due, tre o quattro. E se arrivasse il giorno del giudizio universale, metterebbe a punto un modello statistico per predire la sentenza finale con un margine di errore dello 0,01 per cento.

Ha però il difetto di associare i suoi calcoli astrusi a un buon senso che spesso rasenta la più sconcertante banalità. Come adesso. Senza scomporsi, mi dice: «Forse è successo qualcosa...».

Vorrei raccontargli quello che ho visto nel bagno, ma la mia lingua è ancora intorpidita, come per un'iniezione di novocaina dal dentista. E poi non ho voglia di essere io a sconvolgere il suo mondo perfetto con la notizia di una morte così imprevista e assolutamente non pianificata.

Il piazzale intanto si riempie lentamente di persone. Mi rendo conto solo ora di come conosco poco i miei colleghi, che parlottano sottovoce divisi in gruppetti. A vederli sembrano tutti uguali: gli uomini con i giacconi grigi e le spalle incassate per il freddo di gennaio, e le donne un po' più colorate, ma poco allegre anche loro, costrette a rimanere all'aperto con tre gradi sopra lo zero.

L'attesa viene finalmente interrotta dal direttore, che sbuca dalla porta e annuncia: «La signorina Francesca Zanardelli, ma solo lei, è pregata di entrare!».

Michele mi guarda con gli occhi spalancati, ma ormai so come ragiona e lo rassicuro: «Non agitarti, perché il reato più grave che ho commesso è stato quando, un mese fa, ho preso al bar tre mandarini invece dei due della porzione».

Mi dirigo verso l'ingresso, mentre tutti si scostano stupiti, aprendosi come le acque del Mar Rosso. Nell'atrio, il direttore è in compagnia di un paio di poliziotti. Mi presenta senza mezzi termini: «Ecco la signorina Zanardelli».

Il poliziotto più anziano si rivolge a me con un tono quasi gentile: «Buongiorno, sono l'ispettore Lattanzi», e poi commenta con Vernini: «Allora è lei ad aver trovato il corpo della vittima?».

La parola "vittima" ha l'effetto di strapparmi al torpore. «Però non l'ho uccisa io, non sono stata io...»

Lui mi guarda perplesso e capisco che, con un'autopresentazione del genere, mi sono scagionata da ogni possibile sospetto.

«Non si preoccupi signorina, se il killer fosse sempre il testimone che trova il cadavere, noi poliziotti non avremmo più niente da fare» mi risponde l'ispettore; intanto l'altro questurino si guarda intorno aggressivo, quasi a voler stanare un branco di pericolosi assassini nascosti dietro le fotocopiatrici e gli attaccapanni.

Anche il direttore, inspiegabilmente cortese, cerca di rassicurarmi: «Zanardelli, vogliono solo fare due chiacchiere con lei perché ha visto per prima il corpo della povera Marinella. Venga, andiamo a sederci nel mio ufficio, così stiamo più tranquilli».

Lattanzi si volta allora verso il collega: «Parlo io con la testimone, tu controlla che nessuno entri in bagno prima che arrivi la scientifica». L'altro annuisce e se ne va. Prendiamo l'ascensore in silenzio. Il direttore sfoggia una faccia da funerale: chissà quanto vuole andare avanti con la storia della "povera Marinella"? Un quarto d'ora fa era angosciato solo per la sua stupida carriera e ora fa finta che gli dispiaccia se qualcuno ha ammazzato la Sereni. Vuole un fazzoletto per asciugarsi le lacrime davanti agli agenti?

«Si sieda pure, Zanardelli» mi invita, una volta entrati nel suo ufficio. Poi indica una sedia foderata di velluto di fronte alla sua scrivania. Lattanzi si accomoda di fianco a me, mentre Vernini sprofonda con aria serissima nella sua enorme poltrona di cuoio vissuto, conquistata dodici anni fa con la nomina a direttore generale. Si guarda intorno e contempla per un attimo l'adorato fico beniamino, che ormai sembra più la pianta del fagiolo magico, perché dopo due lustri di cure maniacali della segretaria è cresciuto fin quasi a toccare il soffitto. Quindi pronuncia con voce fredda: «Proceda pure a interrogare la teste!», come se fosse il giudice di uno di quei programmi televisivi trasmessi alle due del pomeriggio.

«Allora, signorina Zanardelli» esordisce l'ispettore con un sorriso rassicurante da padre di famiglia, che contrasta con il cinturone e la pistola, appena nascosti dalla pancetta da cinquantenne. «Ci può raccontare cos'ha visto quando è entrata in bagno?»

Farfuglio sconnessa qualche parola: «Stavo per lavarmi i denti quando ho notato i piedi della Sereni che uscivano da uno dei gabinetti...».

Lattanzi mi interrompe: «Come ha fatto a capire che erano quelli della sua collega?».

«Vede, Marinella aveva una strana mania: abbinava i vestiti sempre nello stesso modo, comprese le scarpe. Se si metteva la gonna beige, potevi star certa che indossava anche la camicetta a fiori e le décolleté marroni. Una fissazione, insomma, e siccome era seduta di fronte a me conoscevo a memoria i suoi abbinamenti...» Mentre parlo, riacquisto un po' di serenità e riesco addirittura a formulare una domanda per l'ispettore: «Ma come hanno fatto a ucciderla in bagno, con il rischio che qualcuno entrasse mentre la stavano strangolando? L'assassino dev'essere stato molto veloce: non pensavo che fosse così facile strozzare una persona!».

Lui perde subito la sua aria mite e mi chiede sospettoso: «Perché dice che è stato facile ucciderla?».

«Non so... se qualcuno tentasse di strangolarmi, immagino che lo colpirei, mi difenderei. La Sereni invece non aveva neanche uno strappo alla camicetta: era tutto così a posto...» cerco di giustificarmi.

«E questo le fa credere che strangolare una persona sia facile, per usare la sua espressione?»

Balbetto un'altra scemenza: «Forse facile non è la parola

giusta, ma penso che la Sereni conoscesse l'assassino, per non essersi difesa...».

L'ispettore riprende il suo sorriso mellifluo: «Signorina, lasci stare le supposizioni e mi parli della sua collega... le aveva mai fatto qualche confidenza, magari sulla sua vita privata? Mi racconti un po' di lei».

Sospiro e cerco di farmi venire in mente qualcosa di gentile sulla Sereni, ma non ci riesco. Se gli dico che si lavava i capelli solo di domenica, penserebbe che sono una pettegola. Inutile passare per una stronza che parla male di una morta. Smozzico una mezza frase: «In realtà non chiacchieravamo granché... e poi andava a mangiare sempre con lo stesso collega, un tipo con i baffi che però non conosco».

Lattanzi annuisce: «Sì, lo abbiamo già convocato. Parleremo anche con lui». E poi continua: «Lavoravate tutte e due alla Pianificazione e Controllo: quanti siete nel vostro ufficio?».

«Cinque, compresa lei. Il nostro capo, il dottor Ferrari, ha una stanza da solo, come tutti i dirigenti.»

«Le risulta che la signora Sereni avesse dei nemici?»

«Dei veri nemici no, però forse nemmeno degli amici...»

«Si spieghi meglio.»

C'è solo un modo per spiegarsi meglio. Dirgli la verità, che adesso mi esce dalla bocca come se al mio posto parlasse qualcun altro: «Il problema è che la Sereni riusciva a farsi sbattere fuori da tutti gli uffici in cui la mandava il direttore, perché litigava coi colleghi e non era capace di fare niente. Doveva avere più o meno quarantacinque anni ed era stata assunta molto tempo fa, quando in contabilità si lavorava con le calcolatrici. Ha presente quelle con la strisciolina di carta? Pensi che ne aveva ancora una sulla scrivania...».

Lattanzi si sta irritando: «Cosa c'entrano le calcolatrici?».

«La Sereni non aveva mai imparato a usare il computer. Se lei l'avesse vista anche solo muovere il mouse, capirebbe cosa voglio dire! Lo faceva vagare sulla scrivania per dieci minuti, e poi andava a guardare sullo schermo dov'era finita la freccina! Insomma, come puoi lavorare nella Pianificazione e Controllo se non sai nemmeno usare il mouse?

Però, inspiegabilmente, riusciva a farsi delle interminabili partite a solitario... e poi non credo che fosse un granché neanche con la sua calcolatrice. Il dottor Ferrari diceva sempre che la Sereni non aveva ancora capito la differenza fra una somma e una sottrazione...»

«E quindi?»

«E quindi non sapeva quasi far di conto! Ma siccome era incapace di ammettere che aveva dei grossi limiti, finiva per prendersela con gli altri. Secondo lei, la colpa era nostra perché non capivamo le sue "potenzialità" – come le chiamava – e ormai non parlava più con nessuno. Passava le ore a guardare non so cosa sullo schermo del pc o a giocare a solitario e poi, tutte le mattine alle undici in punto, annunciava la sua profezia: quale sarebbe stato il menu del giorno nel bar dove andavamo a pranzare. Alle dodici e mezzo passava a prenderla il suo amico e tornavano dopo un'ora. Tutto qui.»

Sento addosso gli occhi nervosi di Vernini: forse non avrei dovuto spiattellare che spostava la Sereni da un ufficio all'altro, senza riuscire a trovare un posto definitivo dove piazzarla.

Il direttore infatti comincia ad agitarsi sulla poltrona, rollando come un'onda sul punto di rompersi. Preferirebbe che adesso tacessi, però l'ispettore non molla: «Non si ricorda nient'altro della sua collega?».

«Sì, un mese fa ha raccontato che era andata a fare una castagnata in oratorio insieme al figlio e al marito...»

Ma Lattanzi non sembra interessato alla castagnata. «Conosceva suo marito? Dovrebbe arrivare a momenti...»

Mormoro, quasi intenerita: «No, credo che non lo conoscesse nessuno di noi. Ma volete portarlo in bagno? Sarà terribile fargli vedere la moglie con la corda ancora intorno al collo!». Poi mi scappa: «Povera Forforella...».

Lo sguardo penetrante di Vernini mi trafigge: «Come l'ha chiamata?».

Cerco di rimediare: «Dottore, scusi per la gaffe! La chiamavamo così per via della forfora che aveva sempre sulle camicette...».

«Signorina Zanardelli, stiamo parlando di una donna morta!» sbraita Vernini dall'alto del suo trono.

Anche a Lattanzi la mia incauta uscita dev'essere piaciuta poco, perché ordina in tono freddo: «Ci aspetti fuori dalla stanza, per favore!».

Eseguo senza replicare. Maledetta me e la mia lingua. Mentre sto uscendo, incrocio un tipo dall'aria distinta che entra e saluta l'ispettore senza molti fronzoli: «Ciao Lattanzi, ho già visto il corpo...».

Lui allora si rivolge a Vernini: «Le presento il dottor Micieli, il medico legale. Mi scusi, direttore, potrebbe lasciarci da soli un attimo? La richiamo io quando abbiamo finito».

È la prima volta nella storia dell'umanità che qualcuno fa sloggiare Vernini dal suo ufficio, ma lui incassa con dignità. Si fa sfuggire solo un servile: «Certo, fate pure come se foste a casa vostra!», congedandosi con un sorriso composto.

Ma quando siamo nell'anticamera, finge di chiudersi la porta alle spalle e invece lascia aperto un piccolo spiraglio. Si acquatta poi contro lo stipite per origliare e con una mano mi fa un segno brusco per intimarmi di stare zitta.

Faccio sì con la testa, un poco spaventata dalla tensione che gli contrae i lineamenti. Sentiamo la voce del dottor Micieli, che parte come un razzo: «Sono già stato in bagno a dare un'occhiata, ma sembra tutto molto strano. Non ho toccato niente, perché deve arrivare la scientifica. L'assassino, prima di uccidere la vittima, deve averla stordita con del cotone imbevuto di etere, che poi ha buttato nel cestino. Si sentiva ancora l'odore. Ma quello che mi ha colpito è il fatto che, dopo averla ammazzata, il killer si sia preoccupato di ricomporre il cadavere. Sembra che non gli piaccia il disordine, come se gli desse fastidio la confusione tipica della scena di un crimine. Insomma, chi può essere così pazzo da strangolare una donna e poi rimetterle a posto i vestiti?».

«Ci penseranno i criminologi a fare il profilo dell'assassino... comunque hai ragione, è un elemento curioso» ammette Lattanzi.

«A una prima occhiata, poi, non mi pare che l'abbiano

violentata: era perfettamente vestita, senza segni di lotta o percosse. Ma bisognerà fare tutte le analisi... il pm non è ancora arrivato?»

«Ormai dovrebbe essere qui» risponde l'altro. Poi lo sentiamo alzarsi di scatto e venire verso la porta. Vernini mi spinge via e fa qualche passo indietro, mentre l'ispettore esce dalla stanza insieme a Micieli, che lo saluta velocemente: «Ciao, ci sentiamo più tardi». Poi si rivolge a noi due: «Potete rientrare».

Vernini mi lancia un'occhiata di leggero disgusto, ma alla fine si rassegna a condividere con una *risorsa* qualunque l'onore di un interrogatorio riservato. Riprende la sua posizione sul trono, mentre Lattanzi gli chiede: «Quante persone lavorano da voi?».

Il direttore ha la risposta pronta: «Circa trecento, più una quarantina di consulenti che si occupano soprattutto di informatica e forse quattro o cinque addetti alle pulizie. Le posso dare il nome di quelli che erano presenti in azienda mentre veniva uccisa la Sereni, è un dato che rileviamo dagli ingressi ai tornelli».

«Bene, prepari un elenco e lo tenga pronto per il pm. Mi chiedevo, però, se secondo lei è facile entrare di nascosto nei vostri uffici, magari passando dalle uscite di sicurezza o da qualche finestra al pianoterra...»

«Le porte di sicurezza non possono essere aperte dall'esterno, e se vengono forzate o aperte dall'interno suona l'allarme» risponde deciso il direttore. «Ho già chiesto al servizio di guardia se sono scattati gli allarmi, ma mi hanno risposto di no: tutto regolare. Il problema è che spesso i dipendenti lasciano le finestre aperte, anche al pianoterra, e un mese fa sono stati rubati dei computer... i ladri saranno entrati sicuramente dalle finestre.»

«Non avete delle telecamere?»

«Solo davanti all'ingresso, anche se ho fatto richiesta che siano sistemate attorno al palazzo...» tentenna il direttore.

Lattanzi prende un tono sostenuto: «Dottore, ispezioneremo ogni accesso, ma è assurdo che non esistano controlli in una struttura come questa! L'assassino potrebbe essere un vostro dipendente, ma anche uno sconosciuto arrivato da fuori. E non abbiamo filmati per verificare i movimenti intorno all'edificio!».

«Nessuno dei miei dipendenti sarebbe così vile da uccidere un collega!» Il direttore alza deciso la voce, mentre tenta l'orgogliosa difesa delle sue *risorse*. «L'assassino sarà uno dei consulenti esterni, o magari uno squilibrato entrato dalle finestre!»

«Lasci dire al pm chi potrebbe essere stato. Coordinerà lui le indagini. E poi come fa a dire che i suoi dipendenti sono tutti santi, mentre i consulenti avrebbero la patente da serial killer nel cassetto? Non dica stupidaggini, per favore!»

Vernini incassa dolorosamente il colpo, lo vedo impallidire in silenzio. Poi sbotta: «Vogliamo continuare questa conversazione da soli? Non mi sembra il caso che la signorina Zanardelli ci ascolti».

Lattanzi si volta verso di me: «Sia gentile, mi aspetti fuori ma non se ne vada, ho ancora bisogno di lei».

Vado a rifugiarmi nell'anticamera, dove non sono previste poltrone per gli ospiti: c'è solo la sedia di Laura, sulla quale non oso appoggiare il mio vile e comune sedere. Dopo dieci minuti, quei due sono ancora chiusi dentro. Mi manca l'aria: ho bisogno di uscire a prendere fiato. Lattanzi verrà a cercarmi, tanto non scappo. Corro giù per le scale, arrivo di fronte alle vetrate dell'ingresso e chiedo alle guardie di aprirmi. Nel piazzale, i colleghi sono agitatissimi: sono al freddo da più di un'ora e vorranno di sicuro sapere perché.

Appena metto il naso fuori dalla porta, qualcuno mi indica ad alta voce: «Eccola, è lei! Cosa sta succedendo?».

Punto in silenzio verso Michele, mentre si riaprono di nuovo le acque del Mar Rosso per lasciarmi passare. Vengo immediatamente raggiunta da Paola Diblasi, la nostra sindacalista, che sbraita: «Come si permette Vernini di tenerci qui senza un motivo?».

«Ti giuro che c'è un ottimo motivo» rispondo a Crudelia, soprannominata così dopo la rivolta contro la cessione del call center, guidata da lei con barbara ferocia. È stata appunto Crudelia a convincere i cinquanta centralinisti a nominare come rappresentante un avvocato dell'ufficio vertenze della Cgil. Dopo sei mesi di udienze in tribunale, il giorno della sentenza hanno festeggiato in sala congressi con un brindisi collettivo, sventolando i bandieroni rossi del sindacato. E adesso la nostra capopopolo scatta al minimo segnale di pericolo. La vedo che si gonfia come un pesce palla: «Se sai qualcosa, dillo, Zanardelli!».

Ormai ha sviluppato l'abilità mimetica di sembrare più grossa quando si arrabbia. I capelli le si rizzano in testa mentre mi fissa piena di astio.

«Credo che l'onore tocchi al direttore...» le rispondo calmissima.

Lei mi vomita addosso sempre più arrabbiata: «Dov'è finito quel verme? Pensa davvero di farci prendere una polmonite senza nessuna conseguenza sindacale? Se la dovrà vedere con me!».

La voce di Vernini – deformata da un megafono – interrompe la sua furia. Il direttore è in piedi di fronte all'ingresso, le mani unite a sorreggere l'apparecchio gracchiante: «Attenzione, per favore!».

Il silenzio cala sulla piazzetta di colleghi raffreddati. Vernini scuote la testa come se qualcosa di penoso gli impedisse di parlare, e finalmente comincia: «Un immenso dispiacere attanaglia il mio cuore», si ferma per un secondo, toccandosi il petto, «perché devo darvi una notizia terribile. Oggi hanno ucciso un'impiegata, proprio qui, nell'azienda dove tutti noi lavoriamo in letizia e serena armonia!».

È la prima volta che gli sento dire delle melensaggini del genere, forse gli sembrano adatte all'occasione. Nessuno respira, nell'attesa che continui e riveli il nome del morto. Ma lui slancia con impeto una mano verso l'alto ed esclama tutto d'un fiato: «Siete quindi pregati di tornare a casa: sta per arrivare la polizia scientifica che dovrà fare dei rilievi».

Riabbassa quindi la mano con il pathos di un guitto di quart'ordine e fa per rientrare. Ma Crudelia gli si butta addosso, cercando di placcarlo prima che scompaia dietro la porta. Lo tira per una manica, fino a quando conquista il megafono e ci abbaia dentro: «Sia chiaro che, se il direttore vuole che andiamo a casa, non deve trattenerci le ore sullo stipendio. Vogliamo un permesso retribuito o non ci muoviamo da qui!».

Lui le riprende il megafono con uno strattone: «Non è colpa dell'azienda se hanno ucciso un dipendente!».

Ma ormai il terrore ha invaso la piazzetta. Un paio di donne poco distanti da me si mettono a urlare, come se qualcuno stesse per ammazzare anche loro. Emettono degli ululati che spaventano ancora di più i colleghi. Il panico dilaga.

Qualcuno chiede a voce altissima: «Chi hanno ucciso? Abbiamo il diritto di saperlo!», mentre un altro si mette le mani attorno alla bocca e strilla: «Non voglio morire anch'io!», come se Vernini avesse montato un patibolo davanti all'ingresso.

Il direttore cerca di urlare qualcosa nel megafono, ma il caos copre la sua voce. Poi comincia a fare gesti plateali con le braccia come per dire: "Lasciatemi parlare!". Dopo un paio di minuti la piazza si placa e tutti aspettano in silenzio le sue dichiarazioni.

«State calmi, per favore: la polizia deve ancora fare i primi accertamenti.»

«Che tipo di accertamenti?» urla uno degli informatici. «Sapete o no chi è stato ucciso?»

Vernini pronuncia finalmente il nome: «Si tratta della povera Marinella Sereni: se n'è andata in un modo orribile. Ci mancherà per sempre!».

È veramente un verme – ha ragione Crudelia – perché adesso sembra addirittura sul punto di piangere. Ci guarda con gli occhi lucidi e scuote il capo dolcemente, poi apre le braccia come un padre che vuole stringere i figli al petto nel momento del dolore. Ma è solo un trucco per riuscire a tornare dentro: con un guizzo improvviso gira sui tacchi e scompare.

La voce agguerrita della sindacalista rimbomba tra gli impiegati ammutoliti: «Nessuno si muova da qui: aspettiamo che Vernini esca ancora!».

Il silenzio si scioglie in qualche timido mormorio. Un collega della Fatturazione borbotta: «Perché l'avrebbero uccisa?», e quello a fianco gli risponde: «Non ne ho la minima idea».

Si inserisce un terzo: «La Sereni era la tipa grassottella che lavorava alla Pianificazione? Ma cosa faceva esattamente? Non l'ho mai vista a una riunione».

Interviene un altro: «Vernini la spostava d'ufficio una volta all'anno per trovarle qualcosa da fare, ma non si può cavar sangue dalle rape».

Michele, che ha sentito tutto, li guarda come se fossero degli extraterrestri. Poi, a bassa voce, sibila: «Come si fa a spettegolare di una che è appena morta? Me ne vado, tanto oggi la giornata è finita. Ciao Francesca, se hai bisogno di me chiamami», e parte deciso per il suo percorso matematico, concepito in modo da arrivare alla fermata dell'autobus col minor numero di passi e dal quale è impossibile deviarlo anche di mezzo metro.

Rimango da sola e mi allontano un po' dal gruppo. I miei colleghi avrebbero voglia di farmi parlare, ma io ho inalberato una faccia poco incoraggiante: nessuno prova ad avvicinarsi. Nel frattempo arrivano altre volanti insieme a due furgoncini, da cui scendono degli agenti in tuta bianca con una specie di cappuccio e la scritta blu "Polizia scientifica" sulla schiena. Scaricano velocemente delle valigette di metallo ed entrano di corsa negli uffici.

Dopo pochi minuti, Vernini compare di nuovo e mi chiama al megafono: «La signorina Zanardelli è pregata di rientrare!». Poi annuncia magnanimo: «Avete un permesso retribuito di quattro ore. Andate pure a casa, ci vediamo domani mattina».

Crudelia esplode in un urlo di vittoria, mentre io mi incammino mesta verso l'ingresso. Nell'atrio, trovo subito Lattanzi: «Dov'era finita? Le avevo detto di aspettarci: dobbiamo prendere le sue impronte digitali. La portiamo in questura».

La parola mi colpisce come una mazzata: «In questura?».

L'ispettore si spazientisce. «Cosa pensa che facciamo in

questura? Non torturiamo mica i testimoni...», ma non finisce la frase perché gli squilla il cellulare. Risponde svelto, ascolta per un secondo e dice: «Sì, va bene, anche le scarpe».

Poi chiude e sbuffa rivolto a me: «Guardi che le chiederanno di consegnare anche le scarpe per confrontarle con le impronte che troveremo nel bagno. A proposito, mi lasci dare un'occhiata...», e si mette a fissarmi attentamente i piedi. Estrae dalla tasca un bloc notes e prende un appunto, recitando a voce alta: «Ballerine nere... che numero porta: il trentotto?».

«Veramente il trentanove...»

Segna anche il numero sul blocchetto, lo chiude e ricomincia con le istruzioni: «Stiamo aspettando il pm che deve esaminare il cadavere. Si chiama Silvio Guidoni e vuole parlarle, ma anche questo è normale, fa parte delle indagini. Allora, mi ascolti: dopo la questura, i poliziotti la accompagneranno in procura. Sa dov'è la procura?».

«No...»

«È dentro il tribunale, lo conosce, no? Ma adesso per favore non svenga, perché neanche lì torturano i testimoni. Se Guidoni non c'è ancora, la faranno aspettare, ma vedrà che sarà la prima a essere interrogata.»

Poi, senza lasciarmi nemmeno il tempo di replicare, due poliziotti mi affiancano e ordinano: «Venga con noi, per favore!».

Mi afferrano per le braccia e mi trascinano velocemente fuori. Quando arriviamo alla volante, aprono la portiera, mi infilano dentro come se fossi io l'assassina e partono a cento all'ora, con una guida da autodromo di Imola. Do un ultimo sguardo alla piazzetta ancora piena di colleghi... ho l'impressione che gli occhi di tutti siano puntati su di me, mentre la macchina sgomma via. Non penseranno mica che l'ho ammazzata io?

Capisco di aver cominciato a piangere da un sussulto involontario ma violento delle spalle: singhiozzo così forte da muovere a compassione uno dei poliziotti, che mi porge il suo fazzolettone di stoffa: «Signorina, stia tranquilla!

L'ispettore ce l'ha detto, vogliono solo interrogarla. Purtroppo è stata sfortunata: il cadavere l'ha trovato lei. Vedrà che non sarà l'unica a essere portata in questura».

L'idea che prenderanno le impronte digitali anche a Vernini non è lo stesso una gran consolazione. Le lacrime non smettono di scendere... vorrei buttarmi giù dalla macchina e morire sul colpo. Com'è possibile che due ore fa stessi mangiando al bar con Michele, mentre adesso mi dispero in mezzo a dei poliziotti con la faccia truce che tengono il piede incollato sull'acceleratore?

La cosa strana è che non mi vergogno di frignare. Sento che sto tirando fuori tutte le lacrime che non ho pianto in quest'ultimo anno di merda. È come quando vai ai funerali di qualcuno che hai visto due volte nella vita, e ti metti a piangere come un vitellino quando passa la bara. E capisci che il funerale è solo un pretesto per sfogare tutta l'infelicità che ti portavi dietro e che adesso puoi vivere pubblicamente senza imbarazzarti troppo.

Il poliziotto alla guida si esibisce in una frenata da stuntman: siamo arrivati in questura. L'agente del fazzolettone mi spinge fuori dalla volante con più dolcezza di quando mi ci aveva schiaffata dentro davanti ai miei colleghi. Lo seguo con gli occhi offuscati dalle lacrime. Poi mi infila con decisione dentro un ascensore e quando usciamo, all'ultimo piano, punta dritto verso una porta chiusa. Suona con forza il campanello. Ci apre un poliziotto molto cortese che saluta cerimonioso il nostro duo strampalato e chiede subito la mia carta d'identità: «Dobbiamo fare una fotocopia, signorina Zanardelli».

Gliela passo e lui la consegna a un collega che si butta a scrivere qualcosa al computer. Poi il poliziotto del fazzolettone mi accompagna nella stanza dove prendono le impronte. Devo appoggiare la mano e i polpastrelli su una specie di scanner da cui esce una luce rossa. Mentre il questurino che ci ha aperto la porta traffica con il macchinario, mi tranquillizzo. Ero sicura di uscire da qui con i polpastrelli imbrattati di inchiostro come Sacco e Vanzetti, e la buona notizia che non succederà mi tira su il morale.

Infine, scortata da entrambi i poliziotti, vengo condotta in un'altra stanza. Il tipo che ha usato lo scanner mi indica una sedia e dice: «Si metta pure comoda e ci dia le scarpe: le dobbiamo repertare».

Ho un attimo di esitazione: «Scusi, ma dopo devo andare in giro scalza?».

Lui fa un sorriso gentile: «No, per carità!», e prende da un armadio un paio di quelle ciabattine monouso che ti danno negli alberghi.

«Ecco, si metta queste.» Me lo dice tutto contento, come se mi avesse appena regalato un paio di scarpe dell'ultima collezione di Prada. Ma sono solo delle pianelle di spugna bianca, che andrebbero bene giusto per uscire dalla doccia e trascinarsi verso il letto.

Lo guardo stupita: «Vuole che vada in giro per Milano in ciabatte? Come faccio a presentarmi in procura con queste?».

Il poliziotto che mi ha prestato il fazzoletto deve essere proprio un bravo ragazzo, perché interviene ancora in mio soccorso: «Non si preoccupi, tanto la accompagniamo noi».

Non c'è scampo alle babbucce. Mi tolgo rassegnata le scarpe e le indosso. Poi mi fanno firmare non so quanti fogli. Sono costretta a concentrarmi sul mio indirizzo, la data di nascita, la descrizione delle ballerine nere, e ripiombo senza accorgermene nello stato d'animo sereno e congelato dei semimorti.

Quando usciamo dalla questura, alle sei di sera, salgo in pantofole sulla volante con una naturalezza che sorprende anche me. Nel giro di dieci minuti arriviamo al tribunale e ci lanciamo a passo di marcia verso l'ufficio del pm Guidoni, nascosto in fondo a un corridoio che pare lungo un chilometro.

Quando bussiamo, una voce risponde subito: «Avanti». Mister Fazzolettone spalanca la porta con una forza micidiale, come se la dovesse sfondare.

Santo cielo. Non avrei mai immaginato che le indagini su un omicidio venissero coordinate da un posto triste come questo. Sembra l'ufficio del preside del mio vecchio istituto di ragioneria, con i mobili ministeriali lustrati dalla sua bidella preferita che spazzolava anche il feltro verde antico della scrivania. Cerco istintivamente la vecchia aspidistra con le foglie tirate a lucido – sempre dalla bidella –, ma di piante neanche l'ombra. Ci sono solo montagne di cartelline piene di fogli ingialliti dagli anni, che magari aspettano ancora di essere letti.

Il pm è un signore di mezza età con un paio di occhiali dalle lenti spesse mezzo centimetro. Parla al telefono e mi lancia una veloce occhiata di sbieco. Nell'ufficio un altro paio di agenti mi osservano senza troppa curiosità. Guidoni indica con la mano una sedia libera e chiude la telefonata. Fa quindi un morbido sorriso, strizzando verso di me gli occhi da miope: «Mi avevano avvisato che stava arrivando, signorina Zanardelli, buonasera». Poi congeda i poliziotti che mi hanno accompagnata, invitandoli ad aspettarci fuori.

Sembra che faccia di tutto per mettermi a mio agio, perché mi dice: «Signorina, devo solo farle qualche domanda. L'avviso che la nostra conversazione verrà registrata, ma questo non è un interrogatorio: stia serena, non l'accusiamo di niente». Fa un cenno al poliziotto seduto accanto a noi: «Inizi pure a registrare, grazie». Infine, mi sorride ancora: «Signorina Zanardelli, mi dispiace molto per quello che è successo alla sua collega. Sono già stato sulla scena del delitto, ma vorrei che lei mi raccontasse tutto da capo».

Non ho vie d'uscita: parto di nuovo dai piedi che sbucavano dal gabinetto, e vado avanti per un'ora, mentre lui mi ferma continuamente per chiedermi di ripetere in che posizione era il corpo della Sereni, sperando forse di farmi ricordare un particolare che possa tornargli utile. Ripassiamo ancora tutti i dettagli – la gonna riassettata sulle gambe, il cappio intorno al collo, le mani giunte sul petto – fino a quando arriviamo alle domande sulla vita privata della Sereni, della quale probabilmente ne so meno di lui.

«Le risulta che avesse una relazione con un dipendente? Giravano chiacchiere su di lei?»

Gli dico la verità: «La Sereni non era il tipo da farsi l'amante, anche perché pesava più o meno settanta chili per un metro e cinquantacinque di altezza: non credo proprio che avesse dei corteggiatori».

Guidoni strabuzza gli occhi dietro le lenti, poi scuote la testa: «Non c'era nemmeno qualche collega che la detestasse in modo particolare? L'ha mai sentita litigare con gli addetti alle pulizie o magari con i tecnici che si occupavano della manutenzione dei computer?».

Devo deluderlo ancora: «Guardi, la Sereni discuteva con tutti, ma non c'era qualcuno con cui litigasse più degli altri. Era una di quelle persone che non riescono a farsi degli amici sul posto di lavoro. Si lamentava continuamente di essere sottovalutata, ma col computer era una pasticciona e il nostro capo non le affidava più nessun incarico».

«Allora il suo era un caso di mobbing?» si illumina il pm.

«Assolutamente no! La Sereni era illicenziabile, perché era stata assunta non so quanto tempo fa con un contratto a tempo indeterminato. E poi aveva solo quarantacinque anni, era troppo giovane per andare in pensione. Ormai Vernini si era arreso, perché lei sapeva a malapena fare i conti con la calcolatrice e non aveva mai imparato a usare il computer come si deve. Avevo cercato anch'io un paio di volte di insegnarle i nuovi programmi, ma era stato impossibile.»

Guidoni non pare convinto: «Quindi nessuno la mobbizzava?».

Evidentemente non è a conoscenza della faccenda del call center. Gliela devo raccontare, altrimenti non capirebbe perché la Sereni poteva starsene così tranquilla a non fare niente: «Il direttore non è nella posizione più adatta per fare mobbing a una dipendente. I colleghi del nostro call center hanno appena vinto una causa contro una finta cessione di ramo d'azienda e il tribunale li ha fatti riassumere tutti. Vernini sa benissimo che un tentativo di mobbing, dopo quello che è successo, sarebbe un suicidio».

Guidoni si sgonfia come un palloncino bucato e si afferra la testa tra le mani come per impedire che gli caschi sulla scrivania. Continua a farmi qualche altra domanda, ma è chiaro che spara a casaccio, senza nessuna speranza di prendere la lepre appena scappata dalla tana. Dopo un po' conclude con aria sconsolata: «Si tenga a disposizione. La chiameremo se avremo ancora bisogno di chiederle qualcosa».

Si toglie gli occhiali e mi fissa per un secondo: nel suo sguardo leggo pessimismo misto a tristezza. Poi propone, comprensivo: «Signorina Zanardelli, la riportiamo noi a casa, se le fa piacere».

Faccio un rapido confronto fra la vergogna di uscire in pantofoline di spugna dal tribunale di Milano per cercare un taxi e il rischio di essere vista da uno dei miei vicini mentre scendo da una macchina della polizia. Ho proprio l'imbarazzo della scelta. Alla fine opto per la soluzione più comoda, e chissenefrega dei vicini. «Grazie mille, accetto il passaggio, però abito a Rozzano.»

Due agenti scattano in piedi: «Sarà un piacere riaccompagnarla».

Arriviamo a Rozzano in mezz'ora. Anche se non ci sono cadaveri ad aspettarmi, sono zuppa di sudore gelido per la guida da rally dei poliziotti. Scendo dalla volante cercando di coprirmi la faccia con la sciarpa e sgattaiolo veloce nell'androne. Grazie a Dio non incontro nessuno e prendo da sola l'ascensore. Infilo finalmente la chiave nella toppa della porta, pregustando il momento in cui mi butterò a letto.

Non ho più neanche voglia di piangere, l'unico desiderio è rimanere immobile sotto le coperte senza nemmeno svestirmi. Terrò accesa la luce sul comodino e mi tirerò il piumone fino al naso, perché stasera non ho il coraggio di stare al buio. Anzi, non starò mai più al buio e dormirò con la luce accesa, come mi piaceva fare da bambina, quando chiudevo gli occhi e, senza pensieri, cominciavo a sognare serena.

Ma la parola "serena" è uscita dal mio vocabolario un anno fa e oggi è stata sostituita – temo per sempre – dal cognome della mia ex compagna di scrivania. Non potrò più nemmeno pronunciare parole come "serendipità", "rasserenarsi", "serenità" eccetera, senza pensare al cappio bianco intorno al collo di quella donna inutile, sì, ma che non meritava una morte tanto crudele.

E se lo squilibrato che l'ha uccisa fosse un serial killer? E se lei fosse solo la prima delle sue vittime? E se io fossi la seconda? E se la smettessi di pensare a quando morirò anch'io? Altrimenti va a finire che mi butto giù dal Duomo per davvero.

IL REBUS DELL'IMPIEGATA

Mi infilo a letto dopo essermi tolta solo il piumino e le ciabatte della questura. Da un bel po' di tempo, se c'è qualcosa che non va, corro subito a rifugiarmi sotto le coperte. Resto ferma fino a quando cado in un sonno pesante che cancella tutti i pensieri. Oggi, però, sono sicura che non riuscirò ad addormentarmi. Anzi, forse non dormirò mai più. Appena chiudo gli occhi, rivedo le mani della Sereni giunte sul petto. A quella poveretta mancava solo il rosario tra le dita.

Il suono del cellulare mi strappa a queste visioni di morte. È Vernini.

«Zanardelli, per favore: stia calma!»

Mi spavento: «Cos'altro è successo?».

Lui continua con un tono da colonnello: «Nulla, ma voi della Pianificazione rimarrete a casa per un po', finché la scientifica non avrà esaminato a fondo l'ufficio». Poi si raddolcisce e butta lì un bonario: «Stia tranquilla, questi giorni non saranno conteggiati come ferie», come se il problema non fosse che hanno appena trucidato la mia compagna di scrivania, ma il rischio che mi rivolga anch'io all'ufficio vertenze della Cgil.

Ritorna poi allo stile militaresco per annunciare tonante: «Anche se non verrà in ufficio, deve restare a Milano perché il pm potrebbe chiamarla ancora a testimoniare. Se prova a farsi una settimana alle Maldive, se la vedrà con me!».

Vorrei rispondergli che tanto alle Maldive non saprei con chi andare, visto che non ho uno straccio di fidanzato, invece dico melliflua: «Grazie mille, direttore, è veramente una fortuna poter stare a casa qualche giorno dopo quello che è successo», facendolo sentire un benefattore, quando invece non è certo merito suo se la polizia deve fare dei rilievi nel nostro ufficio.

Lui però non ha finito: «Spero che non le venga in mente di farsi intervistare da un giornalista o di accettare l'invito di uno di quegli stupidi programmi in televisione. Siamo già finiti su tutti i tg: un disastro!».

Gli do corda: «Sì, proprio a noi doveva capitare?».

Deve aver apprezzato la mia solidarietà, perché prosegue rinfrancato: «Ben detto, Zanardelli, parole sagge le sue. I giornalisti ci perseguiteranno: vedrà se non mi sbaglio! Lei stacchi il telefono, faccia ciò che vuole, ma non spifferi niente a nessuno, capito?».

Su questo sfonda una porta spalancata: «Tutto quello che avevo da dire l'ho già raccontato al dottor Guidoni. Parlerò della Sereni solo con gli inquirenti, glielo giuro, ma adesso, se non le dispiace, la saluto: ho proprio bisogno di riposare un po'».

Metto giù, ma la telefonata di Vernini mi ha messa in agitazione e non riesco più a stare a letto. Le coperte mi soffocano, ho i nervi a fior di pelle, mi devo calmare. E c'è un unico rimedio. Infilo la chiavetta con la prima stagione di "New Girl" nel pc e me lo porto in sala. Mi siedo sul divano con il computer sulle gambe e comincio a guardare la serie forse per la ventesima volta. Sì, so benissimo che non è un capolavoro come "I segreti di Twin Peaks", ma funziona meglio delle benzodiazepine e non fa male alla salute.

Ho l'impressione di aver appena chiuso gli occhi quando squilla il telefono. La radiosveglia sul comodino segna le otto.

«Pronto» borbotto controvoglia.

«È lei Francesca Zanardelli?» chiede la voce di una donna che non riconosco.

«Con chi parlo?»

«Scusi se la disturbo così presto: sono una giornalista, vorrei farle qualche domanda sulla signora Marinella Sereni.»

«Ma chi le ha dato il mio numero?»

«Abbiamo le nostre fonti: non sono tenuta a rivelargliele.»

«Senta, mi lasci in pace e dica anche ai suoi colleghi che con me perdete tempo!» strillo.

Metto giù e ripiombo sul letto, ma ormai sono sveglia. Faccio una doccia, bevo un caffè al volo ed esco per comprare i giornali. In ascensore una vicina mi guarda stralunata, come se in testa avessi i serpenti di Medusa. Butto l'occhio nello specchio della cabina: ho delle occhiaie profonde e un'espressione sconvolta che sbuca da sotto un cespuglio scuro di ciocche impazzite. Sono mesi che non vado dal parrucchiere e maltratto i capelli con il fon. Sembra veramente che al posto dei ricci mi sia cresciuto un covo di vipere. Ma me ne sbatto se non piaccio ai vicini di casa. Tanto, non piaccio nemmeno a me. Non più almeno, dopo quello che è successo l'anno scorso.

I giornali li compro al supermercato, così ci aggiungo anche un po' di spesa. Butto nel cestello dei surgelati, un plico di quotidiani, e mi metto in coda alle casse.

Il *Rebus della morte dell'impiegata* – uno dei titoli partoriti dai giornalisti – è su tutte le prime pagine, con le foto dei poliziotti della scientifica davanti all'ingresso dell'azienda. Della Sereni c'è solo una vecchia fototessera: porta un paio di occhiali a farfalla, probabilmente rifilatigli da un ottico convinto che le slanciassero il viso. La montatura degli ultimi tempi era più sobria, una specie di color tartaruga.

Mentre aspetto il mio turno, sfoglio in fretta i giornali per capire se c'è qualche novità nelle indagini, ma gli articoli sembrano tutti uguali e non raccontano niente che io non sappia già. C'è persino una ricostruzione della piantina del bagno con il cadavere per terra, mentre in un altro pezzo la nostra azienda viene descritta come "efficiente e moderna, all'avanguardia sia dal punto di vista tecnologico che delle relazioni industriali". Vernini ha sicuramente parlato con i cronisti, presentandoci come il paradiso lombardo del lavoratore felice che, se viene ammazzato in bagno da qualcuno, magari un altro dipendente, è solo per scalogna nera, tipo quando attraversi la strada e ti investe una macchina.

Ho il fondato sospetto – come direbbe l'ispettore Lattanzi – che la Sereni, così anonima da viva, ora sia diventata una star della cronaca nera: i giornali non parlano che di lei. Una fine così balzana non sembra vera, ma concepita da un pazzo. Chissà se riusciranno a trovarlo.

Sono chiusa in casa da una settimana. Ormai il colore della mia pelle tende al giallo smorto, perché non ho voglia neanche di fare una passeggiata. L'ossigeno che mi circolava nel sangue quando mi alzavo tutte le mattine per andare in ufficio adesso viene assunto nelle dosi minime per mantenere il corpo in uno stato di coma semivigile.

Al mattino mi alzo tardissimo perché di notte mi giro e rigiro nel letto come una frittata; poi esco a comprare i giornali e mi ricaccio subito sotto il piumone.

Non corro nemmeno il rischio di ricevere telefonate. Un anno fa ho cambiato il numero di cellulare e quello nuovo l'ho dato solo a Michele. Quando Maurizio mi ha lasciata, non ho più voluto vedere i nostri vecchi amici, perché per sette anni eravamo sempre usciti insieme a loro e mi faceva orrore incontrare da sola una delle coppie con cui eravamo stati al ristorante, al cinema, o in vacanza.

Sì, qualcuno mi ha telefonato per dirmi: «Dài, vieni a mangiare una pizza, oppure veniamo noi a trovarti!», ma conciata com'ero in quei giorni ho preferito tagliarmi fuori dal mondo. E poi non volevo fare pena a nessuno.

Per evitare quelle pietose offerte di aiuto, ho cambiato il numero di telefono, mi sono fatta comprare da mio padre un cellulare schifoso, di quelli che non ricevono nemmeno gli mms, e ho infilato in un cassetto l'iPhone nuovo di pacca. Ho cancellato anche il mio profilo Facebook, volevo sparire per sempre. Insomma, se qualcuno dei nostri amici avesse provato a cercarmi, sarebbe dovuto andare a "Chi l'ha visto?".

Ormai è un anno che vedo solo i miei genitori e in ufficio

faccio la pausa pranzo sempre con Michele, che non chiede mai niente e non mi costringe a raccontargli i fatti miei.

Per carità, non sono scema: so perfettamente che alla mia età non dovrei passare tutto sto tempo con mamma e papà. Ma adesso che un killer ha anche ucciso la mia compagna di scrivania, ho ancora meno motivi di prima per farmi venire la voglia di uscire la sera.

E poi sono infiacchita dalle notti insonni, passate a rivoltarmi nelle coperte, sempre con la luce del comodino accesa, perché mi è tornata per davvero la paura del buio come quando ero bambina. Dormo in blocchi di due ore, poi spalanco gli occhi come se scattasse un interruttore. Mi sembra di sentire Marinella aleggiare nella stanza e sono terrorizzata che il suo fantasma compaia all'improvviso, arrabbiato con me perché sono ancora viva mentre lei è morta.

La sua foto ormai è finita dappertutto per corredare gli articoli e i servizi tv sulla "morte in azienda di un'insospettabile impiegata", con i cronisti impazziti a seguire una trama che sembra uscita da un libro giallo, visto che non è ancora saltato fuori nemmeno un sospettato.

Secondo i giornalisti, il killer indossava dei guanti e non ha lasciato impronte digitali né tracce biologiche che consentano di individuare il suo DNA. Solo gli ERT – Esperti ricerca tracce della scientifica – avrebbero individuato delle orme sporche di fango, sovrapposte in qualche punto del bagno a quelle della Sereni.

L'unica incontrovertibile verità, a detta degli inquirenti, è che quei segni fangosi sono stati lasciati dal killer, un uomo di taglia media. Ma le impronte, come spiegano le decine di articoli che mi sono letta, non portano letteralmente da nessuna parte. L'assassino indossava infatti scarpe nuove, con la suola di cuoio assolutamente piatta, priva di tutti gli elementi che permettono di risalire alla marca o al proprietario, come per esempio il tipo di disegno impresso sotto, i segni lasciati dal calzolaio, i tacchi consumati, eccetera. Gli ERT sarebbero solo riusciti a identificare il numero: un quarantatré. Nient'altro. Gli articoli dicono anche che gli esperti hanno utilizzato il Crimescope, una lampadona che emette una luce violacea e rileva le cosiddette "impronte latenti", ma che non sono riusciti a scoprire dove si è diretto l'assassino una volta uscito dal bagno. Non a caso, come spiega uno dei cronisti, perché "il killer è sicuramente consapevole del fatto che quel tipo di suola non lascia tracce". Insomma, mica uno sprovveduto.

Dopo la scorpacciata di articoli da macelleria, chiamo Michele. Non l'ho più sentito dal giorno dell'omicidio, e devo ammettere che la sua affettuosa pignoleria un po' mi manca.

Lui risponde subito, ma ha il tono finto allegro di quando è infastidito da qualcosa. Butta lì un banale: «Allora, come va?».

Mi chiedo se sia così bizzarro da pensare che parlare della morte della Sereni equivalga a spettegolare, come dice lui quelle rare volte in cui cerco di spostare la conversazione dal Medioevo a secoli più recenti, o magari a qualcosa successo in ufficio.

Ma io ho bisogno di scambiare due parole con un essere umano, anche se scolpito nel granito padano: «Sono distrutta, non dormo più...».

Forse c'è qualcuno in ufficio con lui, perché mi risponde con un formalissimo: «Quando torni a lavorare? Hanno messo i sigilli al tuo ufficio, ogni tanto si vedono ancora dei poliziotti della scientifica che entrano a cercare qualcosa...».

Allora ogni tanto spettegola anche lui. Mi arrischio a fare qualche commento: «Hai sentito che sono riusciti a risalire al numero di scarpe dell'assassino? Se porta il quarantatré, potrebbe essere alto un metro e settantacinque o forse un metro e ottanta...».

Lo sento irrigidirsi: «Sì, l'ho letto. Ma non basta a scoprire chi è stato».

Non demordo: «Lo so... e hai dato un'occhiata all'articolo sul numero dei dipendenti che erano in azienda quando l'hanno uccisa?».

Adesso Michele sbuffa. «Il pm non ha mai detto quanti erano. Sono solo voci raccolte dai giornalisti: così si finirà per sospettare di qualcuno che magari non c'entra niente.»

Ma io continuo: «Pare che all'una e venti in azienda ci

fossero una cinquantina di persone, quasi tutti maschi: se l'assassino è uno di loro, basta scoprire chi porta il quarantatré. Se invece il killer è un estraneo entrato da una finestra del pianoterra, le indagini dovranno concentrarsi solo sugli uomini che portano il quarantatré...».

Michele scoppia a ridere: «Non fa una piega. E forse tu hai già qualche idea su come individuarlo tra i milioni di italiani che portano quel numero?».

No, non ho idea di come si faccia a trovarlo, però in questi giorni navigando su internet ho scoperto l'esistenza della podologia forense, che studia le impronte lasciate dalle scarpe. Ci sono dei siti americani usati dalle polizie di tutto il mondo per risalire al modello di scarpe partendo dal tipo di impronta che hanno lasciato. Ma il problema è proprio questo: l'assassino è stato così intelligente da usare un paio di scarpe non identificabili.

«Mai sentito parlare della podologia forense?», provo a fare sfoggio con Michele della mia nuova cultura in materia.

Lui mi sbeffeggia senza pietà: «Credevo che il tuo lavoro fosse un altro. Se non ricordo male, ti occupi di contabilità. Ma forse bastano un paio d'ore sul web per diventare un podologo forense. Chissà che tu non riesca anche a diventare un anatomopatologo... di sicuro ci sono degli ottimi tutorial su YouTube».

Lascio perdere la podologia e cambio argomento: «Hai letto che il collega coi baffetti che accompagnava sempre la Sereni al bar è stato scagionato? Un paio di testimoni l'hanno visto tornare nel suo ufficio subito dopo il pranzo, e anche il marito ha un alibi: fino alle quattordici era in riunione con i capi».

Michele tace, ma io vado avanti, persa in un attacco di logorrea: «Non l'hanno neppure violentata, e poi dalla borsa non mancava niente, neanche una penna. Ma perché è stata uccisa proprio lei? E se adesso fanno fuori pure me? Magari c'è in giro un serial killer che strangola le impiegate...».

Michele prende il tono secco di quando ha deciso di chiudere una conversazione: «Francesca, se vuoi rovinarti la vita pensando che stai per morire, fai pure, ma non esistono casi di serial killer aziendali che uccidono un dipendente alla settimana. Vedrai che la polizia scoprirà chi è stato e perché l'ha fatto. Adesso però, scusa, devo lavorare».

E mette giù il telefono prima che io riesca a infilare un'altra parola. Riprendo a leggere i giornali: traboccano di articoli di criminologi che elaborano il profilo psicologico del killer secondo una tecnica americana che esamina i segni lasciati sulla scena del crimine.

Scorro velocemente uno dei profili: l'assassino viene definito "ordinato e minuzioso", perché ha narcotizzato la vittima prima di strangolarla e poi ha ricomposto il cadavere in una posizione dignitosa, "come se ricercasse la perfezione anche nella morte. Il rito lugubre delle braccia composte sul petto rivela che potrebbe avere una personalità ossessiva, fissata sull'ordine, oppure velata da una falsa religiosità, vissuta come copertura inconscia delle pulsioni omicide". Indizi che valgono meno della misura di scarpe.

Continuo a leggiucchiare morbosamente qua e là. Vanno forte pure gli elenchi, lunghi e variopinti, dei possibili moventi dello strangolatore, che comprendono tutti i vizi capitali tra cui naturalmente l'invidia, anche se nessuno specifica bene di cosa, fermandosi al concetto generico di "invidia tra colleghi". Ma non riesco proprio a capire cosa ci fosse da invidiare nella Sereni. Di certo non la forfora o i chili di troppo! In un lungo servizio sugli omicidi passionali, trovo una tesi semierotica: la Sereni, dipinta come madre e moglie esemplare, sarebbe stata vittima di un dipendente colpito da "psicosi dell'amore", e cioè "la convinzione patologica di essere amati da un uomo o una donna che in realtà non ricambiano i tuoi sentimenti né fanno nulla per incoraggiarti, fino a quando il delirio sfocia nell'omicidio". Mi sembra difficile credere, tuttavia, che qualcuno abbia potuto scegliere la Sereni come oggetto di una passione furiosa, da lei rifiutata fino a lasciarci le penne.

Placo i morsi della fame schiaffando due fette di prosciutto dentro a un panino, il tutto annaffiato da una Coca. Non sarà il massimo della salute, ma non mi è mai piaciuto cucinare per me sola, e comunque è sempre meglio che morire di fame. Alle dieci di sera accendo la televisione e mi butto sul divano, perché trasmettono uno speciale dedicato al caso. Non ci sono sviluppi nelle indagini, nessun indagato, la polizia non sa che pesci pigliare. Sono proprio curiosa di vedere cosa si inventeranno per restare in onda due ore.

Sullo schermo scorre in sovraimpressione il titolo *Chi ha ucciso l'impiegata?*, mentre gli ospiti sono già seduti. Hanno tutti una faccia allegrissima e sorridono beati quando la telecamera li inquadra. Di sicuro un riflesso condizionato, mi dico, altrimenti non si spiega che siano così contenti di stare lì a parlare di un brutale omicidio.

Cominciano le presentazioni: abbondano gli psichiatri e i criminologi. Sfoderano tutti dei curricula pieni di perizie e pareri clinici che avrebbero contribuito a risolvere casi anche molto più complicati di quello della Sereni. Poi il conduttore, con un'espressione eccitata, annuncia la "sorpresa" della serata: un video interpretato da attori, che ricostruisce la dinamica del delitto.

Non avranno mica messo anche me nel video? La prima inquadratura parte subito dal bagno, col sottofondo di una musichetta angosciante da film thriller. Si vede un uomo alto e con i capelli scuri che aspetta la Sereni accucciato sul water per non farsi scoprire. Tiene in mano un enorme batuffolo di cotone, e quando lei apre la porta le salta addosso come un guerriero ninja. Preme sul naso di Marinella il cotone, facendola svenire immediatamente. Poi l'assassino le stringe la corda intorno al collo, con una mossa veloce. Sempre nello stesso modo, agile e ginnico, finisce in fretta il lavoro e scappa, non prima di averle ricomposto la gonna sulle gambe e messo le mani a croce sul petto.

A quel punto arriva in bagno una ragazza... accidenti, dovrei essere io, quella lì! Hanno scelto un'attrice con i capelli ricci e neri come i miei, anche se a guardar bene sembra che porti una parrucca, una di quelle che trovi nei negozi cinesi di via Paolo Sarpi. Indossa dei pantaloni verde marcio, un maglioncino di un rosa schifoso e pesa almeno dieci chili più di me!

Ok, non sarò Penélope Cruz, ma quella tizia al massimo

è la mia caricatura! Le hanno persino fatto mettere un paio di orrendi mocassini marroni, comprati probabilmente in un mercato di periferia da una costumista che si immagina gli impiegati brutti e scalcagnati come nei film di Fantozzi.

La mia finta sosia – vestita peggio della signorina Silvani – recita anche malissimo. Appena vede il cadavere della Sereni starnazza e si agita come una gallina, poi corre fuori e sale in fretta le scale per approdare nell'ufficio del direttore. Lui – un tipo distinto e affascinante, altro che Vernini! – le apre subito la porta tutto galante, poi all'annuncio mortale fa una faccia strabiliata e sofferente, e si lancia insieme a lei verso i gabinetti.

Invece di prendere l'ascensore, i due atletici attori si buttano giù per le scale e, quando entrano nel bagno, il finto Vernini mette addirittura un braccio protettivo sulle spalle della finta me. Poi, trafelato ed efficiente, cerca di "prestare il primo soccorso" alla Sereni – spiega una voce fuori campo, un po' affannata –, ma ormai la sua impiegata preferita non è più di questo mondo. Vernini allora si mette una mano sulla fronte, in un gesto tragico di disperazione, e corre a telefonare alla polizia, trascinandosi dietro la mia sosia che adesso piange non più con versetti da gallina, ma con ululati da lupo mannaro. La scena finisce in dissolvenza su un colore rosso sangue da paura. Dario Argento avrebbe apprezzato.

Segue uno stacchetto dal titolo *Chi è il killer?*, e parte la ricostruzione della fuga dell'assassino, ripresa in due possibili versioni. Nella prima, l'attore che lo interpreta salta fuori da una finestra aperta al pianoterra e scappa a perdifiato verso l'impunità. Nell'altra, torna indisturbato a una delle scrivanie, si siede e fa finta di lavorare, anche se con un'espressione decisamente truce.

La seconda soluzione viene definita dalla voce fuori campo come la più inquietante: "In questo caso l'assassino è uno dei colleghi della ragioniera e si aggira ancora per l'azienda!". Poi appare un'enorme scritta bianca su sfondo nero: "È un serial killer?", mentre la solita voce commenta: "Se fosse così, nessuno dormirà più sonni tranquilli nell'Azienda

Omicidi. L'assassino potrebbe colpire ancora, perché sono proprio i serial killer a uccidere senza un movente personale, spinti da qualche misteriosa ossessione".

Finito il video, la telecamera torna sul conduttore che fa un sorriso orgoglioso, come se avesse contribuito a risolvere il caso, e chiede di inquadrare i "due elementi principali noti agli investigatori", appoggiati su un tavolo al centro dello studio: un paio di scarpe con la suola piatta di cuoio e una corda bianca, come quella che potrebbe comprare uno skipper in un negozio di nautica.

Inizia poi la discussione tra psichiatri e criminologi, scatenati a ricostruire il solito profilo psicologico dell'assassino, definito come efficiente, più intelligente della media, ossessivo, dotato di grande autocontrollo, disciplinato e severo. Sul profluvio di aggettivi sembrano tutti d'accordo, anche se calzerebbero perfettamente a qualche milione di persone.

Un criminologo con dei baffetti e lo sguardo fisso da psicopatico dirotta l'argomento sulle possibili perversioni sessuali dell'assassino, conseguenza di qualche trauma del passato: «Solo conoscendo la sua infanzia, capiremo il suo modus operandi!».

Poi si scatena la bagarre, perché qualcuno non è d'accordo sul fatto che il piccolo killer sia stato necessariamente violentato da una schiera di genitori, zii e cugini prima di trasformarsi in pazzo omicida. A mezzanotte, straparlano ancora tutti della personalità del mostro senza aver fatto un mezzo passo avanti, impantanati in un trambusto patetico e disordinato. Con un'unica conclusione, chiara, visibile, sotto gli occhi di tutti: gli ospiti sono lì per farsi vedere in televisione. Punto. Della Sereni gliene frega meno di niente e dell'assassino ne sanno meno di Guidoni.

Sono riuscita a strappare una confidenza a Michele: il direttore ha raccontato in giro che ci sta preparando un nuovo ufficio perché quello vecchio sarebbe "pieno di brutti ricordi", ma soprattutto perché ha ancora i sigilli della scientifica, che spera di trovare chissà quali indizi nei cestini della carta di noi impiegati della Pianificazione.

Ho proprio voglia di tornare al lavoro, almeno posso chiacchierare un po' con Michele in pausa pranzo. L'unica meta delle mie ultime "passeggiate", se vogliamo chiamarle così, sono stati gli scaffali del supermercato: ormai potrei fare la spesa bendata, perché so esattamente dove si trova ogni singolo articolo. Potrei anche rispondere a un questionario sulle offerte speciali senza fare errori, anche se poi non compro praticamente nulla, visto che vado quasi tutti i giorni a cena dai miei, dove si è messo in cucina mio padre.

Dopo l'assassinio della Sereni, la mamma è crollata di colpo, come una diga che ha retto troppo a lungo sotto l'assedio di un'alluvione. La sera dell'omicidio ha pianto per ore, mentre papà tentava di spiegarle che non sarei morta anch'io solo per il fatto che avevano ucciso la mia compagna di scrivania.

Ma non credo che sia riuscito a rassicurarla, perché da quella notte non si è mai più ripresa e adesso passa tutte le giornate a letto, in pigiama e con le tapparelle tirate giù. Anche una timida striscia di luce sulla faccia le dà fastidio e si lamenta se papà prova solo ad aprire le finestre per cambiare l'aria.

Ogni volta che vado a casa loro, si ripete sempre la stessa scena. Entro nella stanza da letto per vedere come sta la mamma, e lei singhiozza: «Siamo perseguitati dalla sfortuna...». La persecuzione, secondo lei, sarebbe ovviamente iniziata da quando Maurizio mi ha mollato. Poi geme sotto le coperte: «Perché capitano tutte a te?», mentre papà le accarezza la mano e cerca di convincerla che non mi succederà nulla, usando delle argomentazioni a dir poco stupide: «Maria, non uccidono tutti quelli che trovano un cadavere! Sai quanta gente sarebbe già morta, se fosse veramente così?».

Non ne posso più di sentirlo spiegare alla mamma che vivrò almeno fino a cent'anni, e non vedo l'ora che telefoni Vernini per dirmi che devo tornare a lavorare. Sono anche stufa marcia di passare la giornata a leggere i giornali, e oltretutto gli articoli sulla Sereni sono sempre di meno. Sembra che nessuno sia più riuscito a trovare qualcosa di nuovo da raccontare sull'"omicidio aziendale", come qualcuno l'ha definito, e quello di Marinella rischia di diventare uno dei "casi insoluti degli anni Duemila".

Ho voglia di una doccia che lavi via i brutti pensieri e l'indolenza, quando suona il cellulare. Forse sono stata io a evocarlo con la forza della mente: è Vernini, che parla con il tono allegro e assertivo di chi vuole darti un ordine mascherato da buona notizia.

«Zanardelli, può finalmente tornare al lavoro, ma siccome il vostro ufficio rimarrà ancora a disposizione della polizia scientifica, ve ne ho preparato uno nuovo, dove voi della Pianificazione potrete finalmente produrre senza rivangare troppo sul passato» conclude, come se stesse parlando dei vecchi amori del liceo. Sembra persino felice: «Vi ho spostati al quarto piano, vicini a me. Non deve più preoccuparsi di niente, adesso ci sono io a tenervi d'occhio!».

Gli belo un grazie poco convinto, perché mi dispiace lasciare la stanzetta del primo piano, dove nessuno veniva a disturbarci senza motivo, per finire invece al piano nobile, con tutte le riunioni dei capi e gli uffici sfarzosi dei dirigenti.

«Ci vediamo domani! Contenta?» bercia.

«Contentissima» gli rispondo, come se mi avesse appena promossa a vicedirettore generale.

Arrivo in ufficio alle otto e quaranta. Ho lo stomaco talmente chiuso che mi sembra una noce; non sono così convinta che vivrò fino a cent'anni, ma almeno oggi non passerò la giornata in casa da sola con l'unica prospettiva di andare a consolare mia madre che piagnucola nel suo letto di dolore.

Prendo l'ascensore e salgo al quarto piano. Vernini ha detto di aver sistemato il nostro ufficio nella penultima stanza sulla destra, ovvero di fronte al suo.

La porta è ancora chiusa. La apro pianissimo e... oh santo cielo! Sembra il set di un film dell'orrore! Il direttore ha riprodotto esattamente la vecchia disposizione delle nostre scrivanie, che adesso però paiono accatastate l'una sull'altra, visto che la stanza è più piccola di quella al primo piano. C'è ancora la scrivania doppia mia e della Sereni, praticamente attaccata a quella sempre doppia di Parodi e Gavazzeni, mentre poco più in là c'è la scrivania singola di Colombo, il responsabile del consuntivo, che una volta aveva anche un tavolino rotondo da riunione, ora scomparso.

Vernini ha fatto sparire anche le primule e le piantine della Sereni, che lei spulciava di continuo per cercare le foglie morte che poi buttava nel cestino del bagno, perché mi aveva spiegato che non le piaceva sporcare il suo. Finite nella spazzatura pure loro, ma questa volta tutte intere, con tanto di vaso e sottovaso.

La moquette è nuovissima, color carta da zucchero come quella dell'ufficio del direttore, che è sicuramente convinto di averci fatto un onore a elevarci alle sue tonalità dirigenziali.

Mi guardo intorno per qualche minuto, e poi arrivano anche gli altri tre colleghi. Capisco dal silenzio sbigottito che sono impressionati quanto me dalla ricostruzione di Vernini, assolutamente perfetta. Le scrivanie però sono vuote, perché non hanno ancora portato i pc.

Ci fissiamo l'un l'altro senza dire nulla: nessuno ha il coraggio di parlare della Sereni, e andiamo a sederci ai nostri posti. Restiamo così, muti e con lo sguardo perso nel vuoto, fino a quando Colombo ha il primo attacco d'isterismo della giornata: «Rivoglio il tavolino da riunioni: non è colpa mia se questa stanza è piccola! E poi come faccio a lavorare senza computer? Uso il cellulare?».

Si mette a picchiettare sui tasti del telefonino: «Dunque, se le uscite correnti dell'ultimo mese sono di ottocentoventisettemila euro, alle quali dobbiamo aggiungere i costi delle spedizioni...». Recita come un invasato la sua litania di numeri inventati, mentre noi lo guardiamo esterrefatti.

Sotto la giacca da impiegato e la cravatta d'ordinanza, Colombo nasconde un carattere orribile, che neanche i capelli grigi sono riusciti a migliorare. Siamo così abituati alle sue ardenti performance, in cui urla come un forsennato perché magari la stampante è rotta da due ore – e lui non può rileggere i consuntivi –, che ormai facciamo finta di non sentirlo. Adesso però insiste con la storia del telefonino: «Avanti, Gavazzeni e Parodi, prendete anche voi il cellulare che cominciamo a lavorare».

«Dài, piantala...» gli risponde gelido Parodi, che pure d'estate, con trentacinque gradi, persiste nel suo look da dipendente modello, con la giacca, la cravatta e la camicia a maniche lunghe. A quarant'anni, porta lo stesso modello di occhiali che usava probabilmente anche al liceo, e sembra un ragazzino invecchiato. Non è solo lo stolido attaccamento al decoro della mise che lo rende una preziosa *risorsa* per l'azienda, ma anche il fatto che quando si lancia nel lavoro è capace di andare avanti per giorni senza fermarsi.

Pure Gavazzeni ignora Colombo e tira fuori il suo solito: «Boh?», che significa "l'argomento non mi interessa". Gavazzeni tanto non parla mai, se non di calcio con qualche collega, e sta aspettando la pensione per tornare a vivere in non so quale paesino delle valli bergamasche dove la gente chiacchiera probabilmente quanto lui. Dopo due anni passati insieme in ufficio, lo conosco meno di un passeggero visto per cinque minuti in metropolitana.

Colombo finalmente tace, dato che il pubblico non gradisce lo spettacolo, e si mette a mordicchiare nervosamente una penna. Aspettiamo che succeda qualcosa, ma nell'ufficio non entra nessuno.

Mi fa impressione non avere più di fronte Forforella, imbambolata davanti allo schermo del computer, ma almeno adesso potrò guardare fuori dalla finestra senza sentirmi addosso il suo sguardo di rimprovero. Eh sì, perché lei poltriva tutto il giorno, ma se solo io mi azzardavo a distrarmi per un secondo, partiva con le occhiatacce.

Era una vera scansafatiche: sapevo benissimo cosa stava facendo quelle rare volte in cui prendeva in mano il mouse. Le piacevano quegli stupidi solitari con le carte, anche se era lentissima persino con quelli. In realtà nell'ufficio sapevamo tutti che faceva i solitari, e sentire quel *clic* del mouse ogni due minuti – la Sereni ci metteva non so quanto a decidere dove spostare le carte – era terribile. Quello stillicidio di *clic* mi faceva venire voglia di saltarle al collo per strapparle il mouse dalle mani e finire il solitario al posto suo, anche se giocare a carte mi fa schifo.

Colombo ogni tanto le urlava contro: «Hai finito con quel solitario? Ci stai dietro da due ore!», ma la Sereni lo ignorava sdegnata. Colombo però non ce l'ha mai fatta a stare zitto, è più forte di lui. Anche adesso si alza di scatto e dice: «Sono stufo di stare qui ad aspettare! Vado a prendere un caffè: chi mi accompagna?».

Parodi è troppo educato per non rispondergli, ma si tira gentilmente indietro: «No grazie, attendo che arrivi Ferrari...».

Colombo allora ci prova con me: «Dài, vieni tu, in fondo eri quella che la conosceva meglio...».

So benissimo che quell'impiccione vorrebbe che gli parlassi della Sereni, ma piuttosto mi faccio tagliare la lingua. «Aspetto anch'io Ferrari.»

Lui ripiomba sulla sedia: «Ho capito: rimango con voi».

Quando la tensione fra noi sta per raggiungere un livello insopportabile, arriva finalmente il dottor Ferrari, promosso dirigente per aver portato "un po' di buon senso contabile nel ballo dei conti aziendali", come Vernini aveva recitato durante la festicciola dell'investitura. Ha i capelli grigi anche lui, nel suo caso collegati a una serena maturità psichica della quale gli siamo grati. È l'unico capace di calmare Colombo quando gli partono i cinque minuti e si mette a sbraitare contro tutto e tutti.

Pure con la Sereni Ferrari aveva dato prova di una pazienza da monaco zen. Gliel'aveva rifilata il direttore un anno e mezzo fa, dopo che l'avevano sbattuta fuori da un altro paio di uffici. Credo che Vernini avesse cercato di infilarla persino nella Comunicazione, ma anche lì si erano stufati dei suoi solitari. Ferrari allora era riuscito a trovarle un lavoretto facile: tenere aggiornati i dati delle vendite su un file già perfettamente impostato, in cui bisognava solamente incolonnare dei numeri, ma lei ogni cinque minuti andava nel suo ufficio con un plico di fogli in mano per chiedergli se i conti erano giusti. Fino a quando, una mattina, pure lui aveva perso le staffe e le aveva urlato in faccia: «Tre più tre fa sempre sei: lo vuol capire o no? Non è possibile che il martedì faccia cinque e il giovedì sette!».

Lei allora aveva ritirato fuori la solita tiritera sulle sue potenzialità incomprese, col risultato che Ferrari, da quel giorno, non le aveva più dato niente da fare e Forforella si era potuta nuovamente dedicare con tutta se stessa ai solitari, alle piantine da spulciare e alle previsioni del menu del giorno.

Sono proprio curiosa di vedere se Ferrari, come Vernini, farà finta di disperarsi per la sua *risorsa* strangolata, o se avrà il buon gusto di evitare il piagnisteo.

Il nostro capo sembra un po' imbarazzato, in effetti: si ferma in mezzo all'ufficio, rimane in silenzio per qualche secondo, poi si aggiusta la cravatta marrone abbinata alla giacca pied de poule, un poco stretta sulle spalle massicce. Ferrari è un omone gentile ed è assolutamente incapace di mentire, come se per lui fosse impossibile anche solo immaginare le parole con cui raccontare una balla.

Nemmeno stavolta mi delude, perché si lancia in un brevissimo discorso su Forforella che meritava di più della morte tremenda che le è toccata, però poi la chiude subito lì: «Tra poco porteranno i computer e potremo ricominciare a lavorare. Certamente la Sereni mancherà moltissimo ai suoi cari, ma noi possiamo farcela anche senza di lei!». Si ferma un momento, ci guarda complice negli occhi, e ripete: «Ce la faremo benissimo, vedrete!». Poi esce di corsa per tornare nel suo ufficio, ancora al primo piano, come se si vergognasse di quello che ha appena detto.

Anche Ferrari sapeva che la Sereni aveva la mania dei solitari. E sa meglio di noi che non sentiremo – lavorativamente parlando – la sua mancanza. Però lo spettro della sua morte incombe su di noi. Nessuno ha ancora una vaghissima idea di chi l'abbia uccisa, e soprattutto perché. E se l'assassino fosse proprio uno dei miei compagni d'ufficio? Magari Colombo, che non poteva soffrire nemmeno la sua vista?

Do una sbirciata alle sue scarpe. Non so, forse porta il quarantatré... istintivamente lancio uno sguardo anche alle scarpe degli altri due. Mi sembra che i piedi di Gavazzeni siano enormi, mentre quelli di Parodi paiono molto piccoli. Ho l'impressione che si accorgano che gli sto fissando i piedi, perché Parodi li infila sotto la sedia, come per nasconderli, mentre Gavazzeni li agita innervosito.

Distolgo lo sguardo, e incrocio gli occhi di Colombo puntati su di me: che cosa vuole quello scocciatore?

Lo ignoro, ma lui si alza con uno scatto e raggiunge la mia scrivania: «Forforella aveva davvero le braccia incrociate sul petto, come se fosse già dentro la bara?».

«Era morta, e basta» sbotto senza aggiungere dettagli e facendolo schiumare di rabbia, visto che è curioso come una scimmia.

Ma poi capisco che forse è meglio fare una specie di dichiarazione ufficiale, così da non alimentare i pettegolezzi e le leggende sul ritrovamento del cadavere. Comincio dai piedi che spuntavano dal gabinetto, fino ad arrivare alla corsa nell'ufficio di Vernini e agli interrogatori in questura. Colombo mi ascolta in silenzio e poi commenta: «Di sicuro non è stato un maniaco perché non l'hanno violentata, anche se ci sarebbe voluto del fegato a violentare Forforella, anzi, un coraggio da leoni!».

Sta veramente esagerando: «La Sereni non era simpatica a nessuno e la storia del toto-menu ci aveva stufato, ma ti sembrano cose da dire?».

«Cerco solo di capire chi è l'assassino! Credi di essere stata l'unica interrogata da Guidoni? Lo sai che ha domandato anche a me se sospettavo di qualcuno in azienda?»

«Hai fatto bene a spiegargli che Forforella era inviolentabile, perché così il pm potrà escludere dai sospettati tutti i maniaci sessuali presenti in azienda. E gli hai già raccontato chi sono questi maniaci o tieni da parte la rivelazione per quando ti convocherà di nuovo in procura?» Avrei voglia di picchiarlo.

Colombo torna finalmente al suo posto, borbottando: «Che palle queste femministe!». Rimane lugubre a rimuginare per qualche secondo e poi domanda a Gavazzeni e Parodi: «Siete stati chiamati anche voi in procura?».

Parodi fa una smorfia di imbarazzo prima di ammettere che è toccato pure a lui: «Penso che il dottor Guidoni abbia fatto a tutti le stesse domande, ma non sapevo cosa rispondergli, visto che con la Sereni non avevo alcun rapporto».

Il suo sfogo deve essergli sembrato troppo emotivo, perché ritorna subito al solito stile impassibile e conclude con un formalissimo: «Comunque è andato tutto bene».

Gavazzeni invece continua a stare zitto, mentre Colombo lo pungola: «Su, parla!». Lui risponde con un sì poco convinto, al quale sappiamo che non aggiungerà più nulla. Il silenzio scende di nuovo, pesante come una pietra: quando ci porteranno quei maledetti computer?

Alle undici i pc non sono ancora arrivati; vado a fare un giro al piano di sotto, perché su da noi è un vero mortorio: i dirigenti stanno chiusi nei loro uffici, mentre agli altri piani ci sono gli open space per i quadri e gli impiegati, oltre a qualche ufficio singolo per i dirigenti di calibro minore.

Voglio capire che clima c'è in azienda, visto che sono stata via per così tanti giorni. Mi avvio verso uno degli sgabuzzini senza finestre che il direttore ha destinato su ogni piano all'"area break", come l'ha pomposamente definita una volta solo per averci sbattuto dentro il distributore dell'acqua e la macchinetta del caffè. Le aree break, però, sono così tristi e buie che ti fanno passare la voglia di restarci per più di cinque secondi.

Nell'oscurità riconosco la sagoma della segretaria. Laura mi saluta con un «Ciaooo...» abbattuto, perché, dopo dieci anni passati con Vernini, sembra sempre sul punto di un esaurimento nervoso. Adesso, immagino, starà peggio del solito. Provo a fare due chiacchiere: «Allora, come va? Ti vedo un po' giù...».

Lei si lascia sfuggire un lamento: «Tra un po' ci spieranno anche in bagno... hai sentito che vogliono mettere telecamere ovunque?», e poi afferra il filo di perle che non si toglie mai e comincia a stringerlo tra le mani, come se il gesto potesse calmarla.

Anche oggi ha un golfino di cachemire color pastello, e i capelli raccolti in uno chignon inamidato che le amiche di mia madre non si facevano nemmeno vent'anni fa. È sui trentacinque anni e non parla mai della sua vita privata, come se avesse paura di sporcarla con qualche confidenza ai colleghi. Siccome non porta la fede, Colombo ha decretato che è zitella: «Ma chi se la sposerebbe mai? Sembra la sorella di mia nonna: voleva essere chiamata "signorina" anche a novant'anni e faceva la comunione tutte le mattine!».

Su Vernini girano invece pochissime chiacchiere. Sappiamo solo che è sposato con un'avvocatessa e non ha "né figli, né cani, né gatti", come l'ho sentito vantarsi con un paio di dirigenti: «Il mio unico figlio è l'azienda!».

Una volta sono persino riuscita a vedere la first lady, seduta in macchina che lo aspettava davanti all'ingresso. Impressionante! Sembrava la fotocopia in versione cinquantenne di Laura, con i capelli grigi stretti in uno chignon e un doppio filo di perle attorno al collo magro e rugosissimo, come quello di una giraffa invecchiata. Laura invece ha ancora una pelle liscia e tonica, destinata sicuramente a scomparire in una decina di anni; così assomiglierà sempre di più alla moglie del direttore.

Ma oggi sembra invecchiata di colpo, ha una ragnatela di rughe attorno agli occhi. Le appoggio delicatamente una mano sul braccio: «Sei sicura di quello che dici? Davvero metteranno delle telecamere nei bagni?».

Lei si guarda intorno per vedere se arriva qualcuno e sussurra: «Le stanno montando dappertutto, che vergogna farci filmare mentre facciamo la pipì!». Poi, con l'aria sempre più affranta, prende un caffè alla macchinetta e lo butta giù tutto d'un fiato, come se fosse vodka. «Scusa, ma devo andare...», ed esce di volata dallo sgabuzzino per tornare da Vernini.

Bevo anch'io un caffè, scendo al primo piano e arrivo al mio vecchio bagno. La porta è sigillata dal nastro giallo della scientifica. Il cuore comincia a pulsare frenetico, il battito mi assorda. Non sento neanche più le voci dei colleghi che mi gironzolano attorno e forse stanno parlando proprio di me.

Scappo via prima che mi venga un infarto e finisco di

fronte al mio amato-odiato ufficio: i sigilli sono rimasti anche qui. Poco lontano, nel corridoio, due elettricisti stanno montando sul serio una telecamera. Uno è in piedi sulla scala e cerca l'orientamento migliore per posizionare l'obiettivo. Non resisto: «Scusate se vi disturbo... le metterete anche in bagno?».

Loro rispondono: «No, non si preoccupi! Nessuno può spiarvi lì dentro». E poi sghignazzano in coro come pazzi all'idea di filmare gli impiegati mentre si tirano giù mutande e pantaloni. Che umorismo macabro, avrei voglia di prenderli a sberle e di ricacciargli in gola quelle risate sguaiate.

Ricomincio a vagare da sola nei corridoi. Il chiacchiericcio che una volta usciva dagli uffici è completamente scomparso. Ora invece sembra di essere all'Overlook Hotel. Il silenzio è interrotto solo da un gruppetto di colleghe che si dirigono tutte insieme verso l'altro bagno del primo piano, guidate da una che apre la porta, sbircia dentro, e poi esclama decisa: «Via libera!».

"Via libera da che?" mi chiedo. Dal killer degli impiegati? Dobbiamo veramente farci scortare per andare a fare la pipì?

Corro subito nell'ufficio di Michele per raccontargli delle colleghe che entrano in bagno come un gruppo di marines durante un'imboscata: «Secondo te basta veramente mettere il naso dentro un gabinetto per finire strangolate?».

«Ciao Francesca, bentornata. Noto con piacere che la settimana di riposo ti ha guarita dalle paranoie» mi saluta ironico. Poi fa una delle sue solite osservazioni: «Dubito che vengano commessi due delitti quasi identici a distanza di pochi giorni: sarebbe una coincidenza ben strana».

«E se l'assassino fosse un serial killer, che uccide sempre nello stesso modo?» ribatto io, ostinata.

«Francesca, i serial killer non ammazzano sempre nello stesso luogo e magari alla stessa ora, perché altrimenti li prenderebbero subito» risponde lui con la calma di un prete che recita il rosario nel mese mariano. «In genere variano qualcosa nella scelta delle vittime e nel posto in cui le rapiscono o le uccidono.»

Parla come se avesse letto qualche libro sull'argomento.

D'altronde, non è il tipo che si fa cogliere impreparato da qualcosa, fosse pure un omicidio. Emette infatti la sentenza finale: «Nessuno ha ancora capito perché hanno assassinato la Sereni, e la probabilità che questo sia il primo di una serie di delitti è veramente bassissima...».

Questa volta però non mi convince: «Va bene, ammettiamo che non ci sia di mezzo un serial killer, ma allora perché l'hanno ammazzata? Se Guidoni avesse scoperto qualcosa i giornali ne avrebbero parlato, invece non sanno più cosa inventarsi. Magari è stato davvero un maniaco sessuale che non ha fatto in tempo a violentarla».

«Credi che se qualcuno decidesse di violentare una collega l'aspetterebbe in un bagno come i nostri, dove puoi sentire tutto quello che fa il tuo vicino?»

«Hai ragione! Allora posso evitare di farmi accompagnare al gabinetto, secondo te?»

«Certo.»

«Va bene, forse non hai tutti i torti... sai però cosa penso? Che se io venissi uccisa, non verrebbe nessuno al mio funerale. È da un anno che sto chiusa in casa e vedo solo i miei genitori.» In questi giorni di vacanza forzata rimanere a casa da sola è stata dura. E sì che sono stata io a mandare via tutti.

Michele non sopporta chi si lamenta: «Francesca, riserva le lagne a quando ci sarà un motivo. La Sereni è morta ma tu sei ancora qui, smettila di piangerti addosso!».

«Allora mi consolerò guardando chi sta meglio di me: tu, per esempio, che quest'estate ti sposi!» sibilo, più cattiva di una vipera. Mi ha punto sul vivo, e reagisco aggredendolo.

Michele sgrana gli occhi e rimane immobile per un secondo. È leggermente irrigidito quando risponde: «Sto con Manuela da quando avevo diciassette anni, e adesso ne ho trentacinque: in tutto questo tempo ci saremmo accorti se c'era qualcosa che non andava, non credi?».

Ma oggi ho il dente avvelenato e non tollero l'idea che Michele stia veleggiando placido verso un matrimonio che durerà sicuramente finché morte non li separi. Lo provoco ancora, perfida: «E chi vi ha presentato: i vostri genitori? Hanno combinato loro il fidanzamento? Magari si conoscevano anche i vostri nonni, tanto per stare più tranquilli e non rischiare sorprese?».

Michele non fa una piega, solo la punta delle orecchie gli diventa appena un po' più rossa, unico segnale di un'involontaria reazione emotiva.

«Sei ancora stravolta per la morte della Sereni, cerca di calmarti...» È troppo buono per rispondermi quello che meriterei.

Gli chiedo scusa: «Dài, mi dispiace, ma mi viene l'allergia se penso al matrimonio dopo la fine che ha fatto il mio».

Lui scuote la testa: «Smettila, Francesca, non tormentarti più pensando a Maurizio. Non era l'uomo adatto a te, si è comportato malissimo e ti fai male da sola se continui a pensare a un bugiardo vigliacco come lui».

Michele ha ragione, come sempre. Sospiro e ammetto: «È vero, devo avere più rispetto per me stessa. Non ti preoccupare, mi passerà. Domani ci sei alla messa per la Sereni?».

Annuisce e ricomincia a lavorare come se fossi diventata più trasparente di un fantasma. Le "conversazioni intime" – le chiama così – non sono la sua specialità.

LA VITA CONTINUA

Alle nove del mattino, un centinaio di colleghi è già radunato davanti al portichetto della chiesa – ancora inspiegabilmente chiusa – dove si terrà la messa in suffragio della Sereni. I funerali si sono svolti in forma privata qualche giorno fa, come ho letto sui giornali, mentre invece Vernini ha voluto organizzare una cerimonia pubblica.

Ma più che una messa, sospetto che sia una pagliacciata per fare bella figura con i giornalisti. Sul sagrato sono infatti asserragliati plotoni di fotografi e cameramen intenzionati a procurarsi un po' di nuovo materiale per i loro servizi, che ormai sono finiti nelle ultime pagine della cronaca nera.

Noto anche un'auto della polizia parcheggiata accanto alla chiesa, e mi guardo attorno per capire se ci sono poliziotti in borghese a controllare chi si presenta al funerale, ma tanto non saprei distinguerli dai colleghi che non conosco e dai cronisti che vagano tra la folla in attesa di entrare.

Oggi vedremo anche il marito di Forforella, perché Vernini ha "invitato" anche lui, come ha fatto sapere in giro. Ridicolo! Ci manca solo che il vedovo possa andare alla messa per la moglie morta soltanto con l'autorizzazione del suo ex direttore.

Dopo dieci minuti, il portone finalmente si apre, lasciando intravedere Vernini in piedi tra il parroco e un ometto piccolo con un ciuffo di capelli ancora neri su un cranio appuntito, che tiene per mano un ragazzino tristissimo di circa dieci anni. Hanno tutti e due l'aria di soffrire moltissimo, e fotografi e cameramen partono all'assalto del sagrato come avvoltoi per immortalarli.

Vernini non si scompone e rimane impettito sull'attenti: con il suo completo grigio e la cravatta nera sembra un becchino professionista. Il verme ha stampata sul viso un'espressione di dignitoso cordoglio, quasi fosse l'unico al quale è consentito soffrire per la scomparsa della "cara Sereni".

«Venite a pregare per la cara Sereni» dice proprio così, rivolgendosi alla folla di dipendenti, «perché ci mancherà per sempre. Ecco il suo affranto marito e l'adorabile figliolo, con cui oggi divideremo il dolore di non averla più tra noi!» Aggiunge poi magnanimo: «I fotografi sono pregati di restare fuori dalla chiesa per non disturbare la funzione, ma possono scattare qualche immagine adesso!».

Si mette quindi in posa con un braccio appoggiato sulle spalle del vedovo per dimostrare la sua infinita misericordia, ancora più intensa in questo momento di dolore. Quel vanesio si fa fare un paio di scatti anche con il parroco e il bambino. Non ha proprio ritegno.

Pronuncia quindi un roboante: «Potete entrare!», e ci contempla placido come il Padreterno mentre gli sfiliamo davanti agli occhi. Aspetta che l'ultimo di noi sia entrato, poi si dirige verso l'altare scortato dal prete, indietro di qualche passo.

Non pensavo che dopo l'orrida pantomima dell'apertura delle porte sarebbe arrivato addirittura a salire sull'altare, invece si sistema dietro il leggio, mentre il parroco rimane mesto al suo fianco e il figlio e il marito della Sereni vanno a sedersi nelle prime file.

Restiamo raccolti in un pio silenzio, in attesa dell'omelia di Vernini, che prende un respiro, alza gli occhi al cielo, e inizia: «Cari fratelli...».

Dice davvero "fratelli"!

«Oggi saluteremo per l'ultima volta una collega che non avremmo mai voluto ci lasciasse, soprattutto in questo barbaro modo. Una mano crudele l'ha strappata all'azienda e ai suoi cari, quando era ancora nel pieno della vita e della sua carriera lavorativa...»

Guarda un secondo verso il basso, vinto forse dalla vergogna per la sua ipocrisia.

«Perché la nostra cara Marinella Sereni aveva ancora molto da dare...»

Fa una pausa ispirata.

«... a noi, ma soprattutto al suo adorato marito e al figliolo. Ognuno di noi è vicino con il cuore alla famiglia della collega scomparsa: la ricorderemo per sempre!», e ci fissa per controllare se vibriamo realmente di dolore insieme a lui.

China quindi il capo sul leggio, come se dovesse controllare qualcosa su dei fogli che però non si vedono, e continua: «Per quanto riguarda il suo assassino, sono certo che gli investigatori stanno facendo il possibile per trovarlo. È triste ammettere che l'omicida potrebbe essere seduto tra noi, anche se io sono convinto di no. Le finestre del pianoterra non erano tutte chiuse, e l'assassino della nostra sorella...». Si ferma per un istante, con una pausa teatrale, ma poi riprende: «... potrebbe essere entrato anche da lì. Pertanto vi invito a rispettare sempre due comandamenti fondamentali!».

Ok, è in puro delirio di onnipotenza. Tra poco marchierà col fuoco i suoi "comandamenti" ed esibirà l'Arca dell'Alleanza in sala congressi.

«Primo: chiudete sempre bene le finestre quando non siete in ufficio, altrimenti ve le faccio sigillare e non potrete aprirle mai più. Secondo: portate sempre il vostro badge. Con la foto bene in vista: chiaro? È scritto nella circolare 627 che il badge è un documento di riconoscimento aziendale da mostrare ai colleghi durante l'orario di lavoro.»

Io e Michele ci scambiamo uno sguardo sconcertato. Pensiamo tutti e due la stessa cosa: non si può parlare di circolari in un servizio funebre. Ma Vernini va avanti imperterrito: «A voi però il badge non piace! Vi sembra forse poco elegante? Non siete mica a una sfilata di moda, venite per lavorare, e quindi non voglio più vedere nessuno senza badge, perché c'è di mezzo un assassino! Avete capito?».

Il prete comincia ad agitarsi: forse credeva sul serio che Vernini si sarebbe limitato a qualche parola di ricordo su Forforella. Che ingenuo.

«Noi troveremo chi ce l'ha portata via gettando fango sulla nostra azienda e collaboreremo con la giustizia, finché non sarà fatta luce su questa tragica vicenda che ha sconvolto tutti. E, mi raccomando, dopo il funerale tornate subito in ufficio. Adesso in piedi, che inizia la messa!»

Scende con passo fermo dall'altare e si va a sedere in prima fila, immagino vicino al marito e al figlio della Sereni, anche se dal mio posto quei poveretti sono quasi invisibili. Il parroco si avvicina al leggio e, con aria mortificata, bisbiglia nel microfono: «Diamo inizio alla funzione...», come se quella di Vernini fosse stata un'inutile pausa pubblicitaria.

Se devo dirla tutta, l'arrivo del killer aziendale non ha peggiorato più di tanto il mio umore. Perché, se prima la mia depressione era a livello -35 sulla scala Celsius, adesso è arrivata a -40.

Insomma, quando fa molto freddo, in Siberia, non ti metti una pelliccia di foca in più solo perché ci sono cinque gradi in meno. E il mio è un umore siberiano: desolato, arido, ghiacciato come la tundra sbattuta dai venti artici.

No, non riuscirò mai a perdonare a Maurizio di aver aspettato che la sarta portasse a casa l'abito per telefonarmi piangendo: «Devo parlarti...». E quando mi ha detto che non ci saremmo più sposati, mi sono messa a letto in casa dei miei e non mi sono più alzata per quattro mesi.

"Permesso non retribuito per motivi di salute", anche se in ufficio sapevano tutti che il matrimonio era saltato. Alcuni colleghi raccontavano persino che avevo tentato il suicidio per la vergogna e la disperazione. Sì, ci avevo pensato a farla finita. Volevo rovinare la vita di Maurizio, perché si era innamorato di un'altra – me l'aveva confessato in lacrime, il bastardo – e avrei voluto che il loro amore andasse a puttane per i sensi di colpa.

Ma non c'ero riuscita a suicidarmi per ripicca: non me la sentivo di dare un altro dispiacere ai miei genitori. Sono figlia unica, e mi avrebbero seguito anche loro nella tomba a stretto giro di posta. Magari non si sarebbero impiccati al lampadario del bagno – come avevo progettato di fare, perché era attaccato a un gancio che mi sembrava bello solido –, ma non ce l'avrebbero mai fatta a resistere senza di me, anche se in quei giorni ero uno zombie e non riuscivo nemmeno a mandar giù i brodi di gallina che mia madre preparava freschi tutte le mattine.

Non dormivo, mi rotolavo tra le lenzuola pensando che quello stronzo era stato capace di portarmi in tutti gli agriturismi della Lombardia – mentre stava già con l'altra! – per scegliere dove organizzare il ricevimento, e che avevamo passato giornate intere a parlare del menu.

Lo ricordo perfettamente a memoria quello stupido menu: culatello all'aceto balsamico, buffet di salumi con crostini caldi e frittatine mille gusti; gnocchetti di patate ai profumi verdi del bosco e risotto al radicchio rosso con formaggio di fossa; coscia lardellata di vitello speziato e maialino in porchetta al finocchio selvatico; dolce nuziale millefoglie con crema chantilly e sfoglia di cioccolato bianco; caffè e piccola pasticceria assortita.

Quattordicimila euro – per duecentoventitré invitati – buttati nel cesso, perché abbiamo disdetto il pranzo il pomeriggio prima.

Anzi, l'ha disdetto quel traditore, e poi ha telefonato a centosettanta persone per dire che c'era stato un "errore" e il matrimonio era stato rinviato a "data da destinarsi", come se qualcuno potesse credere a una balla così patetica.

Agli altri invitati – nostri parenti di vario grado e amici dei miei genitori – aveva telefonato mio padre, senza però inventarsi la storia del matrimonio rimandato. Lo sentivo che bisbigliava delle scuse imbarazzate, ma la parola che usava lui era più onesta: CANCELLATO. Il matrimonio era stato cancellato. Punto.

E dopo due giorni passati a letto a singhiozzare, con la faccia gonfia e rossa come una barbabietola, ero riuscita ad accendere il computer e a cancellare anche il mio profilo Facebook.

Volevo sparire. Nessuno mi avrebbe più visto sul web insieme a Maurizio, nelle foto di quando eravamo in vacanza in Puglia e in Croazia, e io ero tutta abbronzata con un bikini nero che ho strappato dopo averlo trovato in fondo a un armadio.

Poi avevo chiuso il mio iPhone in un cassetto e spedito mio padre a comprarmi una nuova sim da inserire in un cellulare da trenta euro. Che non suonava mai, grazie a Dio.

E mentre io stavo sdraiata catatonica sul letto, papà trascorreva le giornate al telefono con Maurizio per "liberarmi dal mutuo", come diceva lui, visto che avevamo investito, io e il mio ex futuro sposo, anni di risparmi nell'anticipo per la casa a Cesano Boscone, con la cucina fatta su misura, che qualcun altro adesso si starà godendo al posto mio.

Povero papà, non poteva sopportare che io pagassi ancora seicento euro al mese per la mia parte di mutuo, mentre Maurizio era già andato a vivere con l'altra a Milano, in corso Sempione, in un attico con vista parco.

Vegetavo chiusa in camera – prima piangevo, poi neanche più –, e sentivo mio padre che discuteva con lui per vendere quella maledetta casa. Fosse stato per me l'avrei bruciata con dentro i mobili della cucina e della sala. Pensavo alle mattine trascorse insieme a scegliere il parquet e le piastrelle, e poi col falegname a prendere le misure. E ora chissà chi altro sta usando il lavandino a incasso del bagno e il ripostiglio per le scope.

In quei giorni terribili, anche la mamma aveva reagito, mostrandosi pratica e decisa. Era toccato a lei chiamare gli invitati per pregarli di riprendersi i regali. Pronunciava vergognosa frasi del tipo: «Forse potrebbe chiedere un cambio con un buono...», perché metà degli invitati aveva scelto il regalo dalla nostra lista nozze, compilata dopo due giorni passati da Nicki. Complementi d'arredo tavola e regali da matrimonio, il negozio più chic di Buccinasco. Capivo quanta fatica le costava fare quelle telefonate, soprattutto quando il regalo non era stato ordinato da Nicki, ma arrivava da qualche negozio sconosciuto, e il pacco andava restituito a gente che non se ne sarebbe fatta un bel niente di una lampada da tavolo di design o di un completo di asciugamani in lino per il bagno.

Li guardavo dalla finestra, lei e papà, che caricavano i pacchi in macchina e li portavano in posta, anche se qualcuno degli invitati si era rifiutato di averli indietro: «Dica pure a sua figlia di tenere il set per la fonduta, magari lo userà insieme ai suoi amici». Ma io ero stata categorica: «Piuttosto buttateli nel Lambro. Non voglio vederli mai più!».

I miei uscivano indossando gli abiti migliori del loro guardaroba, per non darmi l'idea che si sentissero umiliati da quel facchinaggio quotidiano. La mamma tinta del suo solito biondo un po' sbiadito, ma sempre dritta sui tacchetti e con le mani svolazzanti per far vedere gli anelli che papà le compra ancora. Lui in giacca di camoscio e pantaloni di vigogna stirati tutte le sere, con la piega sempre fresca e perfetta.

Tre mesi prima erano riusciti ad andare insieme in pensione, dopo anni di calcoli di papà che conosceva a memoria l'elenco dei versamenti all'Inps. Avevano fatto anche una festa: sulla torta c'erano quaranta candeline, gli anni dei contributi. Al brindisi, la mamma aveva gongolato: «Ci faremo qualche viaggetto dopo che tu ti sarai sposata». Non avrebbe mai immaginato di finire alle poste per restituire i miei regali di nozze.

Alla fine comunque ce l'avevano fatta: non era rimasto più nulla a ricordarmi il matrimonio cancellato, e persino l'abito da sposa, un pomeriggio, era scomparso dall'armadio. Lo avevano di sicuro infilato in una valigia per portarlo via, così che non mi accorgessi di nulla. Subito dopo era sparito anche il tailleur viola con la rosa di panno sul bavero che la mamma doveva mettersi il giorno delle nozze: forse regalato a qualcuno o buttato per davvero nel Lambro, perché non portasse sfortuna a nessun'altra.

E poi una mattina papà, dopo essere rimasto delle ore con la cornetta attaccata all'orecchio, era entrato in camera mia con un sorriso distrutto: «Sono riuscito a vendere la casa, non parleremo mai più di Maurizio. Adesso ti alzi e vai a lavorare».

Pensava veramente di avermi salvato la vita, e dopo tutto quello che aveva fatto per me non potevo deluderlo. Ero tornata in ufficio, mentre lui mi cercava un bilocale nuovo da comprare: «Non puoi mica stare con noi per sempre. Sei una donna, Francesca, hai trentaquattro anni, devi fare la vita di un'adulta!».

In tre mesi aveva trovato il bilocale, ma io non volevo più sentir parlare di mobili e copridivani. Papà quindi si era trasformato anche in arredatore. E una domenica mattina – formula "chiavi in mano" – mi aveva accompagnato nella nuova casa. Quella da single, dove vivo sola come un cane, tra librerie Billy e scaffali Expedit dell'Ikea.

Anche stasera andrò a cena dai miei, pronta a recitare la solita parte: vado in camera della mamma, dove papà ha trascinato il televisore che stava in salotto, e lo spengo immediatamente, perché da qualche giorno non fa che guardare compulsivamente quelle serie gialle come "Criminal Minds", dove ci sono cadaveri da tutte le parti, fatti generosamente a pezzi da sadici serial killer.

Prima la mamma non sopportava quel genere di telefilm, anzi, costringeva il papà a cambiare canale non appena vedeva un morto, adesso invece l'ho beccata un paio di volte a guardarsi persino "Dexter". Ho paura che le faccia male vedere quella roba, dato quello che mi è appena successo, ma il papà dice di non preoccuparmi: «Così si distrae un po'».

Io invece preferirei che si rilassasse con qualche soap opera tipo "Beautiful", ma ormai papà fa tutto quello che vuole lei nella speranza che si tiri su dal letto.

La mamma però fa i capricci peggio di una poppante. Quando le spengo la tv, piagnucola come un bambino e dobbiamo trascinarla a forza di braccia a tavola, dove mio padre ha già cucinato e apparecchiato. Mentre mangiamo, lui parla del tempo o di argomenti del genere, e lei dopo aver cincischiato un po' con la pastasciutta torna subito a sdraiarsi, miagolando un triste: «Francesca, ti chiamo domani mattina in ufficio...».

Ogni giorno, alle nove e cinque, arriva puntuale la sua

telefonata. Proprio come adesso: «Tesoro, ci vediamo stasera, vero? Cucina qualche cosa papà...».

«Vorrai dire *scongela*» le rispondo, perché mio padre, per invogliarla ad alzarsi dal letto, voleva prenderla per la gola sfornando deliziosi piattini, ma visto che in cucina è una frana si è buttato sul reparto surgelati del supermercato: agnolotti piemontesi, paella alla valenciana, grigliate miste di pesce e altre raffinatezze del genere.

«Sì, amore» dice lei seria, «gli ho chiesto se per cena può scaldare una zuppa di legumi, vorrei qualcosa di semplice...»

Noto con quale velocità ha eliminato il verbo "cucinare" dal vocabolario. Ma anche io, a casa mia, scongelerei qualcosa: tanto vale che la zuppa la mangi in compagnia.

Alle sette, parcheggio sotto casa loro, di fronte ai giardinetti del condominio di Rozzano in cui abitano da più di vent'anni e che mamma adora perché "tutti lo tengono in ordine", come ripete ogni volta che parla della cera sulle scale, data ogni tre mesi dall'impresa di pulizie. Gli inquilini hanno persino deliberato che le tende dei balconi devono essere solo dello stesso color terra cotta dell'intonaco. Poco ci mancava che l'assemblea di condominio scegliesse pure le piante ammesse sui terrazzi.

Quando scendo dalla mia vecchia e affidabile Seicento azzurra, vado praticamente a sbattere addosso a papà.

«Cosa ci fai qui fuori?» gli chiedo stupita. Sono i giorni della merla e fa un freddo cane.

Lui mi prende sottobraccio: «Devo dirti una cosa, prima di salire...».

«Parla, papà, spero che non sia niente di grave!»

«Riguarda la mamma...» risponde lui misterioso.

«E cioè? Sta poco bene?»

«No, no... tua madre scoppia di salute! Ma oggi è venuta a trovarla la vicina del piano di sotto e si è portata dietro un'amica vedova...»

«E quindi?»

«Quest'amica, la signora Giovanna, ha una figlia...» continua pensieroso.

«E allora?»

«La figlia è single...»

Mi sto innervosendo: «Papà, se mi dici una parola al minuto, domani mattina siamo ancora qui!».

Lui allora parte tutto d'un fiato: «Pare che questa ragazza si confidi tantissimo con la madre, vivono ancora insieme, dato che il padre è morto molti anni fa. E sembra che frequenti certe serate per single, organizzate su internet, dove è facilissimo conoscere degli uomini, anche ragazzi seri che vogliono sposarsi... tua madre ha pensato che voi due potreste incontrarvi e andare insieme a qualcuna di queste feste!».

«Stai scherzando?»

«No, Francesca... la mamma ha voluto che controllassi su internet e ho scoperto che è tutto vero. Ci sono siti per single che organizzano delle cene e degli aperitivi nei bar.»

Non posso crederci. Papà si è inforcato sul naso gli occhiali da presbite e ha acceso il computer per cercare su Google feste per single a cui vorrebbe che partecipassi! Proprio lui, che diceva a mia madre: «Vorresti meno bene a una figlia che vive da sola o preferiresti che fosse sposata con l'uomo sbagliato?». Mi sento tradita.

«Papà, perché hai fatto una cosa del genere? Vuoi mandarmi in mezzo a degli sconosciuti a trovare un marito?»

«Francesca, lo sai che non me ne frega niente se ti sposi, e che l'importante per me è che tu sia felice, ma la mamma sta male: continua a dire che uccideranno anche te. Dovevo darle una speranza, qualcosa in cui credere.»

«Vuoi veramente che vada a una festa per single con una tipa che non ho mai visto in vita mia?»

Lui allora confessa: «Domenica la mamma ha invitato a pranzo lei e la signora Giovanna...».

«E tu cos'hai detto?»

«Che cucino io...»

«Non ci vengo, papà, non ci vengo! E poi cosa vuoi fare, un pranzo intero a base di surgelati?»

«Guarda che gli spaghetti alle vongole sono meglio di quelli che fa tua madre! Ti prego, Francesca, non dire di no!»

Stanno dando i numeri tutti e due, ma papà comincia

a farmi un po' pena. Lo accontento solo per evitargli altri guai con la mamma: «Va bene, verrò al pranzo, ma alle feste non ci andrò mai, quelle te le scordi!».

«Stai tranquilla, tua madre non potrà controllare se ci sei andata o no. Questa sera, però, dille che hai voglia di rifarti una vita, di sposarti...»

«Sposarmi con chi?»

«Spiegale che non lo sai ancora, ma che stai cercando un bravo ragazzo con cui metter su famiglia...»

«Papà, giurami che sei lucido: hai cominciato a bere di nascosto?»

«Ma va'! Sono solo preoccupato per la mamma: dobbiamo darle una buona notizia che la tiri un po' su.»

Non ho il tempo di replicare, perché ormai siamo entrati in casa. La tavola in cucina è apparecchiata in perfetto ordine e dalla pentola spunta un blocco di ghiaccio marrone. Papà accende il gas e poi mi spinge dentro la camera da letto: «Maria, senti che bella novità! Nostra figlia si vuole sposare!».

Lei allora distoglie gli occhi dalla tv e fa un sorriso spiritato: «Finalmente tesoro! Ma con chi?».

Lui le risponde serissimo: «Non ha ancora deciso chi sarà suo marito, ma la nostra Francesca vuole provarci di nuovo: sei contenta, Maria?».

Un'ombra di dubbio passa nel suo sguardo, ma poi la scaccia con una mano. «Amedeo, ma è meraviglioso! Francesca, lo sai che domenica viene a pranzo una signora con sua figlia, che diventerà sicuramente tua amica?»

Papà la blocca subito per evitare che io le risponda male: «Andrà certamente così. Vieni a festeggiare con noi la bella notizia: su, Maria, alzati!».

Mia madre non sembra molto convinta e tira fuori una voce tremula: «Ma devo scoprire chi è l'assassino, l'Fbi sta per prenderlo...».

Papà spegne la tv: «Dài, vieni, te lo cerco dopo su internet!», e la alza dal letto.

Andiamo tutti insieme in cucina, dove l'iceberg nella casseruola si è quasi sciolto.

«Ti ho fatto la zuppa del contadino, Maria, che ne dici?»

La mamma finalmente sorride: dopo aver cucinato per quarant'anni, quella poltiglia di farro e fagioli deve sembrarle una ricetta da nouvelle cuisine.

Mio padre versa delle mestolate fumanti nei piatti fondi e poi mi guarda un attimo negli occhi, come per dire: "Hai visto? Ha funzionato". Quindi fa un sorriso incoraggiante a sua moglie: «Domenica ti piacerebbero gli spaghetti alle vongole o preferiresti i tonnarelli alla cernia?».

E lei, come se stesse scegliendo dal menu di un ristorante a quattro stelle, risponde: «E se provassimo i tonnarelli?».

«Perfetto, tesoro, vada per i tonnarelli! E tu, Francesca, mi raccomando: sii puntuale» continua papà, lanciandomi un'altra occhiata complice e soddisfatta. Poi si volta per prendere un appunto su un quaderno che tiene sulla mensola della credenza.

«Papà, cosa stai scrivendo?»

«Tengo una traccia di tutto, così posso programmare le spese al supermercato. Perché, tu non lo fai?»

Io passo col carrello tra i banchi del supermercato e ci infilo la roba dentro. Stop. E se gli presentassi Michele? Sono sicura che si piacerebbero, e andrebbero a fare la spesa insieme pianificando l'ordine delle visite tra le corsie.

A quanto pare papà si è buttato con discreto piacere nella sua nuova mania, perché mi chiede in tono efficiente: «Francesca, c'è qualcos'altro che vorresti domenica a pranzo? Magari una torta gelato?».

Lo provoco con un sorriso: «Hai un elenco delle torte? Procuratene uno, così possiamo sceglierla insieme».

Papà riprende subito in mano il quadernino, ci scrive qualcosa sopra, e poi risponde: «Perfetto, tesoro, ti chiamo in ufficio quando ho fatto l'elenco». Non ha mica capito che stavo scherzando.

«Che bell'idea: aspetto la tua chiamata» aggiungo laconica. Guarda un po' come mi sono ridotta: a trentaquattro anni devo discutere con mio padre se comprare la Viennetta o la Saint Honoré.

La mamma invece sembra interessatissima all'argomento: «Lo sai, Amedeo, che c'è anche la Viennetta al cappuccino?».

Stasera torno a casa e mi butto dalla finestra, tanto sto al settimo piano. Non ho nemmeno bisogno di arrivare in piazza Duomo.

Le indagini sembrano ferme al punto di partenza. Forforella è stata ormai declassata a qualche brevissimo articolo di cronaca che ripete sempre la stessa cosa: "Ancora ignota l'identità dell'assassino".

Vernini allora ha fatto la sua mossa, dando il via a un round di controinterrogatori interni. Da ieri il direttore riceve nel suo ufficio tutti i dipendenti che conoscevano la Sereni. Abbiamo notato uno strano via vai e aspettiamo da un momento all'altro che convochi anche noi della Pianificazione.

Squilla infatti per primo il telefono di Gavazzeni, e poi quello di Parodi. I due ascoltano in silenzio per un paio di secondi, bisbigliando in risposta un contrito: «Arrivo subito!», e poi, velocissimi, raggiungono a turno l'ufficio di Vernini.

Colombo, che osserva sempre tutto come un falco predatore, si accorge delle loro mosse. E quando Parodi torna dall'interrogatorio con l'aria avvilita, lo assale immediatamente: «Ti ha chiamato il direttore? Cosa voleva?».

Parodi però non ha voglia di rilasciare dichiarazioni: «Sono affari miei».

L'altro insiste: «Il direttore vuole tormentarci per raccogliere informazioni sulla Sereni! Ma io le ho parlato due volte in un anno: ti ricordi quando aveva portato quelle paste secche, dopo che era appena arrivata nel nostro ufficio? È venuta da me col vassoio, ne ho presa una e le ho detto grazie. Pensi che basti per essere sospettato di un omicidio?».

«Esageri sempre tu!» obietta Parodi, un po' sbatacchiato dall'indagine interna di Vernini.

«E a te invece cosa ha chiesto?» chiede Colombo a Gavazzeni, appena rientra in ufficio. Ma l'imperturbabile bergamasco gli risponde con il solito: «Boh?», e continua a lavorare in silenzio.

Allora Colombo mette la quarta. «Voglio vedere se chiama

anche me! Lo voglio proprio vedere» comincia a strepitare, ma tanto sa che il direttore preferisce lasciarlo in pace, perché, dopo l'annullamento della cessione, Colombo si è iscritto alla Cgil. Durante i sei mesi della battaglia legale è stato tranquillo, ma quando si è accorto che il vento tirava contro Vernini ha preso la tessera e ha iniziato a farsi vedere con Crudelia, come se fosse da sempre il più sincero militante sindacale.

Adesso che ha sentito l'odore del sangue, si mette a sbraitare: «Sapete cosa faccio? Vado dal direttore e gli chiedo di interrogare anche me. Vediamo se ha il coraggio di dirmi di no, non sono mica Parodi!», offendendo pure lui, che tanto non reagisce mai. Punta deciso verso l'ufficio di Vernini: «Voglio vuotare il sacco sulla Sereni! L'ho uccisa io! Allora, qualcuno vuole sentire la mia confessione?».

Arrivato di fronte alla stanza del capo, apre la porta con decisione, entra nell'anticamera presidiata da Laura e la richiude. Ma dopo meno di un secondo viene lanciato fuori quasi di peso, mentre Vernini gli sibila glaciale: «Se l'ha uccisa lei, vada a raccontarlo in procura, non a me». Poi gira i tacchi e se ne torna alla sua megapoltrona in cuoio.

Vernini però avrebbe fatto meglio ad ascoltarlo e a concedergli un po' di soddisfazione – cinque minuti di grida ricambiate –, perché così Colombo si sarebbe sfogato e l'avrebbe piantata lì, invece ora parte come una furia alla ricerca di Crudelia. «Ammazzano una collega e nessuno convoca un'assemblea sindacale? Ci uccidono nei bagni e non facciamo sciopero? Chi garantisce la nostra sicurezza?»

Dopo mezz'ora arriva a tutti una mail di Crudelia che sobilla un'adunata generale: "Non vi sembra il caso, vista la gravità dell'accaduto, di convocare un'assemblea dei dipendenti per evitare che l'azienda strumentalizzi l'omicidio di una collega come pretesto per un nuovo attacco contro i lavoratori?". Segue poi una frase sibillina, dal contenuto peraltro chiarissimo a chi è già a conoscenza degli interrogatori di Vernini: "Solo la procura ha il diritto di investigare sul delitto commesso e sconsigliamo di rispondere alle domande di chi non è preposto alle indagini. Se qualcuno venisse interrogato da personale non giudiziario, è pregato di riferirlo ai rappresentanti del sindacato, che prenderanno gli adeguati provvedimenti".

Colombo ritorna in ufficio con l'aria soddisfatta di un gatto che si è appena mangiato un sorcio molto più grande di lui. Avanza trionfale verso la sua scrivania, mentre si proclama difensore del popolo: «Se quel matto prova ancora a fare il terzo grado a qualcuno, venite pure da me. Vi porto dall'avvocato dell'ufficio vertenze: continueremo a difendere i lavoratori da ogni minaccia!».

L'ha sparata veramente grossa, perché Gavazzeni prende inaspettatamente la parola: «Ma se lo sanno tutti che ti sei iscritto dopo la sentenza!».

Siamo così sbalorditi dall'averlo sentito parlare che neanche Colombo osa rispondergli e ricomincia a picchiettare cupo sui tasti del pc, con l'aria di chi sta meditando sulla prossima mossa per provocare Vernini.

Nel silenzio ancora carico di tensione, squilla il mio telefono. È Laura, che mi trasmette con tono efficiente l'ordine del direttore: vuole vedermi subito. Sto per uscire dall'ufficio, quando Colombo si rizza di scatto dalla sedia e viene verso di me, urlando ispirato: «Non puoi andare da sola, ti accompagno io!».

L'idea di assistere a una delle sue proverbiali sfuriate mi terrorizza più della possibilità di trovare un altro cadavere in bagno. «Sei molto gentile, ma se ho bisogno di aiuto ti chiamo io...» Lui si ammutolisce e mi lascia passare.

Laura mi apre la porta tutta trafelata e torna subito alla scrivania, perché se suona il telefono e lei non risponde entro un paio di squilli Vernini le fa fare la fine di Forforella. Rimango in piedi nella piccola anticamera, finché sento un urlo: «Venga avanti, Zanardelli!».

Entro un po' titubante, ma il direttore insiste: «Prego, si metta comoda!», con un sorriso che non lascia presagire niente di buono. Si sistema bello dritto nella sua poltrona dirigenziale, butta la testa indietro per un attimo, come a prendere l'ispirazione, e poi con un colpo del collo in avanti la riporta in posizione eretta. Mi guarda negli occhi e annuncia esaltato: «Zanardelli, la vita continua!». Poi tace, in attesa che io dica qualcosa.

La sua passione è buttare lì delle frasi che non vogliono dire niente, o quasi, per studiare le nostre reazioni. Se gli rispondiamo una cosa a caso, dimostriamo di essere degli idioti. Se invece chiediamo spiegazioni, diamo prova di una "scarsa proattività", come ci rinfaccia sempre nei discorsi di Natale, in cui elenca puntualmente i difetti da combattere "dall'interno" per diventare "i guerrieri di noi stessi".

Preferisco fare la parte della vigliacca e tacere. Ed è la scelta migliore, perché lui si apre in un altro sorriso da squalo e continua: «Le abbiamo trovato un nuovo collega che condividerà la scrivania con lei, al posto della povera Sereni...». Fa una pausa, mentre io rimango imperturbabile. Poi alza la voce, ridiventando improvvisamente serio, e chiede: «È contenta?».

Cosa dovrei rispondergli: che non vedo l'ora di conoscere l'erede di Marinella e che sono curiosa di sapere se anche lui chiederà a Ferrari quando bisogna fare una somma o una sottrazione?

Il direttore deve percepire la mia esitazione, perché mi sferza immediatamente: «Le ho fatto una domanda, Zanardelli. È diventata sorda?».

Cerco in fretta una risposta neutra per non irritarlo ancora di più: «Allora il nuovo collega è un uomo?». Sto finendo di pronunciare la frase, quando capisco di aver fatto un autogol.

«Sta per caso cercando un nuovo marito?» ribatte lui, veloce e cattivo come un furetto.

Vernini sa di sicuro che fine ha fatto il mio matrimonio, ma certo non ero pronta a un colpo così basso. Ovviamente, ogni volta che cammino nei corridoi dell'azienda, ho la sensazione che tutti pensino: "Ecco quella sfigata che è stata mollata il giorno prima del matrimonio!", ma siccome non parlo più con nessuno i colleghi si guardano bene dal fare commenti sull'argomento, perlomeno davanti a me. L'ultima cosa che mi sarei aspettata da Vernini era una battuta da sgabuzzino del caffè.

Non rispondo, ma il cuore inizia a battere all'impazzata e lo stomaco mi si contrae di nuovo come una noce. Lui per fortuna lascia cadere l'argomento, come se non avesse mai pronunciato quell'orribile allusione.

Qualcuno bussa alla porta, spezzando il silenzio imbarazzato. Vernini urla il consueto e roboante: «Avanti!».

Entra timidamente Gino Pisani, l'autista-fattorino-factotum di Vernini, con la solita faccia gonfia e le gote rubizze di uno che si fa almeno un paio di spritz al bar quando stacca dal lavoro. Ha più o meno la stessa età di Vernini, di cui è il "personal slave", come lo chiamano tutti, perché lo accompagna ovunque con la macchina aziendale.

"Che vita di merda!", è il commento che facciamo sempre quando lo vediamo aspettare per ore il suo "master" davanti all'ingresso, chiuso dentro una vistosa berlina blu che a Vernini deve sembrare molto chic e assolutamente adatta a un uomo del suo rango.

Pisani appoggia una busta sul tavolo del direttore, che non lo ringrazia nemmeno e lo congeda con un cafonissimo cenno della mano.

Quando il suo schiavo se n'è andato, riprende a parlare con tono meditabondo: «Sì, il suo nuovo collega è un uomo... gli abbiamo appena cambiato settore e spero che si inserisca in fretta nel vostro gruppo. Le auguro quindi una proficua e utile collaborazione col dottor Savino Santi, fresco di laurea in Economia e commercio».

Anche questa è una battuta di pessimo gusto, perché Vernini sa di certo che sono iscritta proprio a quella facoltà e che non do un esame da più di un anno. Ora però devo fingere di congratularmi per questo Santi: «Sarà giovanissimo, se si è appena laureato».

Vernini si incupisce e borbotta: «Ha quarantotto anni suonati: le sembra un neolaureato?».

Al direttore piacciono infatti moltissimo i "neo", come li definisce lui, perché adora le *risorse* giovani e brillanti, da spremere come limoni, ma un "neo" anziano è una strana categoria. Riuscirà a mettere a punto anche per Santi un "percorso di sviluppo" personalizzato, che si concluderà con la promozione un'ora prima di mandarlo in pensione?

Ma ci dev'essere qualcosa che non va, perché Vernini si lancia in una confidenza, con fare cospiratorio: «Santi pretende di diventare quadro senza seguire tutte le tappe del percorso di sviluppo: è da diciassette anni nella nostra azienda e ritiene che, per il semplice fatto di essersi laureato, adesso meriti il passaggio a quadro...».

Il suo sguardo si perde nel vuoto con un'espressione disperata, come se solo lui fosse in grado di rendersi conto della scandalosa gravità delle richieste di Santi. Poi torna a fissarmi negli occhi e finalmente arriva al dunque: «Santi crede di essere un esperto di diritto del lavoro, perché ha persino il coraggio di mandarmi dei trattatelli scritti da lui», e tira fuori dei fogli che mi sventola in faccia, «in cui straparla del Regio Decreto Legge sul lavoro del 1924 e si definisce un impiegato d'ordine e non di concetto!».

Poi si prende la testa tra le mani, e la rialza lentamente prima di chiedermi rassegnato: «Ma lei sa che cos'è un impiegato d'ordine?».

No, non conosco queste finezze da esperto di diritto del lavoro, e non ci sto capendo niente. So soltanto che anch'io sono ancora un'impiegata come Santi, e lo sarò a vita finché non prenderò quel maledetto pezzo di carta. Ma devo per forza rispondergli qualcosa, perché lui non sopporta chi fa scena muta: «No, dottor Vernini, non so che cos'è un impiegato d'ordine...».

Lui allora prende in mano i fogli di Santi e legge con una smorfia nauseata: «Secondo quanto rinvenibile in alcune importanti sentenze della Cassazione, gli impiegati si distinguono in due categorie: impiegati di concetto e impiegati d'ordine. Io, dottor Savino Santi, appartengo senza dubbio alcuno alla seconda, visto il mio basso inquadramento contrattuale. Sono perciò tenuto a svolgere un lavoro intellettuale, ma solo come mera attuazione delle direttive dei superiori, e senza alcun potere di iniziativa». Poi risbatte i fogli sulla scrivania con una manata e urla: «Santi si è messo in testa di comportarsi da impiegato d'ordine fino a quando non lo nominerò quadro. Mi scrive quattro volte alla settimana per lamentarsi del fatto che i suoi capi non gli danno istruzioni adeguate per svolgere il suo lavoro!».

Vorrei sparire, trasformarmi in polvere, teletrasportarmi su un altro pianeta come in un vecchio film di fantascienza in bianco e nero... tutto pur di non assistere a questa esplosione atomica di rabbia, ma per qualche astruso motivo Vernini comincia a considerarmi una sua confidente.

Continua infatti a inveire, agitando le mani nell'aria: «Quest'uomo non solo insinua che io non conosco le leggi sul lavoro, ma da quando si è laureato in ufficio non fa niente dalla mattina alla sera, perché secondo lui non riceve direttive adeguate dai suoi superiori. E quindi passa otto ore a guardar volare le mosche! Come si permette? Lo stipendio bisogna guadagnarselo!», e picchia un pugno sul tavolo. Poi scuote ancora la testa fissando un punto fuori dalla finestra. Aspetto terrorizzata la prossima ondata di furia. Invece mi chiede con un'inflessione quasi neutra: «Ma lei sa che lavoro fa mia moglie?».

«L'avvocato...» balbetto, perché non so se si aspetta veramente che io lo sappia.

A quanto pare, rispondergli è stata una buona idea, perché esulta come un pazzo: «E le pare che il marito di un'avvocatessa debba prendere lezioni sul Codice civile? Mia moglie mica si occupa di sfratti e divorzi! È un'esperta di diritto del lavoro e difende aziende come la nostra. Non è come gli avvocati che lavorano per il sindacato: poveri falliti che non valgono niente! Purtroppo non ho potuto farmi assistere da lei per la cessione, ma con lei avremmo vinto di sicuro!». Si interrompe per un attimo e sbotta, di nuovo irritato: «Invece adesso mi trovo contro quell'esercito di lavativi armato da Crudelia!».

Dopo qualche secondo recupera la calma. «Perdoni lo sfogo, forse ho esagerato. Si dimentichi di quello che ho detto, e anche di come ho chiamato quella donna», e mi fa un sorriso affettuoso, quasi da amico. «Cara Francesca, ho molto apprezzato come si è comportata il giorno della tragedia, è stata così coraggiosa e ferma, e credo di poterle confessare la verità.»

O mio Dio! Cosa avrò mai fatto per convincerlo della mia fedeltà? Sarà mica perché non ho spifferato agli inquirenti la battuta sulla sua carriera rovinata?

Fa una pausa drammatica e sentenzia: «Santi mi preoccupa. Non crederà davvero di poter diventare quadro comportandosi come il più miserabile degli impiegati!».

Allora è vero che li disprezza! Ma dovrebbe avere un po' più di buon senso, perché anch'io sono una di loro: «Dottore, non siamo tutti uguali, e comunque l'azienda ha bisogno anche di bravi impiegati come noi!» obietto un po' ruffiana, mentre penso che, se Crudelia mi sentisse, sarebbe capace di strangolarmi a mani nude, senza neanche usare la corda bianca come il killer.

Vernini allora mi stupisce con un complimento. «Zanardelli, lei sta facendo un percorso che la porterà a una veloce crescita professionale, e poi è autonoma, svolge i suoi compiti con passione... ma Santi non brilla certo per professionalità. Ed è laureato, capisce? Laureato!»

Comincio a preoccuparmi. E se Santi fosse davvero il degno erede di Forforella? Magari ancora più scansafatiche e polemico? Dovrò passare otto ore al giorno seduta di fronte a un estraneo maleducato, separata da lui solo da un divisorio alto trenta centimetri?

La mia faccia dev'essere eloquente, perché Vernini si alza dalla poltrona per congedarmi e mi dice teneramente: «Cerchi di stare tranquilla con Santi e andrà tutto bene, d'accordo?».

Mi accompagna alla porta – mai fatto in vita sua! – e mi stringe persino la mano: «Venga pure da me, se c'è qualcosa che non va!».

Accidenti. Se Vernini mi raccomanda di mantenere la calma, Santi deve essere veramente un mostro.

L'indomani entro in ufficio alle nove, e c'è più buio del solito. La veneziana della finestra è tirata completamente giù. Nella penombra, spicca una nuova lampada da tavolo accesa sulla scrivania davanti alla mia, alla quale è già seduto Savino Santi. Ha un orrendo riporto che non riesce a nascondere la calvizie. Porta una giacca marrone, abbinata a una cravatta di uno strano color verdognolo, che sembra fatta con la pelle di un serpente.

Ha impilato un'enorme quantità di risme di carta per formare una barriera più alta del normale divisorio, e proteggersi così dalla sottoscritta. Che tipo socievole. Quando appoggio la borsa sulla scrivania, lui alza appena la testa, mi lancia uno sguardo leggermente disgustato, e riabbassa subito gli occhi senza nemmeno salutarmi. Cominciamo bene.

Piombo sgomenta sulla sedia e accendo il computer, chiedendomi quale strano debito karmico mi impedisca di guardare fuori dalla finestra. Prima le occhiatacce della Sereni, poi Santi che ama il buio. Forse in una vita precedente era un pipistrello.

Parodi e Gavazzeni hanno lasciato alzata come sempre la loro veneziana e non hanno l'aria di essere infastiditi dalla trovata di Santi. Capisco subito che nessuno in ufficio mi difenderà dalle follie del nuovo arrivato.

Comincio a riordinare dei vecchi documenti che tenevo sul fondo di un cassetto, tanto per non guardare in faccia il mio bizzarro compagno di scrivania. Boh, forse dovrei presentarmi e dargli il benvenuto. Magari si aspetta che lo faccia, ma non ne ho proprio voglia. Sembra il tipo che ti morde alle caviglie solo per il gusto di vederti gridare dal male.

Anche gli altri tre sono silenziosi, come se la sua presenza avesse raffreddato persino gli spiriti bollenti di Colombo. Non voglio litigare con Santi, però non posso restare al buio tutta la giornata, così vado ad accendere la luce. Premo per sbaglio entrambi i pulsanti delle lampade al neon sopra le nostre scrivanie.

Santi scoppia in un furibondo: «Chi ti ha detto di accendere anche la mia? Accendi solo la tua, se proprio ci tieni!».

Le guance mi si imporporano, non mi aspettavo un attacco simile. Mortificata, spengo subito la sua lampada. Non sono nemmeno le nove e mezzo e passerò tutta la giornata con la luce accesa, mentre fuori un timido sole sta scaldando la città. Adesso capisco perché Vernini mi ha messa in guardia: Santi è peggio di Forforella. Ma sono costretta a ingoiare il rospo e a non ribattere: dopo le raccomandazioni del direttore, se discutessi con lui sarebbe colpa mia.

Per sbollire il nervoso vado a fare un giro ai piani bassi, ma il clima è ancora paurosamente abbattuto. I colleghi si muovono furtivi come ombre, guardandosi attorno con circospezione. L'unica che vedo camminare spavalda è Crudelia, che mi assale nel corridoio: «Ci sarai all'assemblea generale? La facciamo lunedì nella sala congressi».

È eccitatissima: non le sembra vero di essere tornata ai bei vecchi tempi, quando tutti applaudivano i ricorsi degli avvocati del sindacato, declamati da lei con voce ferma e dura.

Si avvicina ancora di più per sussurrarmi melliflua all'orecchio: «Perché non fai un intervento? In fondo l'hai trovata tu la Sereni...».

Allora vuole anche lei che racconti quello che ho visto in bagno! Non ne posso più: «L'hai detto tu che non dobbiamo parlare col personale non giudiziario, e adesso vuoi che faccia qualche bella dichiarazione davanti a tutti! Speri di scoprire qualcosa di nuovo?».

Crudelia tira fuori le spine: «Non c'è bisogno di aggredirmi, non ho detto niente del genere. Sei sicuramente stressata per quello che ti è capitato, e hai interpretato male le mie parole: ti avevo solo invitato».

«Grazie, ma non ci vengo!» le sbatto in faccia. Se fosse per me, di Forforella non parlerei mai più. Già mi basta sognare il suo cadavere tutte le notti.

Torno in ufficio e cerco di lavorare, ma sento ondate di energia negativa promanare da Santi. È come se il suo malumore appestasse l'aria, trasformandola in un veleno che ci farà presto morire soffocati. Sta seduto rigido come un impalato, con la camicia ingessata da chili di appretto: indeformabile, inflessibile, perfettamente tesa, come l'abito di un manichino.

Tento di raccogliermi nella meditazione contabile, quando Colombo si accosta alle nostre scrivanie, unite come quelle di due involontari gemelli siamesi.

«Allora, sei finito con questa megera? Ti faccio le mie condoglianze» dice tutto brioso rivolto a Santi, mentre mi guarda sorridente per vedere se è riuscito a farmi imbufalire. Ce l'ha con me perché pensa che sia diventata la cocca di Vernini? Vai a sapere, è talmente paranoico che tutto è possibile!

Ma questa volta mi fa proprio perdere le staffe. «Le condoglianze fagliele per un motivo migliore. L'ultima che era seduta lì l'hanno strozzata, e nessuno sa ancora chi è stato! Ti sembra un posto fortunato?»

Colombo mi guarda soddisfatto: ha avuto la reazione che sperava e ribatte pronto: «Cosa vorresti insinuare? Che tutti quelli che ti si siedono davanti verranno uccisi? Ne sai più di quanto vuoi ammettere o porti solo sfiga?».

Santi tira finalmente su la testa e sorride con la grazia di un barracuda, scoprendo due lunghi canini da carnivoro predatore. «Se la Zanardelli è pericolosa, mi faccio cambiare di ufficio.»

Cado definitivamente nella trappola: «Portare sfortuna a due tipi come voi sarebbe un onore! Purtroppo però non ho questo potere».

Quel bastardo di Colombo ormai si è lanciato: «Sei veramente una strega! Domani portiamo le corone d'aglio!».

Vernini, ubiquo come l'Onnipotente, si materializza all'improvviso nella stanza: «L'avevo avvisata, Zanardelli. Venga un attimo da me».

Sono costretta a seguirlo, mentre i due sghignazzano tronfi. Entrati nel suo ufficio, mi fa segno di sedermi: «Cosa le avevo detto, cara Francesca? Di lasciarlo perdere! E poi non deve litigare con Colombo: lo sa come è fatto».

Mi aspettavo una lavata di capo, invece ha un tono conciliante: allora anche Vernini non li sopporta? Forse sì, perché infatti mi assolve subito: «Su, Zanardelli, torni in ufficio e non gli presti attenzione. A proposito, ho saputo che non andrà all'assemblea sindacale...».

Ma come fa a essere informato sempre di ogni cosa? È proprio come Dio, che vede tutto...

Lui continua serafico: «Una saggia decisione, la sua. Detesto chi vuole aizzarvi contro l'azienda. È per questo che ho deciso di organizzare presto degli incontri con un professionista del team building per insegnarvi a lavorare armoniosamente insieme e a trasformare la competizione in uno stimolo positivo. Le piace l'idea?».

Teme di sicuro che Crudelia gli lanci di nuovo contro l'ufficio vertenze, ed è disposto a tutto pur di non finire ancora in tribunale, anche a chiamare un life coach aziendale per stimolare lo "spirito di gruppo" dei dipendenti. Speravo che, dopo le lezioni di educazione fisica al liceo, non mi sarebbe più toccato di fingere entusiasmo per dei ridicoli giochi di squadra, ma se Vernini è così esaltato dal team building è meglio assecondarlo.

Col naso lungo come Pinocchio, rispondo: «È proprio quello che ci vuole in un momento come questo! Grazie, direttore!».

Lui si elettrizza ancora di più: «Sarà una sorpresa per tutti! Anche per quelli che credono di conoscermi, ma si sbagliano. Perché se sono severo è solo per tirare fuori il meglio da voi».

Poi si alza per accompagnarmi alla porta – la seconda volta in due giorni! – e, con un tono quasi intimo, dice rapito: «Dovete avere più fiducia in me», ma in un secondo, come Dottor Jekill e Mister Hide, torna lo sgradevole Vernini di sempre. Invece di lasciarmi la mano, la stringe ancora più forte e sussurra gelido: «La prossima volta che litiga con Colombo o con Santi la trasferisco in un sottoscala e il consuntivo glielo faccio fare col pallottoliere. Chiaro?».

Messaggio ricevuto. Non c'è bisogno di stritolarmi la mano perché capisca la minaccia. Mi libero dalla sua morsa e torno in ufficio. Ma, colpo di scena, trovo Santi scagliato in una piazzata contro Ferrari, che evidentemente è passato per chiedergli di far qualcosa.

Sono entrambi in piedi vicino alla nostra scrivania. Santi sta sbraitando: «È compito suo fornirmi una lista delle attività da svolgere, giorno per giorno! Non può pretendere che mi organizzi il lavoro da solo, perché il capo è lei! E se non le piace, ne parli con il direttore: io chiedo soltanto di fare il mio dovere con trasporto e dedizione!».

Ferrari gonfia il petto in un respiro teso e furibondo, come se volesse afferrarlo per la camicia e dargli un ceffone. «Ma quale trasporto e dedizione!» gli risponde rabbioso. Si gira verso di noi e aggiunge: «Cosa bisogna fare con un cretino come questo: ammazzarlo?».

Poi tace di colpo, travolto dall'orrore di quanto ha appena detto. Un silenzio imbarazzato ci congela come una folata di vento polare.

"E se fosse stato lui?", è il pensiero che attraversa tutti, compreso probabilmente anche Vernini che si affaccia sulla porta, attirato dal baccano. D'istinto lancio uno sguardo alle scarpe di Ferrari: potrebbero pure essere un quarantatré...

Mentre mi passa per la testa l'idea che Ferrari possa essere sul serio il killer, Santi grida ispirato: «Avete sentito? Ferrari mi ha minacciato di morte, dopo che un assassino ha ucciso la Sereni. Io lo denuncio, lo faccio per davvero! E vi chiamerò come testimoni! Avete sentito tutti quello che mi ha detto, no?».

Nessuno di noi ha il coraggio di rispondergli. Restiamo immobili, senza respirare, aspettando che passi la bufera. Pure Vernini tace. È bianco, livido di ira. La sua amata azienda sta scivolando in un dramma senza fine.

Che ne sarà di noi?

CERCO MARITO

Abito vicino ai miei genitori. Per la precisione, a ottocentocinquanta metri, calcolati da papà quando ha comprato il bilocale: «Tre minuti in macchina e dieci a piedi».

Prima di firmare il compromesso, lui e la mamma sono andati a vedere l'appartamento non so quante volte, mentre io non volevo neanche guardare la piantina. Sapevo dov'era il condominio – c'ero passata davanti un paio di volte –, ma non spasimavo all'idea di partecipare alla scelta del posto in cui sarei andata a vivere da sola, mentre Maurizio se ne stava comodo nell'attico della sua nuova fidanzata.

Tutto avrei potuto immaginare, ma non che mi avrebbe tradito con la figlia del commercialista per cui lavorava da due anni, e con la quale eravamo perfino usciti un paio di volte. Quella maledetta si portava dietro un "fidanzato" vestito con i pantaloni a sigaretta e le Church's lucidate col grasso di foca: un fighetto vanesio e arrogante. Solo dopo ho capito che era un trucco ripugnante per non farmi ingelosire.

La stronza, bionda tinta e con gli occhi smorti da pesce lesso, lavorava alla scrivania accanto a quella di Maurizio. Quando ci eravamo incontrate, aveva una borsa che costava tre dei miei stipendi messi insieme. Mi era sembrata odiosa, ma il mio ex futuro marito era stato rassicurante: «Sembra che se la tiri, ma in realtà è solo molto timida, devi capirla...».

A me non pareva timida per niente, e mai avrei sospettato che Maurizio, mentre diceva di essere "sotto dichiarazione", portasse invece al ristorante quella bugiarda tappezzata Gucci, dalla borsa alle scarpe. E che poi se la scopasse a casa sua, dopo avermi telefonato per dirmi che gli sarebbe piaciuto finire il pranzo di nozze con la millefoglie alla crema chantilly.

Penso fosse stato sincero quando mi aveva confessato: «All'inizio era solo una collega che mi stava simpatica, te lo giuro!». Neanche lui immaginava che sarebbe riuscito a mettersi con una così, con la casa in centro, mentre noi avevamo fatto un mutuo trentennale per un appartamento alla residenza Sant'Antonio di Cesano Boscone: un trilocale di novanta metri quadri, con una cameretta luminosa per nostro figlio, programmato per quando ci fossimo laureati tutti e due all'università serale di Economia. Al corso ci eravamo iscritti insieme, stufi di fare i ragionieri.

Non riuscivo a credere che Maurizio fosse stato capace di raccontare balle per tutti quei mesi senza che io mi fossi accorta di nulla. Ero fidanzata con un mostro che finalmente si era tolto la maschera, facendomi capire chi era davvero. Un piccolo arrampicatore sociale disposto a prostituirsi con la figlia del suo capo pur di ereditare lo studio del padre e diventare anche lui un dottore commercialista con un megaufficio nel centro di Milano.

E tra un paio di mesi con quella stronza rubafidanzati ci convolerà pure a nozze. Poco tempo fa ha chiamato mio padre, chiedendogli di darmi lui la "notizia". Forse pensava fosse meglio che la scoprissi direttamente da lui, e non da qualcun altro.

Ma tanto non avrei scoperto nulla. Non frequento più nessuno e ho anche smesso di andare all'università, dove potevo ancora incontrarlo. E poi, perché dovrei finire l'università? Che cosa cambierebbe nella mia vita? Infatti non ho mai più sfiorato i testi di economia, che papà ha riordinato nella libreria. E la domenica mattina, invece di studiare, rimango a letto a rimuginare sulla solita storia.

Proprio come adesso. Sono sdraiata e sto pensando a

quale sarà il menu di nozze di Maurizio. Chissà se si mangeranno la mia millefoglie o se invece sceglieranno un altro dolce... in ogni caso, spero proprio che gli vada di traverso!

Ho una voglia di alzarmi pari a zero, anche perché all'una c'è il pranzo con la signora Giovanna e la figlia. Sono ancora raggomitolata sotto il piumone, quando suona il cellulare. È papà, vorrà controllare se sono sveglia.

Parla a voce bassissima: «Ciao cara, la mamma dorme ancora... ho preso la Saint Honoré, va bene?».

«Ma come dorme ancora? È quasi mezzogiorno!»

«Sssh... preferisco lasciarla dormire tranquilla, così poi viene a tavola insieme a noi. Sai, forse a Maria non è mai piaciuto svegliarsi presto, perché adesso dorme sempre fino a tardi.»

«Hai pulito tu anche la casa?»

«Certo, Francesca, ho fatto tutto ieri, così oggi avevo il tempo di preparare il pranzo.»

«Non sei stanco, papà?»

«No, tesoro. È solo un brutto momento, ma passerà. Allora, sei pronta? Mettiti qualcosa di carino, mi raccomando!»

«Devo venire con un abito da sera al pranzo della domenica?»

«Non esagerare, basta che non ti presenti coi soliti jeans e le scarpe da ginnastica...»

«Papà, vengo vestita come voglio. E se insisti arrivo in pigiama, senza neanche cambiarmi.»

«Va bene, amore, fa' come vuoi, ma tratta bene la mamma. Promesso?»

Non me la sento proprio di litigare appena sveglia: «Ok, papà, promesso».

Quando suono alla porta, un'ora dopo, mi apre lui. Ha un grembiule macchiato qua e là e l'aria indaffarata: «Vieni, ho vestito tua madre, guarda come sta bene!», e mi spinge verso la camera da letto.

«Papà, che cosa vuol dire che l'hai vestita? Non è mica morta, si sa vestire da sola!»

«Francesca, non dire queste cose davanti a lei: sta ancora molto male e devo prendermene cura.»

«Ma se passa tutto il giorno a guardare la televisione, non ha mica la polmonite!»

«Anche tu ti sei alzata dopo quattro mesi: bisogna solo aspettare. Adesso salutala, su.»

Entriamo nella stanza, dove la mamma è distesa sul letto completamente vestita, proprio come un cadavere preparato per la camera ardente, solo che in questo caso la trapassata è viva e sintonizzata su un canale di Sky: in onda c'è uno dei telefilm gialli che adesso le piacciono tanto. Credo sia "Criminal Minds". Mi siedo sul letto per guardarlo insieme a lei. Dopo meno di due minuti, un serial killer ha già trucidato una prostituta e ha messo la testa della poverina nel freezer.

Nel suo stato, non è proprio il caso che guardi roba truculenta del genere! Spengo la tv, ma lei fa subito i capricci: «Francesca, perché non vuoi che mi rilassi un po' con la televisione?».

«Rilassarti con i serial killer? Cosa stai dicendo?» Comincia a preoccuparmi sul serio.

Lei allora tira fuori una vocina da scolaretta e risponde tutta compita: «Tesoro, mi sto costringendo a guardare quei terribili telefilm perché voglio scoprire chi ha ucciso la Sereni! Hai capito, amore, li guardo per te, per aiutarti!».

Non ho più parole. Non mi aspettavo che delirasse fino a questo punto. Nel frattempo arriva in camera papà che mi molla un calcetto sullo stinco: «Vieni a vedere: ho già preparato tutto».

Lo seguo in una cucina immacolata: scaffali e ripiani sono puliti e lucidi, e nei tegami sono già stati scongelati i tonnarelli alla cernia e un contorno di verdure miste. Nel forno si intravede anche un pollo.

«È surgelato pure il pollo, papà?»

«Ma no, tesoro! E poi è una faraona: l'ho comprata stamattina nella rosticceria qui all'angolo, con la pancetta e tutto il resto... bisogna solo scaldarla. A proposito, abbiamo deciso di dire che ha cucinato tutto la mamma. Mi raccomando, evita i tuoi soliti commenti sui surgelati, va bene?»

Sto per rispondergli di non trattarmi come una bambina,

quando suona il citofono. Papà si toglie il grembiule. «Eccole, sono loro! Francesca, apri tu, mentre io vado ad alzare la mamma.»

Schiaccio il pulsante del portone, annunciando un «Quarto piano!» forse troppo brusco. Mi giunge in risposta una specie di trillo: «Grazie, carissima! Devi essere Francesca, non vedo l'ora di conoscerti!».

Torno come una furia nella camera dei miei: «Cosa le avete raccontato di me?».

La mamma mi guarda con l'occhio lucido da triglia: «Ho detto solo la verità, tesoro: sa tutto di te e Maurizio...».

Fremo dalla rabbia. Come si è permessa di spiattellare la mia vita privata a un'estranea? Vorrei scappare da questa casa per non tornarci mai più, ma un'occhiata implorante di papà mi ferma. Se ha assecondato la mamma in questa folle idea del pranzo, non è solo per lei, ma anche per me. Spera davvero che io possa farmi una nuova amica e tornare a uscire e a divertirmi. Tornare a una vita normale, insomma.

Una scampanellata perentoria mette comunque fine al mio piano di fuga. La mamma, che ha riacquistato il dono di camminare, corre ad aprire la porta: «Benvenute, entrate pure!».

La signora Giovanna è un donnone imponente, con una permanente rosso pompeiano e un rossetto ciclamino. Indossa una pelliccia di finto visone sopra un completo di maglia color crema. Sua figlia, che invece è magrissima, ha una giacca di pelle e dei pantaloni superattillati, abbinati a un paio di scarpe col tacco dodici. È truccatissima – fondotinta e fard, mascara e rossetto – e, quando si toglie la giacca, rimane con un maglioncino nero strizzato, sul quale sbrilluccica una collana di strass colorati.

Nonostante il look semisexy, la mia futura amica del cuore ha l'aspetto di un'acciuga essiccata e agghindata per andare a ballare in discoteca. Deve pesare meno di cinquanta chili e sembra il tipo che si uccide di ginnastica in palestra per non ingrassare di un grammo. Forse ha la mia età, ma è completamente priva di espressione. Fa solo una specie di sorriso che pare più un tic nervoso e si spegne subito.

Quella cariatide della madre, invece, è fin troppo vivace, perché si toglie la pelliccia, mi abbraccia con uno slancio esagerato ed esclama: «Cara Francesca, povera Francesca!».

Vorrei tanto scaraventarla per terra e uscire di casa rapida come un fulmine, ma pesa almeno quaranta chili più di me. La mamma per fortuna dirotta i miei propositi omicidi: «Venite a bere un aperitivo!».

Le seguo controvoglia in salotto, dove papà ha disposto sul tavolino un vassoio pieno di scaglie di grana – pretagliate, le riconosco – e olive con gli stuzzicadenti artisticamente infilati dentro. Una bottiglia di prosecco è a bagno nel portabottiglia d'argento del corredo di nozze, che la mamma tira fuori solo a Natale.

Papà stappa lo spumantino come se fosse un esperto sommelier e lo versa nei bicchieri. La signora Giovanna agguanta il calice e butta giù una sorsata generosa, mentre con l'altra mano afferra il grana. La figlia invece regge il suo bicchiere con due dita e si bagna appena le labbra, senza il minimo movimento del viso.

«Allora, tesoro» mi dice il donnone molesto, «tu e la mia Regina avete deciso di andare insieme a quelle feste meravigliose dove si conoscono tante persone carine?»

Non sono sicura di aver capito bene. La figlia si chiama veramente Regina, oppure lei la definisce "la mia regina"?

Azzardo: «Sua figlia si chiama Regina?».

Lei mi guarda con gli occhi fuori dalle orbite: «Certo che si chiama Regina! Che domande fai, Francesca?». Poi riprende a straparlare: «Che idea favolosa quella di usare internet per trovare l'uomo giusto per voi ragazze!».

Guardo mio padre sperando in un soccorso, visto che il carro armato punta dritto verso l'obiettivo senza preliminari: lanciare me e sua figlia nell'impossibile impresa di conquistare degli uomini "carini" disposti a portarci all'altare, vestite con lo strascico e una coroncina di fiori in testa.

Papà cerca di cambiare discorso: «Lasciamo decidere a loro due. Se hanno voglia di uscire insieme, si metteranno d'accordo».

Ma il vecchio panzer è partito e non si ferma: «Io so tutto

della mia Regina: lei non esce mai senza dirmi dove va, altrimenti starei in pensiero! E poi mi piace immaginarla...». Si ferma un secondo, fa un sospiro che sembra uno sbuffo di mantice, e riprende: «... tutta elegante come adesso, e pensare a cosa sta facendo!».

Regina nel frattempo tace, fissandosi le unghie: sfoggia un french manicure perfetto, che probabilmente si rifà ogni sera prima di andare a dormire.

Ma adesso sua madre vuole coinvolgerla nella conversazione e le ordina: «Raccontaci un po' come sono queste bellissime feste!».

Regina indugia per un momento e poi, con una voce monocorde, spiega: «Il prossimo appuntamento è uno speed date, e cioè una serata in cui puoi incontrare venticinque single. Ognuno ha un numero e ne vedi uno alla volta, seduta a un tavolino, e chiacchieri con lui per duecento secondi. Poi, su una scheda che ti danno gli organizzatori, metti "ok" su quelli che ti sono piaciuti. Se anche tu gli sei piaciuta, ti arriva per mail il loro cellulare». Infine annuncia a sorpresa: «Ho già prenotato anche per te. Quando ci sentiamo, ti do l'indirizzo».

Non ho il tempo di reagire, perché la signora Giovanna batte le mani paffute e gorgheggia: «Hai visto, Maria, cosa ti avevo detto? È facilissimo!».

Anche mia madre applaude per la gioia ed esclama: «È la fine di un incubo!».

La fine del suo, ma l'inizio del mio! Tento di sgusciare di soppiatto fino alla porta per andarmene senza salutare nessuno, ma mio padre mi si affianca come un carabiniere, e mi spinge verso la sala da pranzo.

«Andate di là che vi servo i tonnarelli che ha fatto Maria!» ci incita, e poi, abbassando la voce, mi bisbiglia minaccioso: «Non puoi darle un dispiacere così: fai finta di niente, che dopo penso a tutto io».

Mi rassegno al mio infausto destino e raggiungo anch'io la sala. La tavola è apparecchiata come per un pranzo di nozze casalingo: tovaglioli arricciati sopra i piatti, bicchieri di cristallo e posate a gogò. La signora Giovanna sgrana gli occhi: «Ma che meraviglia!», mentre papà ci svolazza intorno, accompagnando le sedie con grazia sotto i nostri sederi. Mi aspetto da un momento all'altro che si metta un tovagliolo sopra il braccio e passi a prendere le ordinazioni. Invece no, corre in cucina e ritorna dopo un minuto spingendo un carrello con un enorme recipiente pieno di tonnarelli.

Segue un altro applauso della signora Giovanna, mentre lui specifica con discrezione: «Li ha fatti Maria, le vengono benissimo!», e poi gliene scarica nel piatto una pantagruelica mestolata. A Regina si limita a servirne un paio di forchettate, e lei scuote comunque la testa per far capire che sono troppe.

Cominciamo a mangiare. La mamma e la signora Giovanna chiacchierano come vecchie amiche. Regina fissa un punto nel vuoto, mio padre continua ad affannarsi attorno al tavolo con l'alacrità di un maître, e io mi domando perché non me ne sono rimasta a poltrire nel letto.

Quando arriva la faraona, la signora Giovanna dice: «Che ne dite di parlare un po' tra voi ragazze?», poi sussurra qualcosa all'orecchio di mia madre. Come farò a resistere fino alla Saint Honoré senza saltarle alla giugulare?

Andare tutte le mattine in ufficio, passare nei corridoi dove ogni movimento è ripreso dalle telecamere, approdare alla scrivania e trovarmi di fronte la pelata di Santi illuminata dalla lampada mi costa un'immensa fatica. Non sopporto più la sua presenza ostile dietro la pila di risme di carta. In confronto, Colombo brilla di simpatia e gentilezza. Le sue scenate sono divertenti rispetto al muso lungo di Santi e spezzano il clima sempre più plumbeo che ormai regna in tutta l'azienda.

Ai piani si incontrano ancora gruppi di impiegate che vanno in bagno insieme, e persino le sale riunioni sono prese d'assalto da comitive di colleghi: nessuno ha più il coraggio di entrare per primo e aspettare da solo che arrivino gli altri. Le conversazioni ruotano tutte intorno ai soliti argomenti: chi sono i dipendenti rimasti in azienda mentre la Sereni veniva strangolata? Chi di loro porta il quarantatré? Se è stato veramente un dipendente ad ammazzare la Sereni, ucciderà ancora qualcun altro? La procura ha tenuto infatti segreti i nomi delle persone presenti in ufficio mentre ammazzavano la Sereni, anche se i giornali parlano di una cinquantina di persone. Con il risultato che adesso circolano dei file Excel con i nomi dei possibili cinquanta; una colonna è persino dedicata al numero di scarpe. Ne ho visto anch'io una copia, che Colombo teneva sulla scrivania, mezza nascosta sotto una pila di fogli. L'ho presa mentre lui era fuori per il pranzo, e ho subito trovato il nome di Ferrari.

Secondo la vox populi, il mio capo sarebbe tra i principali indiziati. Dicono che porti proprio il quarantatré, e qualcuno sostiene di averlo notato nel bunker del caffè poco prima che la Sereni venisse uccisa. Nella lista è finito anche il ragazzo egiziano che cambia gli asciugamani di carta nei bagni, ma persino a quel bergamasco di Gavazzeni fa schifo che lo accusino "solo perché è straniero", come ha detto con quel suo buon senso sintetico e asciutto che ogni tanto gli salta fuori.

Colombo si è messo in testa di stilare una sua personale lista dei cinquanta e chiede a chiunque compaia nel nostro ufficio se si ricorda chi era ancora fuori a pranzo il giorno dell'omicidio, col risultato che da noi non entra più nessuno pur di non rispondere alle sue domande.

La moda delle liste è comunque finita in fretta dopo che Vernini ha messo la testa dentro un paio di uffici – compreso il nostro – per intimarci: «Se uno di quegli elenchi arriva per sbaglio sulla mia scrivania, denuncio per calunnia tutti quelli che non ci compaiono! Sono stato chiaro?».

Come un prestigiatore, Colombo ha subito fatto sparire il suo foglio e nel giro di un paio d'ore è diventato un campione di garantismo aziendale. L'ho beccato in corridoio che si vantava con la segretaria: «Se c'è qualcuno che non farebbe mai l'errore di giudicare colpevole una persona senza una sentenza, sono io. Ascoltami bene, Laura: ho usato la parola "sentenza" proprio perché abbiamo il diritto di essere processati prima di essere dichiarati colpevoli!».

Ma ormai tutti sospettano di tutti. Viviamo immersi in

un clima di sbirciate nervose e perplesse, come se all'improvviso un collega potesse saltarti addosso nello sgabuzzino del caffè per cercare di strangolarti mentre stai bevendo il mocaccino delle macchinette.

L'altra mattina, per esempio, una delle colleghe di Michele ha avuto un attacco isterico quando un dipendente l'ha urtata per sbaglio uscendo dall'area break del terzo piano.

Lei, una bionda boccolosa che continua a vestirsi e pettinarsi come un'adolescente nonostante abbia abbondantemente sorpassato i quaranta, ha lanciato un urlo: «Aiuto! Mi stanno per uccidere! Fermate quest'uomo: è lui il killer!».

Ci siamo spaventati tutti, ma il collega-killer si è immediatamente giustificato: «Scusa, non ti ho spinto apposta, mi dispiace». Lei allora è scoppiata in uno strano pianto, accompagnato da miagolii bizzarri, scuotendo i boccoloni come Shirley Temple.

E quando, poco dopo, è entrato nel nostro ufficio uno dei tecnici dei computer, noi quattro – pure quell'asociale di Santi – ci siamo guardati, pensando tutti la stessa cosa: "E se fosse stato lui?".

Poi però abbiamo abbassato gli occhi imbarazzati, visto che anche il tecnico sembrava aver percepito cosa ci passava per la testa e a sua volta si guardava intorno chiedendosi se sarebbe uscito vivo dalla stanza.

Laura è l'unica assolutamente convinta che l'assassino non sia un dipendente. L'ho sentita nel corridoio che bisbigliava a Parodi: «Il dottor Vernini è sempre stato correttissimo: le persone che lavorano qui sono tutte soddisfatte e non avrebbero avuto motivi per andare fuori di testa e uccidere la Sereni!».

Parodi annuiva in risposta, ma lui dà sempre ragione a chiunque. Gli pare maleducato contraddire l'interlocutore. Qualsiasi cosa dica.

Stamattina vanno tutti all'assemblea organizzata da Crudelia in sala congressi. Persino Gavazzeni si alza dalla sua scrivania per uscire in silenzio dall'ufficio, mentre Parodi lo scruta sorpreso. Che anche Gavazzeni abbia paura di finire sottoterra prima di tornare nella bergamasca a godersi la pensione?

Io invece rimango col sedere attaccato alla sedia. Non ho nessuna intenzione di dare soddisfazione a Crudelia. Sembra che anche Parodi sia dalla mia parte, perché continua a lavorare come se niente fosse.

A mezzogiorno, Colombo rientra col passo esaltato di un moschettiere del re. «Siete dei vigliacchi! Non contate sulla mia compassione quando l'assassino prenderà il vostro collo tra le mani, stringendo senza pietà. Perché, quando potevate difendervi, non l'avete fatto!»

Anche se non potrei giurarci, ho l'impressione che Parodi si tocchi le parti basse prima di scattare come una molla e scappare fuori. Colombo non se l'aspettava e rimane stupefatto per un secondo, poi mi si avvicina con un foglio in mano: «Leggi la mozione che abbiamo votato, piccola qualunquista che non sei altro».

Invece di insultarlo come si meriterebbe, prendo il foglio e comincio a leggerlo con un'espressione così concentrata da fargli passare la tentazione di interrompermi. Lo stratagemma funziona. Il moschettiere smette di ronzarmi intorno e si siede finalmente alla scrivania.

Nella mozione, Crudelia parte subito all'attacco. Vernini sarebbe "responsabile di aver inquinato con pericolosi veleni la vita quotidiana dei dipendenti, tentando di cedere all'esterno la struttura del call center e rifiutando concetti come la flessibilità, diritto sempre più riconosciuto nel mondo del lavoro, perché consentirebbe alle donne di gestire in modo più adeguato i tempi dell'impegno produttivo e quelli della famiglia".

Dopo un sofferto passaggio sulla "fallimentare battaglia per l'asilo nido interno, che avrebbe potuto alleviare le fatiche di chi tra noi ha figli ancora piccoli", Crudelia vibra il colpo mortale: "Si richiede pertanto un incontro con il direttore per decidere quali misure adottare in merito alla protezione dei dipendenti, misure che dovranno essere successivamente sottoposte a un referendum approvativo".

Conosco abbastanza Vernini per sapere che non sopporterebbe un'altra serie di assemblee, mozioni e referendum, ed è chiaro che Crudelia sta cercando di portarlo di nuovo sul campo di una battaglia a colpi di mazza ferrata, strumento che lei agita con discreta perizia. Ma non è colpa del direttore se qualcuno ha strangolato la Sereni. Chissà dove vuole veramente arrivare la nostra sindacalista d'assalto: forse punta al venerdì corto? Magari solo d'estate? Sono anni che ne parla, e Vernini si fa venire una sincope ogni volta che qualcuno prova anche solo ad accennare all'argomento.

Finisco di leggere il comunicato e rimango con la testa china sul foglio. Colombo mi fissa con l'intensità di un avvoltoio. Poi fa un balzo verso di me: «Cosa ne pensi?».

Gli riservo uno sguardo di sufficienza, alzo le chiappe con una mossa atletica, deposito il foglio sulla sua scrivania e, lasciandolo di stucco per la mia fintissima cortesia, gli dico: «Grazie, ma non compro niente». Quindi corro da Michele. Che però oggi è di pessimo umore. Me ne accorgo subito: sta temperando ostinatamente una matita di cui non è rimasto quasi più nulla. Gli piace usarle fino a quando diventano un ridicolo mozzicone che tiene a fatica tra due dita, borbottando sugli "sprechi" degli altri colleghi.

Non resisto a stuzzicarlo: «Hai votato anche tu a favore della mozione? Pensate di andare in massa alla polizia a denunciare Vernini che ha creato un pessimo clima aziendale, provocando così l'assassinio di Forforella?».

«Stanno esagerando: non si può usare la morte di una persona per farsi una litigata con il direttore!» risponde indignato.

«Sì, ma se non trovano il colpevole sarà difficile tornare alla vita di prima. Girano voci persino su Ferrari, come se bastasse avere una discussione col capo per fare una brutta fine.»

Michele scrolla la testa: «Ci vuole un po' di serenità per lavorare. Se inviti un collega a una riunione, adesso arriva scortato da qualcun altro. Così non si può andare avanti...».

«Lo sai che Vernini, per distendere il clima, vuole organizzare degli incontri sul "team building", come lo chiama lui?»

«Sì, ha mandato l'invito qualche minuto fa», e mi mostra la mail sullo schermo del suo computer: "Meeting del 13 febbraio in sala congressi".

Apre il messaggio e cominciamo a leggerlo insieme, senza parlare. Quasi non riconosco il tono del direttore, che ha perso il solito vigore per addolcirsi in maniera stucchevole: "Cari colleghi, i tristi eventi di questi giorni ci hanno dolorosamente colpito, facendoci smarrire la gioia di un tempo, quando lavorare era non soltanto la nostra riconosciuta missione aziendale, ma anche un modo per relazionarci positivamente tra noi. Oggi si avvertono invece i segnali di una pericolosa discordia che ha l'effetto di mortificare la nostra vita di comunione, peggiorando la qualità della relazione lavorativa che ci lega per così tante ore al giorno. Dobbiamo ricominciare a fidarci l'uno dell'altro, senza sospetti reciproci. Vi invito quindi a trascorrere insieme la giornata del 13 febbraio per ritrovare il nostro abituale entusiasmo. Il meeting comincerà alle 9.30, con una pausa tra le 13 e le 14 per il pranzo, e si concluderà alle 17. Mi raccomando, siate puntuali!".

Arrivati alla fine della mail, siamo così imbarazzati da non riuscire a spiccicare parola. Appoggio una mano sulla spalla di Michele: «Credi che Vernini sia diventato buono? Sembra il lupo di Cappuccetto Rosso: ti ricordi quando si mette la cuffia della nonna?».

«Mah, questo meeting potrebbe essere un'idea interessante, aspettiamo a giudicarlo...»

Magari gli caverò qualche commento in più in pausa pranzo. Prendo l'ascensore per tornare in ufficio, ma appena arrivo nel nostro corridoio incrocio Vernini che cammina a due metri da terra.

«Ha visto l'invito, Zanardelli? Lo volete capire che sto dalla vostra parte? Siete troppo demoralizzati, dobbiamo superare questo momento, e dobbiamo farlo insieme! Bella l'idea del meeting, vero?»

Purtroppo, quando Vernini mi interroga in modo così diretto, capita a volte che le mie onde cerebrali si appiattiscano. L'unica stupidaggine che mi viene in mente di rispondergli è naturalmente quella sbagliata: «Ma di cosa si tratta, esattamente?».

Prende un'aria seccata e torna di colpo quello di sempre: «Zanardelli, invece di fare la curiosa e di andare in giro, torni nel suo ufficio a lavorare!». Poi s'interrompe e mi guarda quasi con dolcezza: «Mi raccomando, lasci stare Santi, tanto non cambierà mai...». Quindi si gira e se ne va.

Ormai Vernini sta diventando incomprensibile: cosa avrà nella zucca? Ha degli sbalzi d'umore pazzeschi, passa dagli insulti a una tenerezza paterna. Forse soffre di ciclotimia e ha una doppia personalità. Ecco, quelle orrende serie tv che guarda mia madre stanno facendo effetto anche su di me.

Il mio nuovo collega avrà senz'altro molti difetti, ma almeno è di parola. Sulla scrivania – ci ho appena appoggiato sopra la borsa, alle otto e cinquantacinque – giace un foglietto piegato in due, con il mio nome scritto a penna. Lo apro, è di Santi. Mi avvisa che è arrivata una "raccomandata a mano con ricevuta di ritorno", e che sono pregata di ritirarla da lui. Nessuno mi hai mai spedito una raccomandata a mano, e non ho idea di cosa possa essere la ricevuta di ritorno.

Quel pazzo è seduto con la solita lampada accesa puntata sulla pelata, e fa finta di niente. Guarda lo schermo del pc con una stolida fissità che ricorda molto quella di Forforella. Lui però non fa i solitari, perché è convinto di essere un impiegato d'ordine modello e non un cialtrone che usa gli strumenti aziendali per scopi diversi da quelli lavorativi, come prescrivono le circolari interne.

Do un'occhiata veloce alle scrivanie dei miei colleghi, sulle quali è appoggiato lo stesso identico foglietto. Allora ha scritto una raccomandata a tutti! Sbircio discreta oltre la barriera di risme di carta e noto delle buste sul suo tavolo. Quello squilibrato non scherza! Cos'avrà in mente? L'idea di chiedergli la raccomandata mi ripugna. Preferisco far finta di niente, e poi si vedrà.

Anche Gavazzeni e Parodi, quando arrivano, hanno più

o meno la mia reazione: danno un'occhiata perplessa al biglietto di Santi, poi lo riappoggiano sulla scrivania senza dire nulla. Solamente Colombo si avvia pomposo verso il nostro improvvisato postino e annuncia trionfante: «Dammi pure la busta, dove devo firmare?».

Santi gli fa un sorriso compiaciuto che mette in mostra i canini agghiaccianti: «Ecco, firma pure qui, dove c'è il tuo nome».

Colombo fa uno scarabocchio e ritira la raccomandata. Apre la busta, legge velocemente ed esplode in una risata sardonica. «L'hai fatto davvero! Accidenti, caro Santi, tu sì che hai le palle!» Si volta quindi verso di noi: «Su, pusillanimi, non fate finta di niente, perché saremo chiamati a testimoniare! Vi conviene ritirare la raccomandata».

Guardo Parodi: neanche lui riesce a nascondere il ribrezzo per essere stato coinvolto in una simile bega. Ma poi si alza e va a prendere la busta. Persino Gavazzeni ritira la sua, ma io invece resisto: che quell'imbecille se la tenesse per sempre la sua stupida lettera!

Però non ho fatto i conti con l'infamia di Santi, che si alza dalla sua scrivania, fa un mezzo giro e appoggia sulla tastiera del mio pc un altro foglietto.

È davvero pazzo: questo è il "secondo avviso per la raccomandata a mano che è pregata di ritirare dal dottor Santi". Ha aggiunto anche il titolo "dottore" davanti al nome, per dare un tono ancora più ufficiale alla meschina vicenda.

Dovrò fargli il piacere di leggere la sua letterina, altrimenti non mi lascerà in pace, e continuerà a mandarmi avvisi a ripetizione. Basta, ha vinto lui! Senza guardarlo, vado a firmare il malefico foglietto. Afferro l'ultima raccomandata rimasta e scappo fuori, per non dargli la soddisfazione di aprirla davanti ai suoi occhi famelici.

Strappo la busta quando sono in fondo al corridoio, lontana dall'ufficio. La lettera è lunghissima, orribilmente cavillosa: "La presente per avvertire i signori Colombo Gualtiero, Gavazzeni Mario, Parodi Lucio e Zanardelli Francesca che saranno chiamati a testimoniare al procedimento penale contro il signor Ferrari Gianfausto, che verrà istruito in seguito alla querela da me presentata. Il signor Ferrari si è infatti reso colpevole di violazione dell'art. 612 del Codice penale, relativo al reato di minaccia, ed essendo la sua una minaccia di tipo grave (minaccia di morte), vi ricordo che la pena prevede la reclusione fino a un anno e si procede d'ufficio. La gravità della minaccia va inoltre accertata anche in riferimento all'entità del turbamento psichico causato al soggetto passivo dell'atto intimidatorio. Una misura di tale entità è ricavabile dalle condizioni in cui si trovano l'autore del reato e la persona offesa. Considerato quindi lo stato di dipendenza gerarchica tra minacciante e minacciato, ipotizzo che il reato iscritto all'art. 612 e commesso dal signor Ferrari possa dar adito a una pena reclusiva maggiore di un anno. Il reato di minaccia può inoltre diventare il presupposto di più gravi reati contro la persona, come le lesioni personali o l'omicidio...".

Finisco di leggere, inorridita. Un velo di sudore freddo mi copre la fronte, sento la rabbia montarmi dentro. Altro che reato di minaccia, Santi sta facendo venire a tutti la voglia di farlo fuori. Un po' come i passeggeri sull'Orient Express di Agatha Christie, che davano una coltellata ciascuno a quel maledetto gangster, colpevole di aver rovinato la vita a tutti loro. E non è forse questo il caso di Santi? Forse il colpo fatale lo sferrerebbe addirittura Gavazzeni. È stufo pure lui e ha solo una gran voglia di essere lasciato in pace.

E poi Ferrari è davvero un bravo capo, non si merita una carognata del genere. Se ha perso la testa con Santi è solo per colpa di Vernini, che continua a piazzargli in ufficio casi umani di cui non sa che farsene perché, come dice sempre: «Sono laureato in Economia e non in Psichiatria!».

Anche se detesto i leccaculo, voglio andare da Ferrari per promettergli di dire la verità, tutta la verità e nient'altro che la verità quando sarò convocata a testimoniare. In fondo la sua era solo una battuta un po' infelice, ma più che giustificata dalle provocazioni di Santi.

Scendo al primo piano. La porta dell'ufficio è chiusa: strano, lui la lascia sempre aperta, così se qualcuno ha bisogno può entrare senza troppe storie. Busso un paio di volte.

Ferrari risponde nervoso: «Chi è?».

«Sono la Zanardelli...»

«Allora entri, se proprio deve.»

Accidenti, non è mai stato così maleducato! Questa brutta storia della denuncia deve averlo sconvolto. Spingo delicatamente la porta e lo vedo accasciato dietro la scrivania, con un'aria disfatta. Si è persino tolto la giacca e allentato la cravatta.

«Dottore, sono solidale con lei...» sussurro.

Ma lui esplode: «Solidale con me in che senso? Vuole darmi una mano ad ammazzare quell'imbecille?».

Il cervello sta dando di volta pure a lui. Stiamo andando alla deriva in un melodramma in cui hanno mescolato a casaccio personaggi usciti da una telenovela brasiliana con quelli di una tragedia greca. Devo farlo ragionare, perché se va avanti così si metterà davvero nei guai: «Dottore, non combini altri pasticci! Tutti testimonieremo che la sua era solo una battuta, perché Santi la stava provocando...».

Ferrari non mi lascia finire: «Quel cretino vuole rovinarmi: ho ufficialmente minacciato di morte un mio dipendente, poche settimane dopo l'assassinio della Sereni! Sa che rischio l'accusa di omicidio? Così risolveranno il rebus dell'impiegata!».

«Ma nessuno prenderà Santi sul serio!»

«Nessuno prenderà me sul serio, quando cercherò lavoro al McDonald's e scopriranno che ho la fedina penale sporca! Chi mai assumerebbe un potenziale serial killer di colleghi?»

«Dottore, noi sappiamo che non è stato lei!»

«È gentile da parte sua darmi tutta questa fiducia, in effetti non ho la passione di strangolare in bagno le impiegate appena tornate dal bar... no, non è decisamente il mio hobby preferito, ma chi glielo spiega a quelli del McDonald's che mentre friggo le patatine non sto scegliendo la mia prossima vittima tra le cassiere di vent'anni?»

Non so più cosa dirgli, forse ha ragione a essere così pessimista. Vernini può licenziarlo quando vuole, perché i dirigenti non sono tutelati dall'articolo 18 come i quadri e gli impiegati. E se venisse condannato, Ferrari finirebbe per davvero a grigliare hamburger in un fast food o a fare il muratore a giornata, di quelli assunti al mattino dai caporali che non ti chiedono neanche il nome.

Meglio lasciarlo stare. Torno nel mio ufficio, ma l'atmosfera è pesante come ghisa. Solo Santi, di tanto in tanto, ci lancia un'occhiata vittoriosa e sogghigna. I canini, ben illuminati dalla luce della lampada, mandano bagliori crudeli.

Le paure di Ferrari erano fondate. Vernini l'ha fatto sparire e la sua stanza adesso è vuota. Sono scomparsi i quadri e tutto il resto, portati via da Pisani un paio di mattine fa. È stato Colombo ad accorgersi dell'autista di Vernini che entrava nell'ufficio e ne usciva reggendo alcuni scatoloni chiusi con lo scotch, preparati chissà da chi, forse da Laura, che a volte per il direttore fa anche i lavori sporchi.

Ferrari è scomparso senza nemmeno salutarci e non sappiamo se ha preso un'aspettativa, come sostiene Parodi, o se invece è stato licenziato, come Colombo è pronto a giurare.

Vernini non ha fatto commenti, ma stamattina una mail di Laura ci ha avvisato che verrà in visita ufficiale da noi poveri orfanelli: "I signori Zanardelli, Parodi, Gavazzeni, Colombo e Santi sono pregati di attendere il direttore nella loro stanza alle ore 11 per un'importante comunicazione".

Alle undici spaccate, Vernini appare sulla porta. Scattiamo in piedi per raccoglierci intorno a lui, che ha l'aria seria delle grandi occasioni.

«Innanzitutto, volevo pregarvi di essere puntuali al meeting di domani!» annuncia, poi prende fiato e continua: «Ma vorrei soprattutto ricordarvi che la Pianificazione è uno degli elementi fondamentali nella vita del corpo aziendale, perché i muscoli per funzionare hanno bisogno di essere irrorati dal sangue. E senza sangue, anche il migliore dei campioni non sarebbe in grado di correre per mezzo metro o saltare un'asta a dieci centimetri di altezza».

Nessuno fa una piega, in attesa che prosegua con la sua tremenda metafora sul funzionamento del corpo aziendale.

«E sapete perché vi ho paragonato al sangue? Perché voi della Pianificazione e Controllo siete dappertutto! Correte nelle vene e nelle arterie delle attività che svolge un'impresa: quando compra o vende qualcosa all'esterno, ma anche quando remunera i propri dipendenti e controlla che abbiano svolto al meglio il loro lavoro.»

Restiamo assorti in un silenzio di tomba, in attesa che lui prosegua il suo delirio verboso. «Il dottor Galli sostituirà Ferrari a partire dalla prossima settimana. Purtroppo il dottor Ferrari ha qualche problema di salute e ha preso un congedo temporaneo. E c'è anche un'altra novità: ho trasferito il vostro nuovo capo in una stanza al quarto piano, proprio qui accanto, così potrà affiancarvi meglio nel lavoro.»

Poi si congeda con un sorriso malevolo. Che ipocrita. Ferrari non ha di certo problemi di salute, e Galli è il più disastroso dei dirigenti che Vernini ha trovato in eredità quando l'hanno nominato direttore. Credo che Galli arrivi a malapena ai cinquant'anni, ma è un'ameba come ce ne sono poche, con una voglia di lavorare pari a zero. Siccome è dirigente, però, deve ricoprire per forza una posizione organizzativa, ovvero avere una responsabilità ufficiale e qualche bella *risorsa* che dipenda da lui. E così ha fatto il giro di tutti i reparti dell'azienda, ma dopo al massimo un anno in cui tira a campare, cercando di scansare problemi e decisioni, Vernini lo deve riparcheggiare da un'altra parte, prima che combini troppi danni. Il suo soprannome ufficiale, infatti, è Passeparnient. E non può essere licenziato perché è protetto da amici influenti, o almeno così si vocifera.

Ferrari faceva bilanci da trent'anni, mentre lui non sa neanche cosa significa "partita doppia". Finiremo per dare i numeri al lotto. Continuo a non capire il motivo per cui nel nostro ufficio finiscono tutti i casi disperati dell'azienda. Si potrebbe definire la nostra unità come quella terminale: dopo che hanno provato a piazzarti dappertutto, ti mandano qui, dove basta saper fare un po' di conti. E pure se non li sai fare, ci rimani lo stesso, perpetuamente a bagnomaria come un budino che non si solidifica, perché non possono licenziarti e sostituirti con un consulente di venticinque anni dotato di comoda partita Iva.

È il gran giorno del meeting. Alle nove ci presentiamo un po' alla spicciolata nella sala congressi, dove in prima fila sono già seduti Vernini e gli altri dirigenti. Al popolo di quadri e impiegati sono implicitamente riservate le retrovie. Mi metto in uno degli ultimi posti, accanto a Michele. Quando la sala è piena, il direttore sale sul palco e annuncia nel microfono: «Sta per cominciare una giornata diversa da tutte quelle che conoscete. Oggi vivremo un momento speciale che nessuno si sarebbe mai aspettato di condividere insieme ai colleghi. Perché, carissimi, non dobbiamo mai sentirci soli, anche nei momenti più bui! La luce della speranza tornerà ad accendersi e a illuminare il nostro cammino».

Scende quindi dal palco tutto baldanzoso, mentre dal pubblico parte un timido applauso. Quantomeno, i dipendenti gli sono grati di questa inconsueta pausa dal solito tran tran di tutti i giorni.

Le lampade al neon si spengono dolcemente, siamo immersi in una penombra azzurrina. Scende un silenzio carico di promesse: quali effetti speciali ci saranno ammanniti?

Si diffondono subito le note altissime di una canzone che mi sembra di avere già sentito, mentre sullo schermo della sala vengono proiettate immagini di uccelli in volo, montagne innevate e ombrosi boschi secolari.

Riconosco finalmente la canzone: è di Ligabue, *Ho ancora la forza*, scelta, credo, per i passaggi in cui il Liga incita a non mollare mai. Peccato che non ci sia anche Ferrari ad ascoltarlo: forse troverebbe la forza di spedire il curriculum in qualche azienda più prestigiosa della nostra.

Mentre le ultime note scemano lentamente, si riaccendono le luci e – colpo di scena! – un tizio sale sul palco con una mossa plastica. Ha un look trasandato, con un informe maglione blu da mercatino hippy sopra un paio di jeans strappati. Come life coach, mi aspettavo il solito quarantenne con la giacca fatta su misura e la cravatta Regimental. Questo invece ha l'aria di essersi appena buttato giù dal letto e di non aver fatto manco una doccia. I suoi capelli arruffati paiono il nido di un chiurlo. Passeggia in silenzio, ci guarda negli occhi uno per uno, e sorride: «A chi non è successo di sentirsi giù, delle volte? E di pensare che non ce la faceva a ricominciare?». Poi fa un saltello atletico, scende dal palco, e si mette a camminare tra le poltrone: «Sono proprio questi i momenti in cui bisogna tirar fuori il meglio di noi e ricominciare da capo, perché "che piaccia o no, è capitato, e non si può tornare indietro!", come dice il nostro amico Ligabue».

Scambio un breve sguardo con Michele, che ha l'aria ancora meno entusiasta della mia, e bisbiglio: «Speravo che non accennasse alla storia di Forforella...». Lui non fa in tempo a rispondermi, perché lo speaker, con una virata a novanta gradi, tuona per attirare l'attenzione di tutti: «Oggi cercheremo di capire come, nelle situazioni di stress, il segreto è fare squadra. Ma per lavorare bene insieme bisogna abbandonare i vecchi principi gerarchici. L'essenza di un team è condividere le stesse speranze. I team che nascono solamente nella mente dei manager non funzionano mai!». Continua pieno di pathos: «Se non si ha una visione comune dello scopo da perseguire, si fa fatica a lavorare con gli altri. E una leadership troppo forte impedisce ai singoli di sentirsi parte del gruppo, con risultati pessimi sull'autostima dei membri».

Altra pausa a effetto, e il life coach riprende a recitare la sua lezioncina imparata a memoria: «Quando invece si crea un clima di fiducia, allora c'è lo spazio per idee e azioni nuove, e tutti riescono a percepirsi come componenti di un team, il che dà a ciascuno la forza per impegnarsi al massimo».

Poi si spengono di nuovo le luci e viene sparata a tutto volume *Strada facendo* di Baglioni, con quella tiritera del gancio in mezzo al cielo.

Quando si riaccendono i neon, lo sventurato riattacca: «Le persone, per lavorare insieme, hanno bisogno di un riconoscimento continuo che non sia un momento eccezionale, ma rappresenti una costante della loro vita in azienda. Il modo migliore per complimentarsi con gli altri è lodarli spontaneamente, per esempio quando si passa vicino alla loro scrivania...».

Alzo gli occhi al soffitto in attesa della prossima stupidaggine: perché ci prendono in giro così?

Mi sveglia una gomitata di Michele. C'è luce e una gran confusione in sala. Forse sono state quelle canzoni melense, ma dopo due ore chiusa al buio mi sono addormentata. Il pomeriggio è stato interminabile, tra *Non mollare mai* di Gigi D'Alessio e i discorsi patetici dello speaker su quell'accidenti di team building. Quasi quasi era meglio passare la giornata sul consuntivo. Apro gli occhi appena in tempo per vedere Colombo che si butta sul direttore e gli stringe la mano, complimentandosi per il Festival di Sanremo a scopo formativo. Ma non è l'unico leccapiedi a ronzare intorno a Vernini, perché di colleghi lanciati a congratularsi col verme ce ne sono perlomeno un'altra dozzina.

«È stato bellissimo!» gorgoglia una tipa sui cinquanta decisa a lisciarsi un po' il capo, visto che ce l'ha finalmente davanti. Santi invece scappa via subito, con un quadernino in mano. Che abbia raccolto altre prove sulle persecuzioni che subisce quotidianamente? Magari a lui piace Cocciante... è una congiura: tutti gli tramano contro.

Di stronzate ne ho già sentite abbastanza per oggi, quindi salto la cena dai miei e me ne torno a casa. Quando mi metto a letto, faccio fatica ad addormentarmi. Penso che non mi dispiacerebbe se il killer aziendale ammazzasse anche Santi: non ne posso più di quel paranoico. Sto per scivolare nel mondo degli incubi – sogno sempre che io e Maurizio affondiamo con la nave durante la crociera di nozze che avevamo prenotato – quando sento quello che mi direbbe Michele: "Sei caduta così in basso da desiderare che muoiano tutti i colleghi che non ti stanno simpatici?". Nel dormiveglia gli rispondo: «Sì, se sono seduti di fronte a me...».

Poi un'illuminazione mi colpisce: chiederò a Vernini di spostarmi in un'altra area. Potrei fermarlo in corridoio, con qualche scusa, per buttare lì la richiesta di uno "sviluppo professionale più accelerato", che mi consenta, con qualche bel corso di formazione, di cambiare ufficio e lavoro. Domani mattina trovo il coraggio e glielo dico.

AVANTI IL PROSSIMO

La giornata inizia con una bella novità: Santi non c'è. La sua lampada è spenta e sulla scrivania regna un ordine sepolcrale, senza neanche una penna in giro. Mi sento subito più allegra e corro ad alzare la veneziana: la vista del cielo ha un effetto balsamico sul mio cuore.

Lavoro senza interruzioni fino alle undici, finalmente in pace, poi mi alzo per andare a prendere un caffè. Cammino a passo svelto in corridoio, quando sbatto contro l'ispettore Lattanzi. Ha la stessa espressione compassata del giorno dell'omicidio, ed è in compagnia di un poliziotto, che però non riconosco.

Mi fissa impietrito, è pallido e cerchi scuri gli segnano gli occhi. Quando apre la bocca, pronuncia a bassa voce le parole che temevo di più: «Vuole seguirci dal dottor Vernini?».

Mi viene quasi un infarto: cos'altro sarà accaduto?

Entriamo nell'ufficio del direttore, e capisco che i miei presentimenti sono giusti. Dal viso di Vernini è scomparsa la tracotanza gioiosa del meeting, sostituita da una smorfia tragica. Anche Laura, che entra di corsa per passargli un foglio ed esce altrettanto in fretta, ha la faccia di una a cui hanno appena tirato una schioppettata nella schiena.

«Si accomodi, Zanardelli» mi ordina il direttore.

I due poliziotti rimangono in piedi alle mie spalle.

«A quanto pare capitano tutte a lei» prosegue. «Anzi, a quelli che sono seduti di fronte a lei...»

«Oddio, ma cos'è successo ancora?»

«Santi... anche lui» risponde serissimo.

Il cuore ha uno spasmo, come se stesse per spaccarsi. Sembra che il killer mi abbia letto nel pensiero e abbia esaudito le mie fantasie più crudeli! La testa mi gira, poi inizia a mulinare anche la stanza, chiudo gli occhi e tutto diventa nero.

Mi sveglia la voce di Vernini: «Presto, un bicchiere d'acqua! Su, Zanardelli, si tiri su!».

Devo essere caduta per terra, perché le facce preoccupate di Vernini e del poliziotto incombono sopra di me, mentre Lattanzi cerca di acchiapparmi sotto le ascelle. Gli arpiono un braccio e lui mi aiuta a rimettermi sulla sedia. Comincio a piangere, ripetendo le stesse parole del giorno in cui ho trovato il cadavere della Sereni: «Non l'ho ucciso io, non sono stata io...».

Sento su di me lo sguardo imbarazzato dei poliziotti: che gli stiano venendo dei sospetti? Potrebbe non sembrare più una coincidenza che tutti quelli seduti davanti a me vengano assassinati.

Vernini mi viene in soccorso: «Signorina Zanardelli, il fatto che entrambi i morti fossero suoi compagni di scrivania significa che verrà interrogata di nuovo, ma non c'è nulla di cui avere paura! La porteranno in procura per farle fare una deposizione e poi tornerà a casa. Tutto qua!».

«In realtà dovrei fare subito qualche domanda alla signorina Zanardelli, se non le dispiace» lo contraddice Lattanzi.

«Vuole farla svenire di nuovo?»

L'ispettore lo ignora. «Signorina, ci può dire che rapporti aveva con Santi? Avevate litigato recentemente?»

Dio mio... qualcuno gli deve aver raccontato di quella volta che mi sono augurata di essere una menagramo, solo per portare sfortuna a Colombo e Santi. E se fosse stato il direttore?

Guardo Vernini con una faccia atterrita, ma lui interviene ancora in mio favore: «Zanardelli, ho solo spiegato all'ispettore che Santi non aveva un bel carattere e quindi le relazioni con i suoi colleghi erano poco serene. Ma non si preoccupi: lei non ha niente da nascondere».

Dal petto mi esce una specie di respiro affannoso. «Ma quando l'hanno ammazzato? Ieri era al meeting aziendale con tutti noi!»

Lattanzi mi guarda negli occhi per capire se sto mentendo: «Questa mattina verso le sette: il killer lo aspettava nel garage».

«E come lo hanno ucciso?» biascico, senza più saliva nella bocca.

Lattanzi è lapidario: «L'hanno strangolato, Zanardelli. Deve essere lo stesso killer della Sereni, perché ha usato ancora la corda bianca. Adesso però la portiamo dal dottor Guidoni che vuole parlarle». Poi prende il cellulare, fa un numero e dice: «Passate voi a prendere la testimone?». Si rivolge infine a Vernini: «Scendo con la signorina ad aspettare la macchina, ci vediamo tra un minuto».

Mi cadono dagli occhi dei lacrimoni grandi come laghi alpini: dovrò uscire di nuovo scortata da un poliziotto e salire sulla volante, davanti a tutti? E sì che è da quando Maurizio mi ha mollata che faccio di tutto perché gli altri si accorgano di me il meno possibile.

Vernini capisce che non ce la farei a sopportare un'altra umiliazione e si offre di accompagnarmi lui: «Meglio che vada io con la Zanardelli... è un po' scossa, dovete capirla». Poi mi ordina ruvido: «Si asciughi quelle lacrime, che non è successo niente!».

«Come fa a dire che non è successo niente?» rispondo, piangendo ancora come una fontana. «Hanno ammazzato Santi! Le sembra niente?»

«Lo so che c'è stato un omicidio, ma a lei non succederà nulla! Le chiederanno le solite cose, come l'altra volta, e poi tornerà a casa.»

«Crede veramente che potrò abituarmi agli interrogatori sui colleghi morti?»

Non risponde. Con delicatezza, però, mi prende per un braccio e apre la porta. «Su, stia tranquilla!»

Usciamo insieme in corridoio, procedendo lentamente come in una marcia nuziale. Colombo, Gavazzeni e Parodi spuntano dall'ufficio con gli occhi sbarrati per la sorpresa. Colombo si lancia verso di me: «Che fine ha fatto Santi? Parla, se lo sai!».

Sto per sputargli in faccia, ma Vernini sibila un furioso: «Stia zitto, Colombo, e vada a lavorare!».

Parodi lo tira per la giacca: «Lasciala in pace!», poi lo spinge dentro la stanza.

Aspettiamo nella piazzetta di fronte all'ingresso. Sono scossa dai brividi, e la colpa non è del freddo pungente. Il braccio del direttore stretto al mio, però, mi regala un tiepido conforto. Dopo un paio di minuti arriva la volante, che fa la solita sgommata a due centimetri da noi.

I poliziotti scendono. «È lei la testimone?»

Vernini annuisce. «Sì, trattate bene questa ragazza, per favore!»

Gli agenti, come se non lo avessero nemmeno sentito, mi spingono con forza dentro la macchina, manco fossi Totò Riina, e ripartono a cento all'ora. Saluto il direttore con la mano e lo guardo farsi sempre più piccolo e sbiadito attraverso il velo delle mie lacrime: resta in piedi sull'attenti davanti all'azienda a più alto tasso di omicidi della pianura padana.

Papà mi sta aspettando in auto sotto il tribunale. L'ho chiamato subito perché alla mamma non venisse un coccolone davanti alla tv, guardando il telegiornale. Guidoni mi ha interrogato per tre ore, ma cortesemente, senza la smania di Lattanzi. Alla fine ero lo stesso così fiacca e affamata che uno dei poliziotti è andato a prendermi un caffè e un panino.

Il magistrato, forse per non sconvolgermi ancora di più, ha sorvolato sui dettagli della morte di Santi e si è limitato a confermare quello che già mi aveva detto l'ispettore: il mio collega è stato ucciso verso le sette di stamattina nel garage, con una corda bianca. Gli occhi miopi del pm mi sono sembrati sempre più stanchi, ma lui non è mai venuto meno alla solita premura. Quando mi ha stretto la mano per salutarmi, era quasi affettuoso: «Vada pure a casa, signorina, mi dispiace per tutto quello che le sta capitando. Lei non è molto fortunata in questo periodo...».

Avrei voluto rispondergli che Santi è stato meno fortunato di me, ma poi ho lasciato perdere e sono uscita di corsa a cercare la macchina di papà. La trovo in doppia fila e apro in fretta la portiera. Lui fa un salto sul sedile: «Non ti avevo visto, tesoro, finalmente sei arrivata! Adesso, però, vieni a stare un po' da noi... la mamma sarà più tranquilla se ti fermi a casa per un po'».

«E tu, papà, cosa farai? L'infermiere a vita? La sera ci porti a letto un bicchiere di latte e ci rimbocchi le coperte, così dormiamo meglio?»

«Non preoccuparti: posso resistere. Voglio solo che tu e la mamma stiate bene.»

«Papà, per favore, portami a casa mia. Ho bisogno di sdraiarmi e riposare un po'...»

«Ma non hai paura, Francesca? I telegiornali hanno detto che l'assassino ha strangolato Santi nel garage. E dopo gli ha incrociato le braccia sul petto come alla Sereni. È un serial killer, potrebbe uccidere anche te!»

«Papà, i serial killer non ammazzano qualcuno ogni dodici ore. Stanotte non morirò di certo se dormo nel mio letto.»

«Ti prego, vieni da noi, la mamma questa volta rischia di non riprendersi più...»

Non capisce di avere usato l'argomento peggiore, perché oggi non potrei mai sopportare mia madre in camicia da notte che piagnucola davanti alla tv. «Se non mi porti a casa, prendo un taxi...»

«Va bene, Francesca, ma domani mattina ti chiamo alle otto, e se non rispondi vengo a controllare come stai. E non dimenticarti di chiudere la porta a doppia mandata.»

Guida silenzioso fino a casa e prima di rimettere in moto aspetta che sia entrata nell'ingresso. Apro la porta del mio appartamento: ho la sensazione di essere stata via un paio di mesi. La vista del divano coperto dall'orrida fodera arancione scelta da papà mi procura una felicità inspiegabile. Afferro dal freezer un barattolo di gelato al cioccolato e pistacchio, infilo nella tv la chiavetta con "New Girl" e mi lancio di peso sul divano: non voglio alzarmi mai più.

Lo squillo del telefono mi strappa a un sonno senza sogni. È papà, che bisbiglia a voce ancora più bassa del solito.

«Parla più forte, non ti sento!»

«Come va, tesoro?»

«Sto bene, tranquillo. Ma che ore sono?»

«Le otto, vuoi che ti porti i giornali?»

«No grazie, ieri sera mi ha chiamato Vernini. Non vado a lavorare per qualche giorno. C'è di nuovo la scientifica che deve esaminare il nostro ufficio. Esco io a comprare i giornali, così metto il naso fuori casa. Come sta la mamma?»

«Adesso dorme. Ieri è venuto il dottore per farle un'iniezione di Valium. Vuoi che gli chieda di farne una anche a te?»

«Preferisco di no, tanto dopo due ore mi sveglieresti tu!»

«Non è vero, tesoro, e poi il dottore ha detto che il Valium è l'ideale in casi come questo.»

L'idea di passare una giornata rimbecillita dai tranquillanti mi disgusta: «Ti ringrazio, papà, ma adesso ho voglia di uscire».

«Allora ti passo a prendere io! Aspettami che arrivo.»

«Stai cercando di dirmi che d'ora in poi uscirò solo accompagnata dal papà, come una bambina di cinque anni?»

«No amore, fai come vuoi tu, però stai attenta se vai in giro da sola!»

«Vuoi che mi guardi attorno prima di scendere dalla macchina? E poi, scusa, se il killer volesse ammazzarmi gli verrebbe più facile mentre sono a casa, e non fuori in mezzo alla gente.»

«Tesoro, come possiamo stare tranquilli se non prendono l'assassino? I giornali dicono che non c'è nemmeno un indagato!»

«Lascia perdere i giornali. Forse una pista c'è: il pm mi ha fatto ripetere non so quante volte la frase che Ferrari ha detto a Santi il giorno della scenata, quando ci ha chiesto se non bisognava ammazzarlo.»

«Sarebbe bellissimo se fosse lui il colpevole e venisse arrestato, Francesca, così smetteremmo di aver paura per te!»

«No, papà, non sarebbe bellissimo. Io non credo sia stato lui. È ingiusto accusare una brava persona come Ferrari solo perché uno stronzo l'ha denunciato per una stupida battuta!»

«Francesca, hai bisogno sul serio di un po' di Valium...»

La conversazione sta diventando insensata, mi serve una boccata d'aria. «Papà, esco a comprare i giornali. Ci sentiamo dopo.»

Vado al solito supermercato e compro un po' di quotidiani. I titoli sono da cronaca nerissima: *Il serial killer ha ucciso un altro impiegato*, e *Continua il rebus dell'impiegata: nuovo morto nell'Azienda Omicidi*. Un'identica foto di Santi campeggia su tutte le testate: ha gli occhi spalancati, con l'espressione da folle, come se l'assassino fosse lui. Tiene le labbra serrate, evitando di scoprire i canini acuminati, ma riesce ugualmente a comunicare un senso di ribrezzo, nonostante sia la vittima.

Lo immagino disteso per terra, nascosto dietro la sua macchina, con la faccia di un pallore livido come quella di Marinella. Provo anche adesso la stessa sensazione di calma pre-morte del giorno in cui hanno strangolato la Sereni. Ma forse questa paralisi è una difesa contro la paura. Paura anche di ridurmi come quando quel bastardo di Maurizio mi ha lasciato. Non voglio finire ancora così, e stavolta ho un motivo in più: non ho nessuna intenzione di rimanere a letto per mesi, nella casa dei miei, e guardare serie tv sui serial killer con mia madre, tutt'e due in vestaglia di flanella rosa e strafatte di diazepam.

Esco dal super e mi infilo in un bar. Mi siedo a un tavolino vicino alla vetrata e ordino un caffè macchiato. Comincio a sfogliare i giornali, che stanno cercando di recuperare i lettori dei bei tempi andati di Forforella. Parto dall'articolo col titolo meno truculento, *Come muore un impiegato*.

Il giornalista attacca subito con la descrizione della casa in cui abitava il mio defunto collega: "Il dottor Santi viveva da solo nella periferia sud di Milano, in un palazzo di dieci piani dove aveva acquistato un appartamento di fianco a quello della madre, rimasta vedova quarant'anni fa e di cui era l'unico figlio. Usciva tutte le mattine alle sette per recarsi in macchina al lavoro. L'assassino lo ha aspettato probabilmente dietro una delle colonne del garage e gli ha premuto uno straccio imbevuto di etere sulla bocca, facendolo svenire all'istante. Lo ha quindi disteso dietro l'auto per strangolarlo senza essere visto. Dopo averlo ucciso, lo ha ricomposto con le braccia sul petto, nella stessa identica posizione della sua collega Marinella Sereni precedentemente assassinata...".

Mentre leggo mi assale un'ansia che non credevo di avere. Anzi, spero che si tratti davvero solo di agitazione e non di un ictus, perché una vena comincia a pulsarmi proprio dentro alla testa. Batte come un martello mentre vado avanti con l'articolo: "Il killer è stato così veloce che nessun condomino ha visto né sentito nulla. Solo la madre di Santi ha capito che c'era qualcosa che non andava, perché alle otto non aveva ancora ricevuto la solita telefonata del figlio che l'avvisava di essere arrivato in ufficio. È scesa in garage per controllare se c'era ancora la macchina e ha trovato il cadavere".

Il giornalista ormai non mette più in dubbio l'esistenza di un assassino seriale: "Il dottor Santi è la seconda vittima di un serial killer aziendale che ha colpito con il medesimo modus operandi due impiegati che non avevano nessuna colpa, se non quella di aver lavorato nello stesso ufficio, sotto lo stesso capo".

Quel riferimento a Ferrari mi fa venire la pelle d'oca. E infatti l'articolo prosegue: "La madre di Santi ha raccontato agli inquirenti che, dopo quasi vent'anni passati in azienda senza problemi, suo figlio aveva litigato con il nuovo capo, il dottor Gianfausto Ferrari; questi gli aveva assegnato compiti particolari, pretendendo che li svolgesse senza fornirgli nessun chiarimento".

Sobbalzo sulla sedia, e sento che la vena sta per esplodere. "Santi aveva chiesto al suo capo qualche spiegazione più dettagliata sul lavoro da svolgere, ma Ferrari aveva perso la testa, e l'aveva minacciato di morte davanti agli altri colleghi".

L'articolo continua con "il doloroso racconto della mamma della vittima", che non usa mezzi termini per accusare

Ferrari: "Anche Marinella Sereni, uccisa un mese fa, lavorava nell'unità di Pianificazione e Controllo diretta dal dottor Ferrari. Dopo l'episodio delle minacce, mio figlio aveva sporto denuncia e fatto richiesta alla polizia di un'adeguata protezione, senza purtroppo ottenerla. Il direttore dell'azienda aveva peraltro allontanato il dottor Ferrari dal posto di lavoro, ma mio figlio non si sentiva lo stesso al sicuro: sapeva di rischiare la vita per essersi dimostrato coraggioso con un superiore sadico e crudele, che probabilmente aveva assassinato anche l'altra povera collega".

No, non mi è venuto un ictus, perché sono ancora viva quando arrivo alla spaventosa conclusione dell'intervista: "Mio figlio Savino aveva implorato la procura di Milano di ricevere una scorta per gli spostamenti, non solo tra casa e ufficio, ma anche all'interno dell'azienda, perché Marinella Sereni era stata assassinata sul posto di lavoro e lui sapeva di essere in pericolo. Nessuno però l'ha preso sul serio, e adesso è troppo tardi".

Santo Dio! Possibile che basti una battuta per accusare un uomo di omicidio?

E se fosse stato davvero Ferrari?

È stato lui. Ieri sera l'hanno portato a San Vittore senza che abbia tentato la minima resistenza. Ho sentito la notizia alle sei di stamattina alla radio. Ovviamente, anche stanotte non sono riuscita a chiudere occhio.

Mi costringo ad aspettare un orario più umano ingurgitando litri di tè, e alle sette meno dieci chiamo Michele, che risponde nervoso: «Ma ti sembra l'ora di telefonare? È l'alba».

«Hanno arrestato Ferrari! Non è giusto mettere in galera una brava persona come lui!» mugolo.

Lui parte subito con una tiritera sul Codice penale che secondo me ha studiato in questi giorni: «Senti, prima di tutto non è stato arrestato. Il pm ha solo emesso un mandato di fermo. Tra due giorni il giudice per le indagini preliminari deciderà se convalidare il fermo o farlo uscire da San Vittore. Non sarebbe la prima volta che un giudice rilascia un indagato. Ci vogliono delle prove per tenerlo dentro, oppure deve esserci il rischio che scappi o commetta di nuovo un delitto. E non mi sembra proprio il caso di Ferrari».

«Sei sempre così ottimista tu?»

«Cosa c'entra l'ottimismo con il Codice penale? E adesso scusa, devo prepararmi per andare a lavorare.»

E butta giù il telefono.

Io invece devo stare a casa, perché la scientifica non ha ancora finito di esaminare il nostro ufficio. Do subito un'occhiata ai giornali online, ma preferisco quelli cartacei. Esco a comprarli senza neanche farmi una doccia.

Mezz'ora e sono seduta al tavolino del solito bar con una tonnellata di quotidiani, presi nella prima edicola che ho trovato aperta. Sbattuta in prima pagina c'è una foto di Ferrari immortalato mentre esce di casa con le manette nascoste sotto la giacca, in mezzo a due poliziotti. Ha lo sguardo dei condannati a morte quando li fanno salire sul patibolo.

I titoli degli articoli sono banali, come del resto la conclusione di tutta la vicenda: *Un indagato per gli omicidi degli impiegati: in carcere il loro capo*, e poi *Arrestato il probabile serial killer aziendale: era l'ex capo*.

Le "indagini lampo", come le chiamano i giornalisti, sono state brillantemente condotte da Guidoni, che aveva messo sotto controllo il telefono di Ferrari, così cretino da tradirsi da solo. "Poche ore dopo la morte di Savino Santi, Gianfausto Ferrari avrebbe chiamato la moglie dal suo cellulare per commentare il delitto appena commesso: 'Quell'idiota è finalmente morto!'. Interrogato immediatamente dal magistrato, Ferrari ha sostenuto di aver saputo della morte del sottoposto dal telegiornale. Il commento con la moglie, si è difeso il sospettato, rifletteva solo una vecchia antipatia per la vittima. Ma la mattina del delitto Ferrari era a casa da solo con la coniuge, e la testimonianza della donna non si può ritenere valida, considerata la parentela tra i due."

Lo sapevo, non hanno prove contro Ferrari! Si attaccano a quella telefonata solo perché non sono riusciti a trovare nient'altro. Però l'articolo continua a spargere secchiate di fango: "La moglie dell'arrestato ha maldestramente tentato di fornirgli un alibi, ribadendo che il marito, la mattina del delitto, si era alzato di buon'ora per aggiustare un rubinetto, con il risultato che potrebbe venire incriminata per falsa testimonianza. Ma vi è un secondo elemento che ha persuaso gli inquirenti di essere sulla pista giusta: il numero di calzature portate da Ferrari, un emblematico quarantatré".

Dal primo sopralluogo nel garage di Santi, pare infatti che l'assassino sia lo stesso della Sereni: "Il killer è riuscito anche questa volta a non lasciare tracce biologiche o dattiloscopiche. Di lui sono state trovate solo le impronte delle solite scarpe di cuoio numero quarantatré, con la suola piatta. Sembra però che nel corso della perquisizione a casa del sospettato non si siano rinvenute scarpe di quel tipo. Ma non sarebbe certo stato difficile sbarazzarsene".

Vado avanti a sfogliare quella spazzatura, ipnotizzata da una curiosità morbosa. Si direbbe che i cronisti si siano messi tutti d'accordo: Ferrari era un mostro e uccideva i dipendenti che non gli erano simpatici. I giornalisti si sono dati un gran daffare ieri sera e, intervistando a caso condomini e vicini, hanno scoperto due suoi innocentissimi interessi – hobby della domenica o poco più – per trasformarli adesso in segni distintivi di una personalità patologica, votata quindi all'omicidio: "L'insospettabile serial killer aveva due passioni ossessive: la cura maniacale delle piante sul terrazzo di casa, e i pesci tropicali, anche questi oggetto di attenzioni innaturali...".

Un giornalista è addirittura riuscito a strappare delle confidenze al vicino di pianerottolo: "Il signor Ferrari parlava sempre dei suoi pesci e una volta ero andato a vedere gli acquari: ne aveva tre. Uno era vuoto, perché un amico gli aveva consigliato di dare un farmaco ai pesci Discus, che secondo Ferrari erano un po' troppo gonfi. Purtroppo il mattino dopo li aveva trovati morti. Era disperato. Avevo cercato di convincerlo a non darsene la colpa e a ricomprarne subito degli altri. Ma mi aveva spiegato che non se la sentiva di fare un passo del genere, perché era troppo affezionato a quei pesci cresciuti nel suo acquario. Sapevo che lui e la moglie non avevano figli, ma mi era parso lo stesso un ragionamento insensato. Come si fa a voler bene a degli stupidi pesci Discus?".

A quanto pare, anche il pollice verde gli aveva procurato numerosi nemici in condominio. I cronisti sono riusciti a scoprire che Ferrari si era fatto un impiantino di irrigazione, scatenando le ire di una inquilina del piano di sotto, la quale ha sostenuto di subire "l'allagamento quotidiano del terrazzo: enormi pozze di acqua sul mio balcone!".

Che schifo. Gli stanno dando addosso senza pietà. Leggo anche l'intervista a un criminologo, svegliato dai giornalisti in fretta e furia dopo l'arresto, che sostiene di aver finalmente capito perché il killer ricompone i cadaveri con le braccia giunte sul petto: "È tipico di una personalità ossessivo-compulsiva come quella di Ferrari ripetere il macabro rito di sistemare i cadaveri, eliminando dalla scena del delitto tutti quei particolari disordinati che accompagnano in genere una morte violenta".

Esco dal bar dopo aver bevuto un numero imprecisato di cappuccini. Il sangue mi scorre violento nelle vene, non so se per la caffeina o per la rabbia di aver letto un tale cumulo di assurdità. Sembra tutto troppo facile per essere vero: conosco Ferrari da anni, e se fosse stato veramente uno psicopatico me ne sarei accorta. Certe cose si sentono, si percepiscono. Come avrei potuto lavorare insieme a lui, vederlo tutti i giorni, senza avvertire un senso di pericolo o una mezza paura? Invece no, niente di niente.

Non riesco a credere di aver vissuto vicino a un serial killer senza capire chi fosse davvero. Ma in realtà, se ci penso bene, non ho la minima idea di come sia veramente un serial killer, perché me lo sono sempre immaginata come un individuo repellente alla Andrej Chikatilo, con la bava alla bocca, che appostato dietro un albero aspetta di rapire una minorenne in minigonna per caricarla su un furgoncino scassato, in cui tiene pronte le catene per legarla.

Ma forse devo rivedere i miei stereotipi, perché Guidoni ha appena arrestato un uomo che più normale non si può. Forse dovrei consultare qualche libro di criminologia per capirne di più. Decido di andare alla Feltrinelli di piazza Duomo. Non prendo la macchina perché non saprei dove parcheggiarla, meglio farsi un'ora di tram. Salgo sul 15 e arrivo fino a Missori. Faccio due passi a piedi e sono in libreria.

«Sa dove sono i libri sui serial killer?» chiedo alla prima commessa che incontro.

Lei mi guarda con aria perplessa. «Le interessa la saggistica o vuole un giallo?»

Deve avermi preso per un'idiota. Rispondo mortificata: «La saggistica...».

Mi fa segno di seguirla. Arriviamo in un reparto periferico, dove mi scarica dopo avermi indicato uno scaffale. Inizio a dare un'occhiata ai titoli: non ho nessuna intenzione di leggere le biografie dei criminali più schifosi della terra, vorrei invece trovare uno studio sul profilo psicologico dei serial killer, per capire se Ferrari può essere effettivamente uno di loro.

Sfoglio velocemente dei volumi che hanno l'aria di avvicinarsi a quello che sto cercando. I testi degli autori italiani citano in continuazione le interviste dei loro colleghi americani che sono riusciti a parlare in galera con qualche serial killer "storico", tipo Charles Manson, al quale hanno di sicuro stretto calorosamente la mano entrando nella cella.

Sembrerebbe che il massimo sogno di un criminologo – poliziotto o psichiatra – sia incontrare un serial killer e farsi raccontare dettagli inediti sulla sua infanzia, qualche nuovo particolare truce sulla mamma che faceva la prostituta e picchiava il futuro assassino quando le chiedeva di preparargli due uova fritte per cena, mentre invece lei era occupata a ubriacarsi insieme ai clienti.

Gli assassini seriali più noti, infatti, sono stupratori che da bambini sono stati orribilmente abusati, e hanno ammazzato le vittime dopo averle torturate più o meno a lungo. Ma il nostro assassino appartiene a una specie diversa. Cerco ancora e trovo un paio di libri che riportano una classifica di tutte le possibili tipologie di killer: esistono anche quelli "organizzati", che sarebbero lucidi e metodici nella pianificazione dei crimini. Ecco, ci siamo! Vado alla cassa con i miei trofei e mi metto in coda: questa sera niente Jess Day e i suoi sgangherati inquilini del loft.

Sto leggendo da non so quante ore le analisi psico-sociologiche degli studiosi di assassini seriali, e sono già riuscita a capire cosa intendono i criminologi quando dicono che chi ha ucciso Santi e la Sereni è un killer organizzato, capace cioè di non lasciare tracce sulla scena del crimine.

Il killer organizzato è molto intelligente e concepisce i suoi omicidi come "progetti di alto livello", definiti così dagli esperti, ovvero più complicati dell'accoltellare il primo cretino che passa per strada, per poi scappare a nascondersi imbrattato di sangue in una catapecchia sporca, in attesa del raptus successivo. E un killer del genere può anche avere una normale vita affettiva e lavorativa, proprio come Ferrari.

Sulle ragioni che avrebbero spinto il mio ex capo a uccidere i suoi sottoposti ho invece le idee più confuse. Io stessa provavo "sentimenti negativi" verso Santi e la Sereni, ma non riuscirei mai ad ammazzare dei colleghi solo perché mi stanno antipatici. Anche perché, se dovessi uccidere tutti quelli che detesto, non sarebbe un'impresa da poco. Dovrei strangolare una persona al giorno, partendo ovviamente da Maurizio e da quella zoccola della sua fidanzata, e poi andrei avanti per almeno un paio di settimane, finendo il lavoro in bellezza con l'omicidio della signora Giovanna.

Insomma, il mio risentimento non potrebbe mai degenerare in una strage, mentre un serial killer ammazza senza troppi sensi di colpa. Ma l'assassino è senz'altro uno di noi, visto che gli unici elementi in comune tra Santi e la Sereni erano il fatto di lavorare nella stessa azienda e di essere entrambi insopportabili. Se però Guidoni arrestasse tutti quelli che li trovavano insopportabili, non sarei l'unica a finire a San Vittore...

Mi sveglio con un libro sul cuscino e la luce ancora accesa sul comodino. Guardo l'orologio: le nove di mattina. Devo essere crollata dopo aver letto per ore i profili psicologici dei serial killer. Mi trascino in cucina, bevo un caffè e telefono a Michele.

«Michele, ti devo assolutamente parlare.»

«Ti ascolto» risponde, asciutto come sempre.

«Ho letto dei libri sui serial killer... possono anche sembrare persone normalissime, ma non credo che sia stato Ferrari a strozzare quei due.»

«Francesca, il fermo deve essere ancora convalidato dal giudice, che lo interrogherà in presenza del suo avvocato. E Ferrari si difenderà, se è innocente...»

«Senti, ho passato anni a lavorare con lui: come potrei non essermi mai accorta di nulla? Secondo me non c'entra niente, e il vero serial killer se ne va in giro tranquillo, sapendo che hanno arrestato un altro al posto suo. Potrebbe ricominciare a uccidere da un momento all'altro...»

«Per favore, Francesca, mi auguro che non ti venga la bella idea di spargere la voce che il killer non è Ferrari e che ci saranno degli altri morti! Non so cosa potrebbe farti Vernini, se lo venisse a sapere.»

«Tranquillo, non parlerò con nessuno: sono ancora in ferie. Chissà quando torneremo...»

«L'altra volta siete rimasti a casa due settimane, ma Santi è stato ucciso nel garage, quindi ci metteranno sicuramente di meno a esaminare l'ufficio. Adesso però cerca di riposarti, fai una passeggiata, insomma distraiti e non arrovellarti troppo.»

Poi mette giù il telefono, senza aspettare la mia risposta.

Sono stanca e un po' svuotata: discutere con lui è come sbattere contro una lastra di marmo a cento all'ora, senza neanche scalfirla. Non so che cosa mi spinga a voler parlare solo con Michele, forse perché è incapace di avere segreti ed è l'ultimo uomo al mondo che potrebbe avere una doppia vita come Maurizio. Insomma, meglio l'usato sicuro, anche se un po' pedante come Michele, che non cercarmi nuovi amici che mi potrebbero deludere o ferire. Non mi fido più di nessuno e non voglio avere brutte sorprese, visto che tanto in ufficio ce n'è una, raccapricciante, una volta al mese.

Torno a letto e riprendo il libro in mano, ma sono sfinita e cado in una specie di coma vigile, tormentato da pensieri spaventosi. E se finissi anch'io strangolata? E se adesso l'assassino suonasse alla porta? Riuscirei a prendere un coltello e difendermi?

A salvarmi dalle visioni della mia prossima morte arriva lo squillo del telefono.

«Ciao papà...» dico, senza nemmeno guardare il nome sul display.

«Come stai, tesoro?»

«Ho dormito poco stanotte.»

«Anche noi.»

«E la mamma come va?»

«Così così... avrebbe preferito che passassi da noi a cena, si sarebbe tranquillizzata. Sto cercando di convincerla che l'assassino è veramente Ferrari e tu non correrai più nessun pericolo.»

«E se non è stato lui?»

«Francesca, perché non ti licenzi? Così puoi ricominciare l'università!»

«Dovrei stare chiusa in casa a studiare? Finirei per suicidarmi!»

«Non dirle neanche per scherzo queste cose! E poi lo sai che puoi contare su di noi se decidi di lasciare l'azienda.»

«Se do le dimissioni, credi che sarebbe facile trovare un altro lavoro a trentaquattro anni? Dovrei mendicare un impiego precario a qualche agenzia interinale, dove il responsabile delle risorse umane mi guarderebbe malissimo... come farei a spiegargli che ho mollato un posto sicuro perché i miei compagni di scrivania sono stati ammazzati? Preferisco guardarmi attorno mentre passo ufficialmente come impiegata occupata.»

«Va bene, Francesca, ma stasera vieni a cena da noi, così stiamo un po' insieme.»

«Niente tonnarelli con la cernia, però, sono indigeribili! Non sai fare una pasta qualsiasi?»

«Naturalmente! Vuoi un sugo al basilico, alle verdure saltate o alle melanzane?»

«Sono sughi pronti?»

«Certo, la mamma li adora.»

Non ho la forza di contraddirlo: «Va bene, proviamo le verdure saltate».

Ecco, l'ho fatto felice, perché cambia finalmente tono e ridiventa il papà dinamico che risolve tutto con una visita al supermercato: «Ottima scelta le verdure saltate, non te ne pentirai! Ci vediamo alle otto».

Quando riattacca, penso che dovrei proporgli di cercarsi un lavoretto, il giorno in cui questa brutta storia sarà finita e la mamma si alzerà dal letto. Perché lui non è capace di stare senza far niente. Forse potrebbe diventare l'uomo immagine di una ditta di surgelati e presentare uno di quei programmi tipo "MasterChef", in cui, invece di usare ingredienti freschi e sani, il cuoco apre buste di pisellini primavera surgelati e li mette in padella con i polipetti appena estratti dal freezer.

Ho già un'idea per il nome: "FreezerChef", sponsorizzato dalla Findus o qualche altra industria del genere, e con un target di uomini di mezza età che hanno la moglie depressa che non vuole più cucinare neanche un piatto di spaghetti. Mia madre non sarà la sola a essersi stufata di spadellare, dopo quarant'anni di onesta carriera ai fornelli. E secondo me il programma potrebbe avere un discreto successo...

MEGLIO VEDOVA CHE ZITELLA

Il ritorno del killer mi ha retrocessa allo stadio di un'adolescente che litiga furiosamente con i genitori tutte le volte che li vede. Papà mi invita a mangiare da loro ogni santo giorno e non si parla d'altro che di Ferrari, perché il giudice per le indagini preliminari ha convalidato il fermo.

C'è il rischio, a quanto sembra, di reiterazione del reato. Il mio ex capo si è proclamato innocente, ma durante l'interrogatorio ha dichiarato di stimare l'assassino, che avrebbe "fatto bene a strangolare due idioti, inutili e lamentosi". Il gip è stato quindi costretto a trattenerlo a San Vittore. Porca miseria! Ferrari deve aver perso il cervello, se delira così! Fosse stato zitto, probabilmente il suo avvocato sarebbe riuscito a tirarlo fuori. Non sono emerse prove schiaccianti contro di lui, ma i giudici non possono scarcerare qualcuno che si dichiara solidale con un serial killer.

L'avvocato difensore ha richiesto una perizia psichiatrica. «Il mio cliente sta solo vaneggiando di un omicidio commesso da altri e manifesta i segni di uno stato confusionale, generato dalla detenzione ingiustificata» ha dichiarato agli organi di stampa. Stare in carcere non ha mai fatto bene a nessuno, ma chissà quanto deve essere doloroso per un uomo come Ferrari, che si tormentava se morivano i pesci Discus del suo acquario.

In questi giorni sto facendo anche delle ricerche su San Vittore. I detenuti sono chiusi in dieci dentro una cella di quindici metri quadrati, e hanno solo due ore d'aria al giorno. In quelle condizioni chiunque darebbe fuori di matto, pure dopo appena qualche ora.

Il colloquio con lo psichiatra forense, però, ha peggiorato ulteriormente le cose. Secondo quanto riportato dai giornali, Ferrari rideva di fronte ai tentativi di instaurare una conversazione, schernendo lo psichiatra con espressioni volgari come: "Perché non si fa i cazzi suoi?". L'impossibilità di stabilire qualsiasi tipo di contatto verbale o emotivo con l'accusato è stata valutata come "una peculiarità delle personalità psicopatologiche, che tengono un'invalicabile distanza con gli altri esseri umani, anche nei momenti in cui ci si aspetterebbero reazioni più emotivamente coinvolte".

Insomma, se Ferrari avesse accolto nella sua cella lo psichiatra in questione, aprendogli il cuore e parlandogli dei suoi benedetti pesci Discus, forse non sarebbe stato definito "un soggetto asociale". Adesso, invece, il suo profilo psicologico potrebbe essere giudicato compatibile con quello del giustiziere degli impiegati. E se i periti del tribunale dichiareranno che il killer potrebbe essere lui, il giudice butterà la chiave e lo terrà dentro per chissà quanto tempo.

L'unica rimasta a difenderlo è la moglie. Continua a sostenere che la mattina dell'omicidio il marito fosse a casa insieme a lei. Ma ormai tutti si aspettano che venga accusata di favoreggiamento e di falsa testimonianza, nel caso in cui la colpevolezza del marito venisse definitivamente provata.

I criminologi, tornati alla ribalta, cercano di dimostrare quanto la personalità di Ferrari sia vicina a quella degli assassini seriali. Hanno anche scandagliato il suo passato per scovare "episodi relativi all'infanzia che potrebbero aver originato comportamenti patologici nella sua vita adulta". Ma sono rimasti con un pugno di mosche in mano perché Ferrari è figlio unico, senza fratelli né sorelle da torchiare a loro piacimento. I genitori sono morti e neppure loro possono rilasciare interviste. Nessuno quindi saprà mai se il mio ex capo a dieci anni torturava i gatti dei vicini o molestava le compagne di classe.

Nel frattempo, l'ultima puntata del "giallo aziendale" è arrivata in televisione con un nuovo video: *Il delitto nel garage*, proposto in una versione un po' sgranata, come se l'omicidio fosse stato ripreso dalle telecamere di sicurezza. L'attore che impersonava il killer era naturalmente un uomo di mezza età, con i capelli grigi nascosti sotto un borsalino che Ferrari non avrebbe mai indossato.

La mamma ormai, dall'alto della nuova esperienza di criminologa televisiva, è convintissima che l'assassino sia lui. Ieri a pranzo sembrava quasi di buonumore, mentre spiegava: «Se non è stato lui, perché dovrebbe dire che il killer ha fatto bene ad ammazzarli? Nessun profiler crederebbe mai alla sua innocenza!».

Le sono saltata al collo: «Profiler? Ma che parole usi?».

E lei, serena e contenta come una bambina che sta facendo il girotondo con le amichette dell'asilo, mi ha risposto: «Tesoro, dovresti guardarlo anche tu "Criminal Minds". Sai quante cose si imparano a vedere quei programmi?».

«Scusa mamma, cosa si imparerebbe a guardare delle serie televisive dove qualcuno muore squartato ogni tre minuti? Lo sai che sono dei telefilm, vero? È tutto finto, soprattutto il sangue. E pure se vedi tutte le puntate, poi non ti danno la laurea ad honorem in criminologia!»

Ma lei insisteva. «Amore, ti sbagli. Sono programmi molto stimolanti», ha detto proprio "stimolanti", «e ti consiglio di guardare anche "Dexter"! È un bel ragazzo, e mi fa fare tante risate!»

Papà deve assolutamente sequestrarle la televisione. «Mamma, Dexter è un serial killer che uccide i serial killer! Forse c'è un po' di humour nero nel modo in cui vengono raccontati i suoi omicidi, ma non è una commedia brillante. Non potresti guardare qualcos'altro?»

Papà però la difendeva su tutti i fronti: «Francesca, la mamma è un'adulta e può guardare quello che vuole. E per quanto mi riguarda, spero veramente che Ferrari sia l'assassino della Sereni e di Santi, così la smetteremo di preoccuparci per te!».

Io allora ho tirato fuori una tesi un po' ardita: «Secondo

me Ferrari dà inconsciamente a Santi la colpa di essere finito in prigione. Tutto il suo odio nasce dal fatto che non riesce a smettere di detestarlo, anche se è morto. E così sragiona quando parla del killer. Però secondo me è innocente».

La mamma si è messa a gridare: «Ma se il killer non è lui, allora quello vero potrebbe ucciderti!», e poi ha cominciato a piangere un'altra volta. A quel punto me ne sono andata sbattendo la porta, perché sono stufa di sentirla delirare in libertà e non ne posso più di tutti quei pianti che esplodono all'improvviso come un geyser, liberando litri di lacrime.

Oggi però, quando arrivo dai miei, trovo papà stranamente su di giri, anche se evita il mio sguardo. Sento che mi nasconde qualcosa. La mamma è già seduta a tavola e ha i capelli perfettamente in ordine.

«Ciao mamma, sei stata dal parrucchiere a farti il colore?» le chiedo, visto che sono scomparse le due dita di ricrescita.

«Oh no, tesoro, è stato tuo padre. Ha comprato la tinta al supermercato e me l'ha fatta lui!»

Comincio a preoccuparmi. «Papà, ti sei messo a fare il parrucchiere, oltre che il cuoco? Tra quanto frequenterai un corso da estetista, per metterle anche lo smalto sui piedi?»

Lui cerca di giustificarsi: «Francesca, non esagerare... ho solo aiutato tua madre a essere più carina, perché abbiamo deciso di uscire a cena».

«Finalmente! E come hai fatto a convincerla?»

Lancia uno sguardo implorante verso la mamma, che prende inaspettatamente la parola: «È stata un'idea della signora Giovanna: tu vai con Regina allo speed date, mentre noi tre vi aspettiamo in un ristorante lì vicino...».

Sono matti. «Cosa? Ci aspettate fuori come se fossimo ancora alle elementari?»

La mamma, per tutta risposta, ricomincia a singhiozzare e sparisce in camera da letto, mentre mio padre la segue di corsa, si infila dentro e chiude la porta con un colpo secco. Sento che le parla sottovoce per calmarla, ma lei sbraita: «Io mi uccido, Amedeo, mi uccido! Ne ho abbastanza di questa vita di sofferenze: preferisco morire e stare in pace!».

Mio padre bisbiglia un altro po', mentre lei continua: «Sai cosa faccio? Mi butto dalla finestra quando vai al supermercato!».

Non la sopporto più: si comporta peggio di una bambina isterica. È sempre stata un po' capricciosa, ma adesso è in caduta libera nel melodramma. Però so che è diventata la regina delle sceneggiate solo perché ha paura per me, e poi se non ci fosse stata lei ad abbracciarmi durante quelle prime, terribili notti senza Maurizio, non ce l'avrei mai fatta... anche se a volte mi viene voglia di menarla, le voglio bene. E quindi ok, mi sacrifico! Spalanco la porta: «Faccio tutto quello che volete, però adesso smetti di piangere, mamma, e vieni a tavola».

Lei mi guarda con gli occhi gonfi come due polpette dell'Ikea: «Non ci prendi in giro? E se cambi idea?».

«Datemi il numero di telefono di quell'acciuga essiccata, che la chiamo subito!»

«Francesca, perché dici che Regina è un'acciuga essiccata? Mi sembra solo magra, ma è molto carina...»

«Come fai a dire che è carina? E poi è simpatica come un soprammobile: avrà pronunciato in tutto venti parole quando è stata a casa nostra!»

«È solo molto educata. E magari non le piace dare confidenza agli estranei...»

«Dammi il numero e vai a tavola!»

Mi passa la rubrica aperta, indicandomi l'ultimo nome su una pagina. Vado in salotto e faccio il numero. Mi risponde la cariatide, sbraitando un «Pronto!» sguaiato. Ma cambia tono appena capisce che sono io: «Allora hai deciso di andare allo speed date? Brava cara, vedrai che ti divertirai tantissimo, e se c'è qualcosa che non va noi saremo vicini, in un ristorantino delizioso. Basta chiamarci e vi veniamo a prendere».

Faccio finta di non averla sentita. «Mi passa Regina, che ci mettiamo subito d'accordo?»

Lei però non molla: «Lo dico sempre a mia figlia: sposati, perché se anche tuo marito dovesse morire saresti vedova, ma almeno non rimarresti zitella».

Non credo alle mie povere orecchie! È la prima volta che sento esprimere il concetto "meglio vedove che zitelle".

Lei continua imperterrita a filosofeggiare: «Dovete sposarvi, ragazze. E andare finalmente in giro a testa alta!».

Non posso insultarla davanti a mia madre. Voglio solo chiudere questa maledetta telefonata e sedermi a tavola. «Signora, mi passa cortesemente sua figlia?»

Gorgheggia orgogliosa: «Eccola, è qui!».

La voce di Regina sembra arrivare dalle nebbie dell'aldilà: «Ciaooo...».

Vado subito al dunque: «Dove e quando ci vediamo per lo speed date?».

«È martedì prossimo alla Happy House, un locale vicino ai Navigli... ti mando tutto per mail, così magari leggi anche il regolamento.»

«Regolamento di cosa?»

«Dello speed date: devi prendere degli appunti durante i colloqui. Se no come fai a ricordarti a chi corrispondono i vari numeri?»

Comincio a spaventarmi: «Non sono sicura di aver capito bene...».

«Ogni volta che parli con uno dei venticinque uomini, devi scrivere sulla scheda che ti danno il suo numero e sbarrare la casellina "ok" se lo vuoi rivedere, oppure "no" se non ti è piaciuto. Anche i maschi fanno così, e dopo qualche giorno gli organizzatori ti mandano l'elenco di tutti quelli che "matchano" con te, perché avete risposto sì tutti e due.»

«E poi cosa succede?»

«A questo punto dipende da voi se ricontattarvi o no.»

Ho un brivido di disgusto all'idea di mettermi un numero sulla maglietta per venire visionata ed eventualmente scelta da uno dei venticinque esemplari maschi che verranno allo speed date. Sembra una mostra canina, di quelle in cui i padroni fanno sfilare gli animali al guinzaglio mentre la giuria assegna i voti. A Regina, però, non deve essere mai toccato il podio, visto che è un'esperta di speed date.

«Ma tu sei mai stata ricontattata da qualcuno?»

«Sì, però non ci sono mai uscita una seconda volta.»

«In che senso la seconda volta?»

«Con tre o quattro sono andata a cena fuori, per vedere se c'era un po' di feeling, ma non ci siamo più rivisti...»

Adesso i conti tornano: mi chiedo chi potrebbe uscire due volte di seguito con una che dice una parola al minuto e non gliene frega niente dei piaceri della tavola. «Se però non trovo una persona che mi piace e segno tutti "no", nessuno può contattarmi, vero?»

«Sì, ma perché dovresti farlo? Così butti via i venticinque euro dell'ingresso...»

Mi tradisco: «Venticinque euro per sta stronzata?».

Regina non capisce la battuta: «Perché hai usato quella parola?». È rintronata come una campana.

Meglio chiuderla in fretta: «Scusa, stavo solo scherzando».

Lei tira fuori di nuovo la sua fiacchissima voce: «Allora ti mando la mail, se mi dai l'indirizzo».

Le faccio lo spelling, lei emette il solito gemito: «Ciaooo...», e riattacca senza aspettare che ricambi il saluto.

Ritorno in cucina, dove i miei sono seduti a tavola ad aspettarmi.

«Allora?» chiede la mamma, finalmente con un sorriso.

«È martedì prossimo. Mi passate a prendere voi?»

Papà mi guarda stupito, forse si sta chiedendo come ho fatto a capitolare così in fretta. Mentre mi fissa con gli occhi sgranati, ho un'idea meravigliosa: racconterò alla mamma che sono riuscita a trovare un fidanzato allo speed date, e quindi non dovrò andarci mai più con Regina!

Martedì prossimo dovrò solo mettere tutte le crocette sul "no" e cercare di non ridere in faccia ai venticinque signori chiamati a dare il loro punteggio alle zitelle in esposizione. Poi aspetterò un paio di settimane per dare l'annuncio ufficiale: "Mamma, ho conosciuto un uomo meraviglioso. Stiamo già parlando di matrimonio: sei contenta?".

«Allora, scendi?» chiede papà al citofono.

Mi do uno sguardo veloce nello specchio vicino all'attaccapanni: non sto poi così male. Ho i capelli impiastrati di gel, effetto riccio bagnato. Almeno non sembrano più dei serpenti. Sono anche riuscita a entrare in un vestitino nero che non mettevo da due anni: presentarsi in vestaglia allo speed date sarebbe stato troppo anche per me. Ma niente trucco pesante, i venticinque maschi non si meritano il rossetto, mica devono pensare che faccio sul serio.

Quando mi vede, la mamma fa un sorriso invasato: «Tesoro, sei bellissima: sarà la serata giusta!».

«Me lo sento anch'io, sai?» le rispondo con un'allegria così finta che non ingannerebbe nessuno. Ma è meglio preparare il terreno al fidanzamento con il principe azzurro, incontrato al primo e ultimo speed date al quale parteciperò in tutta la vita.

Papà mi scruta dallo specchietto retrovisore: il mio nuovo entusiasmo non lo convince. Peggio per lui, così impara a mandarmi agli incontri per single.

«Mamma, quanto pesa la signora Giovanna? Secondo me più di cento chili. Non le fa bene alla salute: dovrebbe mettersi a dieta, altro che andare a cena al ristorante!»

«Francesca, perché devi parlare tanto male di una signora così gentile?»

«Dire che pesa cento chili è solo la verità: non sto parlando male di lei, faccio una constatazione.»

«Va bene, però non essere scortese quando la incontriamo.»

«Ok» mugugno polemica.

Dopo mezz'ora parcheggiamo davanti alla Happy House: quelle due sono già lì. La signora Giovanna si sbraccia per farsi vedere – anche se con quella mole non è certo difficile distinguerla persino con un nebbione padano –, mentre la figlia sembra un palo della luce conficcato a terra. Si è fatta una strana pettinatura, con i capelli cotonati e raccolti in una specie di coda di cavallo, che però assomiglia più a quella di un topo: corta e sottile. Intravedo anche un paio di scarpe nere col tacco altissimo che le danno un'aria così bislunga e ossuta da scoraggiare pure un maniaco sessuale in astinenza.

Mia madre vola fuori dalla macchina e scompare tra le braccione della megera, che se la stringe al cuore come se non si vedessero da dieci anni. Mi scappa involontariamente una risata: quanto potrà durare la loro amicizia quando la mamma le racconterà che ho conosciuto "un ragazzo che fa sul serio" e che siamo usciti anche una seconda volta?

La signora Giovanna si accorge del mio sogghigno e mi chiede: «Qualcosa non va, Francesca?».

«Oh no, sono solo felicissima: sento che sta per accadermi qualcosa di bello!»

«La prima volta che vieni? Saresti molto fortunata...»

«È la sera giusta, queste cose me le sento.»

Ma lei non ce la fa proprio a non essere stronza. «Hai avuto qualche presentimento anche per il tuo matrimonio? Credevo che fosse successo tutto all'improvviso...»

Non le tiro un pugno sul muso solo perché questa è l'ultima volta che la vedo. Prendo invece per un braccio Regina e la trascino dentro il locale: «Dài, andiamo!». Se ci penso ancora per mezzo secondo, finisce che giro i tacchi e me ne vado.

Appena entriamo alla Happy House, mi sento male. Ci sono uomini di tutte le età che si guardano attorno con l'aria di volerci sbranare vive. A far più paura sono i single stagionati, in giacca e cravatta, uno addirittura in smoking, che ci fissano come vampiri, pronti a saltarci alle vene del collo. Un paio hanno i capelli tinti che fanno a cazzotti con la barba grigia, altri evidentemente il toupet.

«Regina» le bisbiglio in un orecchio, «mi sembrano un po' vecchi...»

Lei risponde con una smorfia: «Ti ricordo che ci siamo iscritte alla serata 35-50: anche se hai trentaquattro anni, non credo che ti avrebbe fatto piacere conoscere dei ventenni. Nella fascia 20-35 trovi ragazzi troppo giovani, che non sono interessati a una relazione seria».

Mi piacerebbe chiederle se secondo lei un cinquantenne tinto e in smoking si iscrive a uno speed date per cercare moglie, ma Regina si è già messa in coda alla cassa e mi fa cenno di starle dietro. Quando arriva il suo turno, sgancia i venticinque euro e riceve un'etichetta adesiva con sopra un numero. Se la appiccica sulla maglietta, mentre anche io sborso i venticinque euro peggio spesi della mia vita.

Il mio numero è il ventisette, me lo consegna la tipa della cassa insieme all'opuscoletto delle istruzioni. Sull'ultima pagina c'è una specie di scheda a righe da riempire, con il titolo che recita: "Prendi qui i tuoi appunti!".

Mentre la tizia mi porge i parafernalia da speed date, ho l'impressione che nel suo sguardo baleni un misto di pena e disprezzo: ci trova veramente patetici, ne sono sicura.

Intanto continuo a sentirmi sul collo il respiro delle cariatidi, che si aggirano cercando di individuare la preda migliore. Tutti mi fissano con un sorriso marpione.

Abbasso istintivamente lo sguardo e raggiungo Regina, che mi aspetta poco lontano. Mi dice laconica: «Mettiti il numero, su!».

Non sono ancora pronta. «Magari tra cinque minuti... adesso cosa si fa?»

«Puoi bere qualcosa e servirti al buffet, mentre ti aspetto qui», e si accomoda a un tavolone dove sono già schierati decine di altri single.

Guardo verso il bar, ma c'è un'orribile calca. Non ho voglia di prendere a botte qualcuno per bere un mojito o riempirmi un piattino di olive e pasta fredda. Mi rassegno a occupare il posto vuoto sulla panca di fianco a Regina, che se ne sta in silenzio come se fossimo nella sala d'aspetto del dentista.

Ma – orrore! – davanti a noi viene a sedersi un cinquantenne che ci fa un ghigno da furbastro. È pelato e più abbronzato di un bagnino di "Baywatch": o è appena tornato dai Tropici, o si ammazza di lampade. Domanda spudorato: «Voi due come vi chiamate?».

L'acciuga essiccata, invece di ignorarlo, gli risponde con un risolino compiaciuto: «Io Regina e lei Francesca! Tu?».

«Enzo» pronuncia lui deciso, e ci fissa famelico per qualche secondo. Sfodera quindi una specie di sorriso malevolo: «Me lo date il vostro cellulare?», manco fossimo un paio di prostitute uscite in coppia con l'obiettivo dichiarato di allargare il giro dei clienti.

Persino Regina capisce che c'è qualcosa che non va. «Non l'hai letto il regolamento? Non si può chiedere il cellulare dei partecipanti» ribatte piccata.

Il superlampadato però non ha paura di nessuno. «Me ne frego del regolamento: me lo date il cellulare o no?»

Regina si alza e se ne va. «Sei veramente maleducato! Vieni, Francesca, andiamocene!»

La seguo senza dire una parola. Questo posto sembra proprio una gabbia di matti. Ci sediamo a un altro tavolone, accanto a un quarantenne tinto di nero corvino. Forse nota la nostra aria un po' imbarazzata, perché ci chiede tutto affettuoso: «È la prima volta che venite?».

Gli rispondo io, d'istinto, come se mi volessi scusare: «Sì, proprio così!».

Regina invece rimane muta. Le è già costato moltissimo sbarazzarsi di Enzo e immagino che non proferirà più una parola per almeno mezz'ora.

Lui allora continua, rivolto a me: «Ciao, sono Luigi!», e cerca di incoraggiarmi: «Non devi preoccuparti, questo è solo un gioco per conoscere persone nuove. Vengo sempre qui con i miei amici e ci siamo fatti una bella compagnia».

«Una compagnia?» Ma come parla questo? La "compagnia" ce l'avevo al mare quando avevo sedici anni!

Luigi risponde orgoglioso: «Sì, proprio una bella compagnia! Usciamo ogni sabato sera: abbiamo trovato una discoteca per gente come noi, perché alla nostra età non è bello stare in mezzo ai ragazzini».

Non resisto e gli chiedo qualcosa di più su questa discoteca per soli adulti: «E come si chiama?».

«Il Fico.»

«Il Fico?»

«Sì, è una villa con ristorante dalle parti di viale Monza. D'estate si balla all'aperto. Se decidi di venire con noi, ti avverto che non devi spaventarti, visto che sei ancora giovane...»

«E perché dovrei?»

«Ci sono anche delle signore di una certa età, sai quelle che non si rassegnano...»

«A cosa?»

«A diventare vecchie: si mettono tutte in tiro con tacchi e trucco a settant'anni, sono un po' ridicole ma basta non guardarle!»

Luigi sta cercando di farmi capire che, se vuoi ballare ancora il merengue senza sentirti un pirla in confronto a ragazzini che hanno l'età dei tuoi figli, devi rassegnarti a stare in compagnia di tardone che cercano di ramazzare gli ultimi maschi superstiti, prima di entrare nella tomba.

Non credo di essere ridotta al punto di finire al Fico, ma proprio mentre sta nascendo la nostra "amicizia" Luigi mi saluta e scatta via dalla sedia: sono arrivati gli altri membri della sua "compagnia". Tre omoni tutti allegri, con i jeans e i capelli del suo stesso nero corvino, che si appartano in un tavolino defilato.

Adesso nessuno cerca più di attaccare discorso e posso finalmente dare un'occhiata in giro. Le donne paiono tutte truccate e vestite decentemente, senza puntare troppo sul sexy. Solo un paio sono scollate e leopardate, con i capelli biondissimi e l'anca assassina che ondeggia sui tacchi a spillo, ma lo stile generale comunque è sobrio e quasi dignitoso. E, a differenza degli uomini, nessuna si guarda attorno con lo sguardo di un predatore nella savana.

Il locale si riempie in fretta: uno degli organizzatori passa tra i tavoli e ci appoggia sopra una candela accesa e dei foglietti con un numero scritto a pennarello.

«E adesso cosa dobbiamo fare?» chiedo a Regina, che osserva la folla con la fissità di una poiana.

«Quando suona il campanello andiamo al tavolo col numero che ci hanno dato» mi risponde e poi, concentrandosi sulle unghie, si chiude nel solito silenzio. Sembra indifferente a tutto quello che le capita intorno: la signora Giovanna, con il suo grasso entusiasmo, è riuscita a spegnere in lei ogni normale reazione vitale. Io invece non so cosa darei pur di non sedermi davanti alla candela accesa, come una chiromante che legge i tarocchi. E con la fortuna che mi ritrovo mi capiterebbe di sicuro la carta della Morte.

Per fortuna l'attesa dura poco. Squilla la campanella, Regina si alza e trova subito il suo posto. Io invece vago per la sala fino a quando vedo il tavolo numero ventisette, un po' nascosto in un angolo. C'è già installato un tipo tutto sorridente con i capelli bianchi che secondo me ha barato sull'età, perché dimostra ben di più dei cinquant'anni previsti dal regolamento.

Mi siedo di fronte a lui un po' impacciata.

«Ciao, sono Aldo» attacca, «è la prima volta che vieni?»

Vorrei rispondergli: "La prima e l'ultima", ma glisso e dico la prima cosa che mi viene in mente per tirare alla fine dei duecento secondi: «Sì, mi ha portato un'amica... e tu?».

Fa parte anche lui degli habitué, perché non si fa troppi scrupoli a confessare la verità: «Be', saranno due anni che frequento gli speed date».

Ha la camicia slacciata sul petto villoso e un orologio pacchiano, ma non sembra un playboy professionista. Forse è un divorziato che molla i figli alla ex moglie per andare a cercare carne fresca. La sua faccia da padre di famiglia riesce però a farmi passare l'imbarazzo e la mia lingua comincia a sciogliersi. «Se dopo due anni continui a venire qui, vuol dire che non hai conosciuto donne interessanti...»

Lui nega indignato: «Non vengo qui a cercare delle donne, ma delle amiche! Sbagli a pensare che sia tutto a scopo sessuale».

Certo, come no. Ma forse pensa che sia meglio partire dalla teoria dell'amicizia platonica, invece di puntare dritto alla camera da letto.

Faccio finta di non averlo sentito e gli faccio io una domanda: «Hai figli?».

Lui tira un sospiro. «Due... una femmina di diciassette anni e un maschio di quattordici.»

Bene, allora il mio sesto senso funziona ancora. «Quindi sei divorziato?»

«Sì...» E inizia a raccontare la storia del suo matrimonio fallito, quando... *driiinnn!* Tempo scaduto.

Dopo due anni di speed date, Aldo sa perfettamente come gira il fumo, perché fa di nuovo un sorriso cerimonioso, si alza, scala di un posto e va a sedersi al tavolino accanto, dove lo aspetta un'altra single con la sua bella candela da fattucchiera. Nel frattempo il single numero due – un altro cinquantenne, con baffetto malandrino e vestito come John

Travolta nella *Febbre del sabato sera* – si è già accomodato davanti a me e pronuncia il consueto: «Ciao, sono Marco. È la prima volta che vieni?».

«Sì...»

«Lo sai che devi segnare il nostro numero sulla scheda di gradimento, e mettere la crocetta su "ok" o su "no"?»

In effetti me l'ero dimenticato... metterò tutti i "no" alla fine, prima di consegnarla.

Lo ringrazio. «Hai fatto bene a ricordarmelo. Tu ci vieni spesso qui?»

Fa un sorriso odontoiatrico, con le capsule che sfavillano alla luce della candela. «Sì, con un gruppo di amici. Ci siamo fatti una gran bella compagnia. Adesso il sabato sera usciamo sempre insieme.»

A quanto pare deve essere uno della gang di Luigi, perché condividono la stessa strategia di marketing, sicuramente messa a punto dopo anni passati alla Happy House.

«Sai, abbiamo trovato una discoteca dove non ci sono ragazzini...» continua.

«Sarà mica Il Fico?»

«Sì, la frequenti anche tu?»

«Ci va mia madre con le sue amiche: forse le avrai viste. Sono sui settanta e si truccano un po' troppo: quelle monellacce hanno ancora una gran voglia di divertirsi!»

Fa una faccia stupita: l'esca della discoteca per signore non ha funzionato. Mi chiede allora: «Sei molto più giovane di me, vero? Come mai sei single?».

Sarà per il tono virato di colpo sull'affettuoso, che gli racconto la verità: «Sono stata piantata il giorno prima del matrimonio... da allora non sono più uscita con nessuno». Poi mi mordo la lingua: non avrei mai immaginato di confessare le mie disgrazie in uno speed date. Ma anche Marco si sta sciogliendo: «Come ti capisco... pensa che mia moglie mi ha lasciato dopo due anni di corna», e fa un gesto eloquente con le dita. «Sue, non mie!»

Chissà se è vero, o se si sta spacciando per un uomo innamorato e tradito che ora cerca la nuova compagna della sua vita.

«Ma tu non avevi capito niente?» domando.

«Mi ero accorto che qualcosa non andava... sai, quando una donna è sempre più fredda e distaccata, tu cominci a preoccuparti! Ma noi avevamo due figli e io ci tenevo alla nostra famiglia. Pensa che è stata lei a farmi seguire da un detective, perché sperava che io avessi un'altra. Non credeva che potessi resistere così a lungo senza fare l'amore con nessuna. Ma io lavoravo e, appena potevo, stavo con i miei figli: non andavo certo in giro a cercarmi delle donne.»

La vicenda dello sposo fedele sospettato di adulterio dalla moglie traditrice è veramente strana. Marco però la racconta bene, col cuore in mano, anche se forse l'ha costruita a tavolino per tranquillizzare le sue prede. Quando suona il campanello del cambio partner, mi chiede gentilmente: «Ti dispiace se segno "ok" sul tuo numero?».

Non ho il coraggio di dirgli la verità, e cioè che non ci vedremo mai più, e rispondo: «Certo che no, se ti fa piacere».

Fa una crocetta veloce sulla sua scheda e lascia il posto al pretendente successivo – un fustacchione quarantenne che blatera insensatamente di palestra e cardiofitness –, ma io continuo a chiedermi se è davvero l'ingenuo cornuto che vuole farmi credere. Be', se è stato sincero spero sul serio che possa trovare l'amore. A parte il look atroce, mi è sembrato una persona a posto.

Drinnn! La campanella è catartica, come quando a scuola ci buttavamo fuori per l'intervallo. Il fustone logorroico si alza e il circo ricomincia.

Mentre al mio tavolino si alternano uomini di ogni genere e quella maledetta campanella squilla non so quante volte, penso a come mi sono ridotta male. Un anno fa stavo per sposarmi e partire per il viaggio di nozze in crociera, e adesso sono qui che mi lascio esaminare da un branco di sconosciuti in cerca dell'anima gemella, o più probabilmente di una notte di sesso, magari preceduta da una cena veloce in un ristorante.

Non credo che nessuno abbia mai trovato l'amore in un posto come questo. Anzi, rischio di fare la fine di Regina, perché tra un po' andrà anche lei a ballare al Fico.

Almeno su una cosa, però, mi trovo d'accordo con quelli che sono qui stasera: essere single non è così divertente. Io poi, se continuo ad andare tutte le sere solo dai miei, invecchierò senza più godermi l'emozione di un bacio dopo un film al cinema. Ma come faccio a conoscere qualcuno d'interessante, visto che gli speed date mi fanno venire l'orticaria? Mica posso iscrivermi di nuovo a Facebook e sperare che un vecchio fidanzatino del liceo mi chieda l'amicizia... non ho neanche la minima intenzione di iscrivermi ai siti di incontri online. Mi vergognerei troppo: se mi beccasse qualcuno che conosco?

Sono ancora immersa nei miei pensieri quando si siede di fronte a me un tipo che annuncia con tono squillante: «Ciao, sono l'ultimo dei venticinque!».

Sospiro di sollievo. Il mio esaminatore finale è calvo, ma con una bella chierica curata e dei baffetti rifilati di fresco. Anche la camicia ha l'aria di essere stata appena stirata, e tutto in lui emana serena efficienza. Tiene in mano la scheda e la appoggia sul tavolo, stando bene attento a non far vedere dove ha messo le croci.

Poi mi guarda negli occhi e pronuncia deciso, come se fossimo a un colloquio di lavoro: «Allora, come ti chiami?».

«Francesca.»

«Bene, Francesca» continua il tipetto, «dimmi...» E si mette a guardarmi in silenzio, con l'aria di chi non ha troppo tempo da perdere.

Forse si aspetta che gli illustri doti e pregi della mercanzia, spiegandogli come sono, o meglio come non sono, almeno da un anno a questa parte – dolce, timida, solare, ironica, ottimista –, perché se sono qui vuol dire che ho appeso l'annuncio "In vendita" sul portone del mio cuore. E lui, prima di comprare, vuole controllare che non ci sia sotto la fregatura.

Gli dico fintamente briosa: «Dimmi tu!».

Perde tutto il suo aplomb: «Come, non ti vuoi presentare?».

«No.»

Sembra scosso, ci pensa su per un secondo e poi esibisce

nobilmente il suo curriculum: «Allora, Francesca, ti parlo di me. Mi chiamo Paolo, ho quarantadue anni e lavoro in un ospedale, ma non sono un medico. Mi occupo del settore degli approvvigionamenti: dal materiale medico alle lenzuola per i pazienti. Sono scelte molto delicate, ed è per questo che quando si tratta di grossi investimenti preferiamo organizzare delle gare per i venditori...».

Visto così non è malaccio, ma è di una noia mortale. Lo squillo dell'ultima campanella mi salva dall'addormentarmi di botto. Il tipetto allora riprende la sua scheda e segna una croce – di sicuro sul "no" –, pigiando la biro fino a spuntarla. Poi si alza e se ne va senza nemmeno salutarmi.

Io rimango seduta al mio posto, giro la scheda e segno rapidamente venticinque "no". Poi, standο attenta a non farmi intercettare da Regina, consegno il foglio al banchetto degli organizzatori piazzato di fianco all'ingresso.

La aspetto per un po', ma l'acciuga essiccata non si vede. Vado a cercarla al suo tavolo. È ancora seduta davanti alla candela, con un'espressione molto concentrata. Guarda pensosa la scheda e rilegge gli appunti che ha buttato giù, come se dovesse prendere delle decisioni di strategia internazionale, degne di un capo di governo.

«Allora?» le chiedo, visto che è ora di sgommare e non voglio stare un minuto di più alla Happy House.

«Ho ancora qualche dubbio... che cosa hai fatto col numero tredici? Hai messo sì o no?»

Ovviamente non posso rivelare che ho messo "no" a tutti, ma devo trovare un modo per farla uscire: «Regina, ho messo un solo "ok" su un numero che non posso dirti: è un segreto. Senti, ma tua madre non si arrabbia se arrivi in ritardo? Hanno detto che ci aspettavano fuori».

Scatta in piedi come un robot: «Sì, ecco, vengo!». Consegna velocemente la scheda e corre fuori. La signora Giovanna ci attende tronfia sul marciapiede davanti al locale. Dietro di lei, arretrati di qualche passo come due involontari angeli custodi, ci sono i miei genitori.

«Allora, ragazze, come è andata?» urla senza ritegno la cicciona, mentre quelli che stanno uscendo dalla Happy

House ci guardano increduli: chi mai si fa ancora venire a prendere dai genitori?

La afferro sottobraccio. «Ottima idea quella di venire allo speed date. Credo di aver conosciuto l'uomo della mia vita! Ho messo solo un "ok" sulla scheda, ma se mi ha scelta anche lui allora avrò smesso di soffrire: come potrò mai ringraziarla?»

Lei capisce che c'è sotto qualcosa, perché mi guarda di traverso: «Sei sicura di quello che dici, cara?».

«Sicurissima.»

Le mollo il braccio e prendo mia madre per la manica del cappotto, tirandola verso la macchina parcheggiata. «Saluta la signora Giovanna, mamma. Mentre torniamo a casa ti racconto tutto.»

Lei fa un saluto con la mano, nemmeno fosse la regina Elisabetta: «Ci sentiamo domani». E poi si lamenta con me: «Tesoro, non mi trascinare così: non è mica un rapimento».

«Non vuoi sapere com'è l'uomo meraviglioso che ho appena conosciuto?» le chiedo, mentre la spingo bruscamente dentro la macchina.

«Certo, voglio sapere tutto di lui.»

«Ha un paio d'anni più di me ed è veramente un bel ragazzo...» comincio a raccontare, mentre papà mi scruta pensieroso dallo specchietto. In fondo è stato lui a spingermi sulla spregevole strada della menzogna. Adesso ha quello che si merita.

Lo squillo del telefono arriva poco dopo le nove, mentre sto ancora dormendo. Ieri sera non riuscivo a smaltire l'adrenalina accumulata alla Happy House e ho guardato la tv per ore nella speranza di rilassarmi.

«Francesca...» mi dice papà con un tono di voce che non lascia presagire niente di buono.

«C'è qualcosa che non va?»

«Devo darti una brutta notizia, tesoro. Ho pensato che sarebbe stato meglio se te l'avessi detto io.»

«Dài, parla, non tenermi sulle spine!»

«Si tratta di Ferrari... stamattina una guardia lo ha trovato morto. Sembra che ieri sera fosse stato messo in isolamento, perché aveva avuto un attacco di nervi. Si è impiccato alle sbarre con le lenzuola.»

Il mio cuore precipita in un abisso nero. Comincio a piangere, singhiozzi così forti che mi tolgono il respiro. Ferrari è morto. Ansimo come se la gola stesse per chiudersi, ma poi mi sblocco e le lacrime continuano a scendere senza fermarsi.

Papà cerca di consolarmi: «Adesso ti vengo a prendere, lo so che ti dispiace, ma se ha deciso di suicidarsi forse è stato per il senso di colpa».

Nessuno, neanche mio padre, può accusare un innocente. «Ferrari non avrebbe mai aspettato Santi in un garage per strangolarlo! E non sarebbe stato capace nemmeno di uccidere la Sereni!» gli strillo tra un singulto e l'altro.

Ma lui insiste: «Eppure ha lasciato uno strano messaggio, che nessuno capisce».

«E cioè?»

«Due parole: "Vi odio". Erano scritte su un pezzo di carta appoggiato sul letto» mi dice, turbato.

Sono incredula. «Veramente ha lasciato un messaggio del genere?»

«Sì, l'hanno detto tutti i telegiornali.»

«Oh Dio mio... quanto deve aver sofferto quel pover'uomo...»

Papà cerca di farmi ragionare: «Senti, tesoro, devi ammettere che Ferrari non si è comportato in modo equilibrato dopo l'arresto».

«Cosa vorresti dire? Che le lenzuola intorno al collo sono diventate la prova che lo strangolatore era lui?»

«Francesca, non sarebbe meglio se il killer fosse veramente Ferrari? Così io e la mamma non dovremmo più aver paura che qualcuno ti ammazzi!»

Le parole mi escono impastate di singhiozzi: «Va bene, papà, capisco che voi abbiate voglia di stare un po' tranquilli. Ma per come la vedo io il vero colpevole è ancora in giro».

«Non dire una cosa del genere alla mamma!»

Non ne posso più che il papà continui a tenere la mamma in una campana di vetro! Com'è possibile che sia sempre e solo lei l'unica che ha il diritto di soffrire, mentre tutti gli altri devono consolarla e raccontarle delle balle patetiche perché smetta di recitare la parte di quella che si vuole ammazzare per colpa della figlia sfigata?

Ne ho fin sopra i capelli, anche io ho il diritto di essere presa in considerazione. Lancio un urlo furibondo: «Sai cosa faccio, papà? Stasera vi porto una bottiglia di champagne per brindare al suicidio di Ferrari e al mio matrimonio, anche se non potrò invitarvi perché non sarà mai celebrato! Ma questo è solo uno stupido dettaglio, non credi? Conta solo quello che diciamo alla mamma. E se le raccontassi che ho vinto un milione di euro al Superenalotto? Chissà come sarebbe felice!».

Papà si addolcisce: «Hai ragione, amore, ho un po' esagerato... ma sei mia figlia, accidenti, sono preoccupato per te! Se non era Ferrari, chi potrebbe essere l'assassino?».

Me lo chiedo anch'io. «Non lo so, ma immagino qualcuno che lavora da noi...» Non finisco la frase, perché mia madre bisbiglia sottovoce qualcosa. Papà chiude velocemente: «Ti richiamo io».

Sono scossa dai tremiti, il freddo mi entra nelle ossa e mi fa battere i denti. Vado a farmi una doccia nella speranza di far scivolare via insieme all'acqua la disperazione che mi assedia. Rimango sotto il getto caldo fino a quando il bagno non si riempie di vapore. La testa mi gira e sento le gambe che cedono: se non esco dalla doccia svengo. Con l'ultimo briciolo di forza rimasta spalanco la cabina e corro fuori. Perché Ferrari si è suicidato? Non c'erano prove contro di lui, avrebbe potuto dimostrare la sua innocenza... anche se il marchio del mostro non gliel'avrebbe tolto nessuno. Mi sdraio sul letto ancora bagnata. Tiro su il piumone ma continuo a tremare, i capelli sono fradici. Devo alzarmi, altrimenti finisce che arrotolo anch'io le lenzuola. Mi asciugo i capelli, prendo il pc e vado sul divano.

Le prime pagine dei giornali online sono tutte uguali. C'è di nuovo la foto di Ferrari in manette, sulla quale hanno schiaffato titoli ben poco originali: *Si è ucciso il killer degli impiegati*, *Il killer degli impiegati si è impiccato in cella*, *Suicida il killer aziendale*. Nessuno però ha avuto il coraggio di mettere in occhiello l'ultimo "Vi odio" di Ferrari. Anzi, qualche testata non osa neanche citarlo o lo definisce "un laconico messaggio d'addio lasciato dall'assassino suicida". Patetico.

Negli articoli va fortissimo la tesi del "suicidio come confessione", e uno dei soliti esperti lancia addirittura l'ipotesi di uno sdoppiamento della personalità: "Il killer non aveva il coraggio di ammettere a se stesso la verità, e cioè che era lui l'assassino dei suoi sottoposti. Il meccanismo di rimozione funzionava probabilmente così: Ferrari spostava la colpa su un sé altro e cattivo, distinto dal nucleo principale e cosciente della sua personalità. Un sé scisso che oscillava tra sentimenti diversi. Da una parte orgoglio e soddisfazione, perché aveva ucciso due persone che non sopportava, e dall'altra riprovazione – nei momenti di lucidità –, quando diventava consapevole delle implicazioni moralmente negative di uccisioni generate da motivi futili come l'antipatia".

Continuo a leggere, sembra che siano tutti concordi nel chiudere il cerchio.

Ma se il killer ucciderà ancora, che cosa diranno giornalisti, criminologi e magistrati: "Scusate, capita a tutti di sbagliarsi"?

UNA VALLE DI LACRIME

Mi sono di nuovo chiusa in casa e piagnucolo di continuo pensando a Ferrari. Quando riesco a smettere e accendo la televisione, ricomincio peggio di una fontana. Trasmettono solo programmi dedicati al serial killer appena morto, e nella scenografia del solito talk show sono comparse persino delle lenzuola tutte arrotolate, come quelle usate da Ferrari per impiccarsi. Hanno anche mandato in onda un video in cui un attore con l'aria da pazzo interpretava la scena del suicidio, ripresa con un atroce effetto notte virato sul blu scuro. Il cadavere veniva poi inquadrato mentre una guardia carceraria lo staccava dalla finestra, e l'attore lasciava penzolare la testa con la mandibola ammollata. Una scena spaventosa che avrebbero dovuto vietare.

Il mio cellulare non smette di squillare, ma io non rispondo. I giornalisti allora mi lasciano dei messaggi in segreteria, mi invitano tutti ad andare in tv. Che sciacalli. Vogliono movimentare i loro salotti, animati sempre dagli stessi ospiti che passano da un programma all'altro e ripetono le stesse cose. L'unica novità è un criminologo che fa la parte dell'innocentista. L'ho visto un paio di volte mentre buttava l'esca: «E se non fosse stato lui?», facendo partire una cagnara incredibile: «Hai mai visto un innocente suicidarsi dopo l'arresto?». Ormai credo di essere rimasta l'unica in tutta Italia ancora convinta che Ferrari non c'entri niente. E ho deciso di andare al suo funerale.

Anche stamattina sto leggendo i necrologi sul "Corriere della Sera". Forse pubblicheranno pure il suo. Eccolo! È sperduto in mezzo a una ventina d'annunci per la novantaduenne contessa Ninìn Della Porta Raffo, partita forse per il paradiso su una Rolls Royce guidata dal maggiordomo. L'ha firmato solo la moglie, Luisa: "È tragicamente morto un uomo che ha vissuto onestamente. Il tempo gli renderà giustizia, ma non potrà restituirgli la vita. Sua moglie lo ricorderà per sempre con stima e con amore. I funerali avranno luogo in forma civile presso il cimitero di Lambrate domani 19 marzo, alle ore 16".

Il mio ex capo non era il tipo da messa la domenica. Domani provo ad andare a Lambrate.

Ho parcheggiato vicino all'ingresso del cimitero. Chiedo al guardiano dove si celebrano i riti civili, e lui sussurra attraverso il vetro: «Nell'edificio grigio, davanti al prato». Mi ci dirigo con il cuore in subbuglio. Il verde intenso dell'erba, molto curata, non mi calma per niente. Entro in punta di piedi, perché presentarsi al funerale di qualcuno che non era un amico o un parente sembra quasi sfacciato. Non mi sembra di vedere i fotografi come alla messa per la Sereni. Evidentemente i funerali dei suicidi non piacciono a nessuno.

La scena è diversa da quella triste e austera che mi aspettavo: sembra di essere al supermercato delle esequie, con le bare posizionate sopra dei carrelli e sistemate all'interno di piccoli séparé. I parenti stanno in piedi tutt'intorno alle casse da morto, in attesa che i loro cari siano trasferiti nella sala delle funzioni.

Faccio fatica a orientarmi. Come farò a scoprire dov'è la bara di Ferrari? Do uno sguardo veloce al primo séparé, ma c'è una vedova di almeno ottant'anni, circondata da figli e nipoti. Nel secondo un gruppo di sudamericani piange fragorosamente, bambini compresi. Forse il morto era giovane. Poi vedo una famiglia italiana: la vedova questa volta è sui cinquant'anni.

Mi faccio avanti un po' impacciata: «Siete voi i parenti del dottor Ferrari?».

Mi guardano stupiti, come se avessi chiesto se sono atterrata su Marte o sulla Luna.

«Scusate» mormoro dispiaciuta, e tento al séparé successivo, dove ci sono solo tre persone: una donna e due uomini, tutti molto composti, che non piangono e non dicono nulla. Provo a dire: «Sto cercando i parenti del dottor Ferrari».

La donna risponde brusca: «E lei chi è?».

Dev'essere il séparé giusto. «Sono Francesca Zanardelli, lavoravo nel suo ufficio.»

La signora Ferrari – è lei! – si apre quasi in un sorriso: «Mio marito mi aveva parlato di lei... era stata l'unica a dirgli che avrebbe testimoniato a suo favore contro Santi».

Non riesco a trattenere le lacrime. «Santi era un uomo meschino e rancoroso: voleva farla pagare a tutti, anche a chi non c'entrava niente come suo marito!»

«Lo so, lo so...» risponde la vedova, e mi stringe il braccio con affetto. Poi, indicando i due uomini che sono con lei, dice: «Francesca, le presento due compagni di università di Gianfausto. Lo conoscevano da trentacinque anni e non hanno mai creduto che fosse lui il mostro che andava in giro a strangolare i colleghi. Sembra siano rimasti gli unici».

Porgo la mano a quei due signori così dignitosi, fatti della stessa pasta schietta e sincera del mio ex capo. Me la stringono con una forza gentile, guardandomi negli occhi.

La signora Ferrari continua a raccontare: «Tutti gli altri, a cominciare dai nostri vicini, sono convinti che Gianfausto fosse il serial killer. Cambierò casa: non posso più vivere accanto a chi considera mio marito un assassino».

«Si riferisce alla signora che abita al piano sotto al vostro?»

«Sì. Il giorno dopo che Gianfausto è stato arrestato, lo ha denunciato anche lei. Conosce quella stupida storia delle perdite d'acqua sul suo balcone? Mio marito, a sentir lei, voleva ucciderla! Non pensavo che esistessero persone così cattive.»

Mi sale una rabbia incontrollabile. «Perché non è morta quella stronza, invece del dottor Ferrari? Non si vergogna di essere una carogna così schifosa?»

La vedova però ha imparato la lezione: «La prego, Francesca, non faccia gli errori di mio marito! Se fosse rimasto zitto, oggi sarebbe ancora vivo. È inutile prendersela per le meschinità degli altri».

Mi commuovo ancora: «Quanto deve aver sofferto il dottor Ferrari per essersi fatto scappare tutte quelle follie sul serial killer...».

«Gianfausto in prigione non dormiva più, rifiutava il cibo: era diventato aggressivo, incontrollabile, delirava... avrebbero dovuto curarlo, invece di continuare a interrogarlo» sospira.

Non riesco a trattenermi e le chiedo: «Il pm l'ha accusata di falsa testimonianza?».

«No, non poteva incriminare anche me, quando mancavano addirittura le prove che il colpevole fosse mio marito.»

Alzo la voce, mentre esprimo le mie tragiche previsioni: «Sono sicura che chi ha strangolato Santi e la Sereni tornerà a uccidere, e Guidoni le chiederà scusa per aver accusato suo marito, anche se sarà troppo tardi».

La povera donna risponde con un bisbiglio: «Anch'io la penso come lei, ma chissà tra quanto tempo il killer ucciderà di nuovo...».

«Tra la Sereni e Santi è passato solo un mese. Vedrà che tra poco finirà strangolato qualcun altro!» tuono.

«Francesca, per favore, non vada a dirlo in giro! Cerchi di non farsi notare dal killer, quello vero, e non rischi la vita anche lei!» mi supplica.

Abbasso la voce fino a ridurla a un sussurro: «Ma il dottor Ferrari non sospettava di nessuno?».

«Secondo Gianfausto non c'era una persona in tutta l'azienda che sopportasse quei due, ma lui stesso si chiedeva chi fosse arrivato al punto di ucciderli.»

«E quando suo marito è scomparso dall'azienda, cos'è successo?»

La signora Ferrari sembra quasi rassegnata: «Vernini gli ha chiesto di prendere un mese di ferie arretrate. Poi però, due giorni dopo, si è presentato a casa nostra Pisani, l'autista che accompagna dappertutto il direttore, per portarci le scatole con i quadri e le altre cose che Gianfausto teneva in ufficio. Allora mio marito ha capito che l'avrebbero licenziato, e che la storia delle ferie era una farsa...».

«Suo marito sarebbe ancora vivo se non avesse insultato quel vigliacco di Santi» ricomincio a dire sempre più arrabbiata, mentre uno dei becchini entra nel nostro séparé e annuncia: «Adesso tocca a voi». Poi spinge il carrello della bara fino a una specie di cappella in cemento armato, senza nessun simbolo religioso. La lascia in mezzo alla sala, vicino a un leggio, dietro il quale si sistema uno dei due compagni di università.

Noi tre ci sediamo in prima fila. L'uomo rimasto in piedi inizia il suo discorso: «Gianfausto era una persona originale: univa un'ironia tagliente a passioni tenere e bizzarre, come quella per i pesci tropicali. Solo lui era capace di passare una notte sveglio per vedere i pesci Discus che deponevano le uova...».

La signora Ferrari non riesce più a trattenersi e comincia a piangere silenziosamente. Le stringo la mano, mentre goccioloni grossi come monete cadono dai suoi occhi sulle nostre dita intrecciate: siamo veramente in una valle di lacrime.

Mi sembra di essere in uno di quei film in cui il protagonista rivive sempre le stesse situazioni. Ieri mi ha telefonato Vernini per dire che potevamo tornare in ufficio, e oggi abbiamo ricominciato a lavorare come se non fosse mai successo niente; il clima però è mostruosamente depresso. Persino Colombo è insolitamente taciturno. Anch'io sto zitta e mi concentro sulle mail accumulate, visto che devo recuperare il tempo passato a casa. Il direttore non si fa vedere, ma verso le dieci entra in ufficio Passeparnient, portandosi addosso un greve odore di dopobarba al muschio.

«Voglio subito dirvi che non sono affatto preoccupato, perché siete sempre stati bravissimi a fare il vostro lavoro e lo riprenderete in fretta, senza accorgervi di esservi fermati per qualche giorno.» Rimane quindi in silenzio, con un'aria tronfia, mentre si aggiusta l'enorme cravatta blu da dirigente. Anche oggi indossa una camicia azzurra e la solita giacca a doppiopetto marrone che gli sembra di sicuro elegantissima, fatta su misura da qualche sarto. Poi continua il suo discorsetto: «Contate pure su di me! Scrivetemi una mail o telefonatemi ogni volta che vi serve il mio aiuto. E adesso tornate di nuovo a pompare il sangue nel corpo aziendale: abbiamo tutti bisogno di voi!».

Esce quindi con passo svelto e va subito a chiudersi nel suo ufficio. Si starà senz'altro gongolando moltissimo per aver ripreso la metafora anatomica del direttore sul ruolo della Pianificazione e Controllo, e comunque non è il tipo che passa troppo tempo nell'ufficio dei suoi sottoposti.

La sua visita basta per far tornare Colombo quello di una volta. Alza la testa dal computer e dice: «Secondo voi, Galli sa qual è la differenza tra il consuntivo e un marziano? Ma forse non gli interessa neanche...».

Non risponde nessuno, però questa volta la pensiamo tutti come lui: senza Ferrari a dirigere l'orchestra e a far ballare a ritmo i bilanci, chissà cosa verrà fuori dai nostri conti.

Poi Colombo riattacca: «Non avrei mai pensato che Ferrari potesse uccidere Santi, né tantomeno la Sereni. Ma doveva essere più pazzo di quello che sembrava. Se veramente non era stato lui, perché dire che il killer aveva fatto bene a farli fuori?».

Parodi e Gavazzeni sospirano in risposta, senza aggiungere nulla. A tutti in fondo piacerebbe avere la certezza che Ferrari fosse davvero lo strangolatore aziendale, così smetterebbero di avere paura e potrebbero tornare alla vita tranquilla di prima, solo con qualche brutto ricordo da dimenticare.

Anche se sono convinta della sua innocenza, non ho nessuna voglia di mettermi a discutere con quella testa calda di Colombo, e decido di andare a salutare Michele. Nel corridoio che porta al suo ufficio incrocio un tizio che non ho mai visto prima: che sia un nuovo assunto? Strano però che Vernini, in questi tempi di crisi, assuma qualcuno. Forse è uno dei nuovi consulenti con la partita Iva che ogni tanto lavorano da noi per un po'. Porta la barba cortissima, è castano e ha gli occhi azzurri come il mare. Ci scambiamo un rapido sguardo. Sembra timido e gentile, ha la faccia di chi non racconterebbe mai una balla, ma chissà se è vero. Dopo quello che è successo con Maurizio, prima di fidarmi ancora di un uomo potrebbero passare dieci anni. Anzi, pure venti.

Quando arrivo da Michele, sento una piccola onda di felicità che mi accarezza il cuore. Che sia stata l'occhiata scambiata con lo sconosciuto in corridoio?

Michele sta armeggiando al pc e alza gli occhi per salutarmi. Dopo un paio di veloci convenevoli – non lo vedo da un sacco di tempo! – sputo una domanda che mai avrei pensato di fargli: «Conosci il nuovo collega con la barba tagliata corta?».

A lui sembra solo una curiosità qualsiasi, di quelle un po' inutili che hanno le donne: «Chi, Federico? È un informatico. Lavora per una società esterna, non so quanto resterà da noi». E poi la chiude lì, perché la vita degli altri gli sembra degna solo di un educato rispetto, senza intrusioni da parte di nessuno.

Anche se volessi saperne di più sul nuovo collega, da lui non caverei più niente. E poi non sono comunque dell'umore giusto. Ho solo voglia di essere consolata da un vecchio amico: «Sto malissimo, Michele, non riesco neanche a passare davanti all'ufficio di Ferrari».

Ma lui mi liquida subito: « Francesca, scusami ma ho delle cose urgenti da fare. Ci vediamo ai tornelli alle dodici e trenta e ne parliamo meglio, ok?».

«Va bene, a dopo» gli rispondo, e torno scoraggiata alla mia scrivania.

Forse dovrei cercare di fare di nuovo amicizia con qualche collega donna. Magari sarebbe disposta a comunicare un po' più di quanto non faccia Michele. Prima che quello stronzo di Maurizio mi mollasse, ogni tanto andavo a pranzo con un paio di colleghe, ma poi ho saputo che erano state proprio loro a raccontare in giro che avevo tentato il suicidio. E se adesso provassi anche soltanto a fare due chiacchiere negli sgabuzzini del caffè, so che il discorso andrebbe a finire sulla Sereni, su Santi e sull'"ufficio della morte", come so che ci chiama qualcuno. Mi sento addosso una curiosità appiccicosa, dalla quale fuggo appena capisco che c'è qualcuno che cerca di attaccare discorso.

Uscita dall'ascensore al quarto piano, incappo nel direttore. «Ecco la nostra Zanardelli! Passate bene le ferie?» mi chiede con voce tonante.

Passate bene le ferie? Non sono mica andata alle Seychelles! Prima di riuscire a connettere il cervello alla bocca, mi lascio scappare: «Speriamo che uccidano presto qualcun altro, così ci faremo ancora un paio di settimane di vacanza!».

Vernini mi fissa con gli occhi spalancati: «Come si permette di scherzare su un argomento del genere? Venga subito da me!», e si avvia verso la camera delle torture. Chissà come mi punirà, stavolta l'ho detta veramente grossa. Ma non sono riuscita a farne a meno.

Quando entriamo nel suo ufficio, chiude immediatamente la porta. Mi fa segno di sedermi e poi sprofonda nella poltrona dirigenziale. Ha l'aria imbestialita, le narici che fremono: «Le avevo detto di stare tranquilla e tenersi fuori dai guai, ma lei è persino andata al funerale di Ferrari! Così adesso la polizia si chiederà che rapporti aveva con uno che ha ucciso due persone».

Come diavolo fa a saperlo? Vernini sembra il capo della Cia, sa sempre dove siamo e con chi... ma comunque avrò o no il diritto di andare ai funerali di chi voglio? Sbotto tutto d'un fiato: «Ho lavorato per due anni con Ferrari: mi sembrava un atto dovuto».

Vernini la prende male: «"Atto dovuto" presenziare alle esequie di un serial killer, che magari meditava di uccidere anche lei? E conta eventualmente di partecipare anche al funerale del fidanzato che non l'ha sposata?».

Il direttore è un maestro di colpi bassi, anche di quelli illegali, visto che sta parlando della mia vita privata. Ma non è il momento di tirar fuori la legge sulla privacy: «Volevo solo dire alla moglie di Ferrari che secondo me suo marito non era un assassino, e che ha commesso l'unica leggerezza di cedere alle provocazioni di Santi».

Vernini s'infuria ancora di più. «Senta, noi facciamo il nostro lavoro e i magistrati fanno il loro. Se l'hanno arrestato ci sarà un motivo, e lui non ha fatto sicuramente una bella figura mentre era in galera!»

«Lo so, ma non ci sono prove che sia stato Ferrari a uccidere quei due.»

«Mi ascolti bene, Zanardelli: se adesso lei va a dire in giro che Ferrari era innocente e l'assassino è ancora libero, io la licenzio! Trovo un modo, anzi, me lo invento, per riuscire a sbatterla fuori anche se ha un contratto da impiegata. E quando chiederà di essere assunta nella cooperativa che fa le pulizie nei nostri uffici, farò sapere a quella gente che, se dovessi vederla per caso nei corridoi con la scopa, caccerò anche la cooperativa! Sono stato chiaro?»

Mi mordo le labbra per non dirgli quello che si meriterebbe, poi allargo la bocca in un sorriso falso, annuisco e me ne vado. La testa mi pulsa di rabbia sorda. Non ne posso più! Di mio padre che mi chiede di non dare dispiaceri alla mamma, della mamma che vuole che mi sposi, di Vernini che mi fa inutili lavate di capo e pretende che, dopo tutti questi morti, me ne stia buona e zitta a far quadrare i suoi maledetti bilanci. Persino Michele, il mio unico amico, esige che sia perfetta e che arrivi puntuale per la pausa pranzo, altrimenti non mi aspetta e rischio di mangiare da sola.

Ma questa volta ho ragione io, e prima o poi tutti se ne accorgeranno. L'assassino sta solo aspettando di far fuori qualcun altro. Non ci credo che Ferrari ha ammazzato Santi e la Sereni. Li ha uccisi il vero serial killer, che probabilmente ha ancora in casa qualche bella scorta di corda bianca.

Ma non sarà piacevole proclamare: "Avete visto? Ve l'avevo detto!", quando ci sarà l'ennesimo collega da seppellire.

Siamo tornati in ufficio da una settimana ed è come se Santi non fosse mai esistito. Vernini non ha organizzato una messa in suffragio come per la Sereni, perché Laura mi ha detto che era spaventato dalla stampa.

Santi e la Sereni si sono lasciati dietro una scia così sgradevole che nessuno prova nemmeno a nominarli. Anche perché il caso è ufficialmente risolto. La versione diffusa dagli inquirenti è che Ferrari era una specie di giustiziere della notte che ammazzava gli impiegati che non gli erano simpatici, ma gli mancava la stoffa del vero serial killer, visto che si è impiccato appena finito in prigione.

In ufficio sono tutti sicuri che sia lui il colpevole, e Laura mi ha persino confidato che tra poco forse toglieranno le telecamere.

La fonte doveva per forza essere il direttore, e stupidamente ne ho cercato la conferma: «Te l'ha detto Vernini? E quando lo faranno?».

Così la povera Laura si è spaventata e mi ha infilato le unghie nel braccio, stringendolo fortissimo mentre bisbigliava: «Giura che non lo dici a nessuno! Vernini mi licenzia se scopre che parlo di queste cose!».

L'ho subito rassicurata: «Dài, non preoccuparti! Puoi fidarti di me!», come se mi avesse appena spifferato dei segreti di Stato sui piani nucleari dell'Iran. Telecamere o no, nell'aria c'è lo stesso un festoso clima da dopoguerra. Dai bagni si entra e si esce da soli, in allegria e tranquillità, e nelle sale riunioni capita nuovamente di trovare qualche collega solitario che si ficca dentro per cercare un po' di pace e concentrazione per scrivere un documento.

L'unico problema è che la Pianificazione e Controllo sta diventando, come dice Colombo, la "Confutazione e Macello", visto che Galli usa delle strategie accurate per evitare di prendere decisioni o farsi rinfacciare qualcosa. Non invia mail né tantomeno risponde se gliene mandi una. Il massimo in cui puoi sperare è una telefonata per scambiare due parole su quello che gli hai scritto. Ma è attento a non lasciare nessuna traccia scritta del suo operato, così da potersi parare il culo al bisogno.

Ormai l'ufficio sta scivolando verso una pericolosa anarchia contabile, e si accendono delle discussioni improvvise tra noi quattro: scoppiano come fuochi fatui per spegnersi fulmineamente appena il direttore mette la testa nella nostra stanza, attirato dalle urla di Colombo, sempre il più battagliero. Ammetto che Colombo mi sta quasi diventando simpatico: ha un pessimo carattere, ma almeno trova il coraggio di dire – anzi, di gridare – quello che pensa.

Ieri, per esempio, ha cercato inutilmente di trascinare Galli alla riunione con i colleghi delle consociate estere. Ferrari non se la perdeva mai, perché altrimenti era impossibile controllare se avevano sparato troppo alto sulle previsioni delle vendite solo per fare bella figura. Ma Passeparnient è stato così vigliacco da chiamare Colombo cinque minuti prima e dirgli che aspettava una telefonata importantissima: sarebbe arrivato con mezz'ora di ritardo. Poi si è chiuso dentro l'ufficio ed è sbucato fuori soltanto alla sei e mezzo. Si è presentato da noi con l'aria più serafica del mondo e ha chiesto: «Sono già tutti andati?».

Colombo gli ha urlato il "sì" più acido che abbia mai sentito, e poi lo ha aggredito: «E adesso chi ci assicura che siano veri quei maledetti numeri?».

Ferrari avrebbe strapazzato i colleghi per farsi dire la verità, ma Galli non vuole nemici ed è terrorizzato dalla possibilità che qualcuno di noi smascheri i bugiardi. Passeparnient, però, come tutti i pusillanimi, è debole con i forti e forte con i deboli, quindi non perde l'occasione di strigliarci ogni volta che ci azzardiamo a fare delle obiezioni a qualche suo amico.

E oggi la sgridata tocca a me, perché stamattina ho mandato al responsabile delle vendite in Europa una mail in cui mettevo in dubbio i dati trionfanti delle sue previsioni, commettendo così un triplo errore. Primo, ho scritto invece di telefonare. Secondo, ho insinuato che un altro collega la sparasse grossa, quando rivelare una tale eventualità è riservata solo ai dirigenti, e cioè a Galli. Terzo, non gli ho fatto leggere la mail prima di spedirla.

Uno dei subdoli trucchetti di Passeparnient infatti è proprio quello di censurare le nostre mail. Il primo giorno ci ha avvisato, parlando di sé in terza persona come se fosse un imperatore: «Il vostro capo vuole sapere cosa scrivete!». E così, prima di mandare una mail, dobbiamo girarla a lui, che generalmente la blocca per sempre, con la scusa che non ha il tempo di leggerla. Oppure ne redige una versione purgata che devi inviare a tuo nome, senza metterlo in copia.

Quando mi siedo davanti a lui, mi guarda con un'aria delusa. Sempre più ingrugnito, comincia finalmente la predica: «Francesca, in un'azienda si lavora insieme». Quindi, per sottolineare il concetto di "insieme", intreccia le dita tra loro, per dare il senso di un'unione solida. Rimane per qualche secondo in quella ridicola posizione e poi riprende, con la chiarezza della sibilla cumana: «Le relazioni devono essere reciproche, capisce?». Il concetto è lampante: mi sta dicendo di non fare più nulla di mia iniziativa. «Francesca» riprende, «tutti abbiamo dei difetti. Ma se li conosciamo, possiamo imparare a controllarli. Lei è troppo impulsiva! Deve evitare di seguire l'istinto quando la porta nella direzione sbagliata. A volte basta pensare a tutte le possibili conseguenze delle nostre azioni, per capire cosa bisogna fare. Sono stato chiaro? Le aziende stanno in piedi solo se le persone si fidano le une delle altre. Mettere in dubbio la buona fede di un collega è un errore che non dobbiamo commettere. E se succedesse a lei? Se qualcuno non le credesse, come reagirebbe? Deve imparare a mettersi nei panni degli altri senza partire dal principio che hanno torto.»

Fa quindi una pausa pensosa, quasi commosso dalla sua loquacità così ispirata. Poi prosegue, l'attacco di logorrea non è ancora esaurito. «Francesca, deve sapere che un capo va rispettato perché ha l'obiettivo di difendere le proprie *risorse*. Io ho fiducia nei miei collaboratori», e smette ancora di parlare per qualche secondo, così da lasciare che il suo animo limpido e puro si libri nell'aere. Riprende con l'intensità di un angelo incompreso: «Perché non si fida di me? Il mio unico obiettivo è di aiutare le mie *risorse*, utilizzando tutti gli incentivi a disposizione, perché imparino a comportarsi nel modo migliore».

A questo punto mi guarda dritto negli occhi: sa benissimo che ho recepito il messaggio. Gli incentivi ai quali si riferisce non riguardano il nutrimento del mio spirito, ma aspetti più materiali dell'esistenza, come per esempio la nomina a quadro – che temo non arriverà mai – o il minuscolo bonus di luglio che Ferrari mi assegnava sempre, per farmi capire quanto apprezzasse la mia professionalità.

La lezione di Passeparnient viene fortunatamente interrotta da Colombo, che apre la porta senza neanche bussare e si mette a strepitare: «Ho chiamato quelli delle vendite e gli ho detto che, se non ci mandano i dati veri entro giovedì, farò rapporto all'amministratore delegato: non si può andare avanti così!».

Galli allora si accartoccia su se stesso come se avesse ricevuto un pugno nello stomaco. Tutta la sua baldanza oratoria svanisce di colpo, mentre impallidisce e la fronte gli si copre di sudore. Riuscirà mai a capire che è più facile lavorare che non fare il possibile per evitarlo? Mi alzo e guadagno velocemente l'uscita, mentre Colombo si accomoda al mio posto con un ghigno beffardo. Passeparnient non ha la prontezza di Vernini, che l'avrebbe sbattuto fuori immediatamente. Dopo mezz'ora sono ancora chiusi dentro. Povero Galli...

Due giorni fa ho ricevuto la mail dello speed date: "Cara Francesca, ti comunichiamo i risultati dell'incontro di febbraio alla Happy House. Avevi ottenuto otto preferenze, ma siccome non ne hai data nessuna è stato impossibile abbinarti agli altri partecipanti. Ti invitiamo a giocare un'altra volta con noi!".

Ho cancellato il messaggio e messo subito nello spam l'indirizzo del mittente, nel caso mi scrivessero ancora per invitarmi a "giocare" con loro.

La mail è arrivata anche a Regina, perché mia madre mi sta facendo martellare di telefonate da papà per sapere quante preferenze ho avuto. Secondo la signora Giovanna, sua figlia ne avrebbe prese quindici, con ben dodici abbinamenti vittoriosi, tra i quali si nasconde di sicuro un futuro marito per l'acciuga essiccata. Magari un totano, o un calamaro.

Fino a ora ho fatto credere che la mia casella di posta fosse vuota, ma sono stanca delle telefonate di papà, che non ha più la forza di opporsi alla nuova amicizia di mia madre.

Suona il cellulare per l'ennesima volta: ovviamente è lui.

A questo punto non mi resta che mettere in atto il piano del principe azzurro, così mi lasceranno un po' in pace.

«Ciao papà, ho finalmente una bella notizia!»

Avverto in sottofondo la voce di mia madre che domanda petulante: «Le hanno mandato la mail?», mentre mio padre cerca di tranquillizzarla: «Maria, fammi parlare con Francesca, ha detto che c'è una buona notizia».

«Papà, sono finalmente arrivati i risultati! Questa sera vengo a cena e ne parliamo.»

«Perfetto, tesoro, ci vediamo più...», ma non riesce a finire la frase, perché mia madre lo incalza: «Chiedile quante preferenze ha avuto!».

Sono perentoria: «Vi dico tutto stasera!», e metto giù.

Quando arrivo da loro, è la mamma che mi apre la porta. Ha un vestito scuro che le fa risaltare gli occhi verdi e un filo di trucco. Dopo il suicidio di Ferrari si è alzata dal letto, ha smesso di vedere quei telefilm truculenti e si è fatta comprare da papà i dvd di tutte le stagioni di "Don Matteo". E adesso, archiviato il caso del killer aziendale, il suo unico pensiero è che io trovi un fidanzato. Infatti mi aggredisce subito: «Quanti "ok" ti hanno dato?».

«Sediamoci in salotto che vi spiego tutto» dico con fermezza.

Lei sprofonda sul divano, mentre arriva anche papà con il solito grembiule da cuoco. La mamma ha ricominciato a prendersi cura di sé, ma a quanto pare il suo sciopero dei fornelli non è ancora finito. Parto in quarta: «Come vi avevo già detto, allo speed date c'era solo un uomo che mi piaceva moltissimo, e gli avevo dato il mio unico "ok", sperando che anche lui mi scegliesse, così avrei finalmente trovato il mio principe azzurro».

Forse sto calcando troppo la mano, perché papà mi fissa sospettoso: ha capito che mento, ma non sa ancora dove voglio arrivare. Cerco di fare una faccia emozionata: «La buona notizia è questa: anche lui ha messo "ok"... gli sono piaciuta!».

La mamma però non sembra soddisfatta: «Insomma, tesoro, quante preferenze hai avuto?».

«Una, mamma, ne ho avuta una! L'unica che per me contava qualcosa.»

«Solo una? Ma la figlia della signora Giovanna ne ha avute quindici!»

Adesso però la strozzo, senza neanche narcotizzarla come farebbe quel galantuomo del serial killer. «Mamma, negli speed date non vince chi raccoglie più punti, ma chi trova una persona che gli piace veramente! E io ho avuto questa fortuna.»

«Ma se Regina ha ricevuto così tante preferenze, allora piace più di te!»

«Credi veramente che a quindici maschi su venticinque Regina sia piaciuta? In percentuale significherebbe che due maschi su tre sarebbero disposti a uscire con quella specie di acciuga cotonata! Ma ti sembra verosimile? Se abita ancora con la madre, ci sarà pure un motivo.»

«Tesoro, non fare discorsi da ragioniera, e poi me l'ha detto la signora Giovanna...»

«La signora Giovanna spara delle balle clamorose! Ed è anche cattiva, perché le spara a te, che hai visto tua figlia piantata all'altare. La tua cosiddetta "amica" non ha un briciolo di sensibilità.»

«Francesca, non puoi offendere chi non conosci, e a te la signora Giovanna non è mai stata simpatica per partito preso!»

«Non sai quanto ti sbagli, mamma, ma ora lasciami finire, poi torneremo sulla signora Giovanna. Lo vuoi sapere o no com'è andata con quell'unico uomo a cui ho detto di sì?»

«Certo che lo voglio sapere, tesoro!»

È arrivato il momento di lanciare sul tavolo il mio poker d'assi – falsi – e sperare che lei non capisca che sto bluffando: «Siamo già usciti insieme, ieri sera! Non volevo dirvi nulla fino a quando non lo avessi incontrato!».

La mamma si alza dal divano e fa un giro su se stessa battendo le mani: «Dimmi, Francesca, è veramente il tuo principe azzurro?».

Lancio un ultimo sguardo ardente al mio pubblico in delirio e pronuncio decisa: «Sì, è lui!».

La mamma saltella per l'incontenibile felicità e strilla a mio padre, riverso sul divano con un'espressione annichilita: «Ce l'abbiamo fatta, Amedeo, ce l'abbiamo fatta!». Poi si butta verso il telefono: «Lo dico subito alla signora Giovanna!».

Ma io, più veloce di lei, la fermo prima che arrivi all'apparecchio. «Vuoi sapere se vedrò ancora Federico», d'istinto mi viene fuori il nome del collega con gli occhi azzurri, «o no?»

«Certo che lo voglio, ma cosa c'entra con la signora Giovanna?»

«Mamma, c'è una condizione che devi rispettare se vuoi che ti racconti ancora qualcosa della mia storia con lui! Altrimenti non verrai nemmeno al mio matrimonio: mi sposo di nascosto, è chiaro?»

«Va bene, dimmi.»

«Non dovrai mai più parlare con la signora Giovanna, perché morirà d'invidia quando saprà che ho incontrato l'uomo giusto, e farà di tutto per rovinare la vita a me, ma soprattutto a te.»

«Ma allora che scusa mi invento per non parlarle più?»

«Non ti preoccupare mamma, ci penso io.»

Prendo il telefono e faccio il numero. La signora Giovanna non perde tempo in convenevoli e si mette subito a indagare: «Allora, Francesca, ci sono novità? Non credo che non ti sia ancora arrivata la mail!».

È inutile tergiversare, così le sparo subito in faccia: «Volevo fare una sorpresa alla mamma: sono già uscita una volta con l'unico ragazzo a cui avevo dato la preferenza».

L'impicciona però non si fida: «E che numero aveva questo tizio? Forse a lui piaceva anche Regina. Lo sai, ha avuto quindici preferenze, e di sicuro ci sarà stato pure lui tra quelli che l'hanno scelta! Capisco benissimo gli uomini: dicono di sì a tutte, perché vogliono conoscerle meglio prima di cominciare una storia seria! Quindi se fossi in te, mia cara, non mi farei troppe illusioni...».

Adesso basta, mi ha veramente stancato. «Signora, se sua figlia dovesse uscire con qualcuno, basterebbe che lo portasse a casa vostra una sola volta per farlo scomparire per sempre. Nessun uomo sensato vorrebbe come suocera un'orca marina impellicciata, che aspetta la figlia fuori dai locali come se avesse dieci anni! Lei rovinerebbe la vita a chiunque le capiti sotto mano, e quella poveraccia di sua figlia rimarrà zitella fino a quando non avrà il coraggio di staccarsi dalle sue gonne oversize!»

La mamma mi guarda allibita, ma io continuo: «Sto per attaccarle il telefono in faccia, però prima voglio avvisarla: se chiama ancora mia madre, vado alla polizia e la denuncio per molestie!». Faccio appena in tempo a sentirla mentre dice: «Ti denuncio io, squilibrata che non sei altro!», e sbatto giù la cornetta. Ho smesso di fare la brava figlia e di assecondare tutte le manie di mia madre. Sento la rabbia che mi scorre nelle vene, e la accolgo quasi con gratitudine. Se devo lottare per la mia tranquillità, stavolta non mi tirerò indietro.

La mamma naturalmente ha già ricominciato a piangere, ma papà non fa neanche il gesto di alzarsi dal divano. Evidentemente è dalla mia parte.

Lei allora gli si avvicina tremebonda e balbetta: «Amedeo, non dici niente?».

«Quella donna è veramente insopportabile! L'ho tollerata per quieto vivere, ma ora sono esausto. Se provi ancora a chiamarla, non mi vedi più!» ammette. Poi si alza e va verso la cucina: «Io mangio qualcosa, chi mi fa compagnia?».

Lo seguo in silenzio, senza cercare di convincere la mamma a sedersi a tavola. Se ha fame, ci verrà con le sue gambe.

Dopo un paio di minuti, arriva anche lei. Il suo sguardo è limpido, sembra che si sia svegliata da un sonno durato cent'anni. Mi prende la mano e sussurra in tono di scusa: «Mi dispiace Francesca, ma quando hanno ucciso i tuoi colleghi ho pensato che non ce l'avrei fatta. Meno male che Amedeo mi ha aiutata. Ma adesso non abbiamo più motivi per preoccuparci: il serial killer non c'è più e tu hai finalmente conosciuto un bravo ragazzo. Devo farmi forza e ricominciare a vivere come una persona normale». Quindi fa un sorriso riconoscente verso mio padre e stringe la mano anche a lui: «Caro, domani vengo con te a fare la spesa, così magari cucino qualcosa di buono». Poi si volta verso di me e chiede: «Quando ci farai conoscere Federico? Potresti portarlo una sera a cena».

Papà mi lancia un'occhiata fulminea: nei suoi occhi vedo la disperazione... chissà cosa riuscirà a inventarsi adesso, visto che pensa sempre di poter trovare una soluzione a tutto. Forse noleggerà un attore, come si fa con i costumi di Carnevale, e gli scriverà i dialoghi della cena in famiglia: "Buonasera, signora, come sono felice di conoscerla, eccetera, eccetera, eccetera". Sarebbe capacissimo anche di organizzare un finto matrimonio, con la finta chiesa, il finto prete, i finti testimoni e i finti invitati. Se papà si impegna, ce la può fare.

RIORGANIZZIAMOCI

In ufficio circola la voce di una riorganizzazione. Ogni due anni la sede centrale lancia qualche nuovo slogan: "Vogliamo strutture piccole e snelle!", "Più linea e meno staff!", "Efficienza e sinergia tra i business aziendali!", col risultato che per due mesi non si parla d'altro se non della futura giravolta in programma, e ognuno tira a indovinare quali saranno i colleghi "portati avanti" e quelli "fatti fuori".

Non sono mai stata una patita di questi dibattiti, ma non riesco a evitarli perché Colombo li adora. Questa volta sta facendo una campagna denigratoria contro Passeparnient, diffondendo con generosità ogni possibile cattiveria sul nuovo capo della "Confutazione e Macello".

Anche adesso è seduto sulla scrivania con le gambe accavallate e si sta vantando delle sue gesta di delatore aziendale. Secondo lui, il direttore sarebbe preoccupatissimo per come vanno a rotoli i nostri ex bilanci e vorrebbe capire cosa sta succedendo nella nostra travagliata unità. L'avrebbe infatti chiamato un paio di volte nel suo ufficio, come racconta con aria più ispirata del solito: «Non è facile spiegare a Vernini che ci vogliono le palle per fare il nostro lavoro! Bisogna controllare i dati che ci mandano, e avere anche il coraggio di chiedere delle verifiche. Perché, se poi ci sono degli errori, dobbiamo ritoccare il consuntivo per far quadrare i conti. E non possiamo correggerlo due volte alla settimana! Saremmo dei buffoni, non dei pianificatori».

Interviene il taciturno Parodi: «A proposito, chi è entrato ieri sera nel file del consuntivo e ha tolto due milioni dai costi per pareggiarli con i ricavi? Non sarai mica stato tu?».

Colombo si indigna: «Come puoi insinuare che ho modificato di nascosto dei dati che avevo inserito io? Sarà stato Galli!».

Parodi però non molla: «Passeparnient non sa fare un tubo: mi spieghi come avrebbe fatto a spostare due milioni? Non ci credo neanche se lo vedo».

L'altro insiste: «E chi è stato, se no? Quando c'era Ferrari ci raccontava sempre le manovre che faceva sul consuntivo. Infatti nessuno l'ha mai accusato di barare sui bilanci. Aveva classe, lui!».

Parodi non demorde: «Allora non sei stato tu ieri sera?».

Colombo continua a negare: «Ti giuro di no! Tra noi ci deve essere un Giuda che entra di nascosto nel consuntivo e fa quello che gli dice Galli!». Poi scende dalla scrivania con un balzo, si pianta in mezzo alla stanza ed esclama, rapito dalle sue stesse incandescenti parole: «Voglio sapere chi sta mentendo: avanti Giuda Iscariota, confessa!».

Gavazzeni tace: che sia lui il traditore? O invece è Parodi, che per difendersi dà la colpa agli altri?

Colombo ormai viaggia sulle ali del suo misticismo: «Ci vorrebbe Gesù Cristo per tirarci fuori dal guaio in cui siamo finiti per colpa di Passeparnient: l'unica speranza è che sparisca con la prossima riorganizzazione!».

Parodi si informa cauto: «A proposito, hai saputo qualcosa? Quando verrà definita la nuova struttura?».

Colombo ne sa meno di noi, ma non lo ammetterebbe mai: «Dicono che manchi poco... forse prima della fine del mese. Speriamo che Galli torni a far le punte alle matite nell'ufficio dov'era prima!».

«Ma come fa a salvarsi tutte le volte?» chiede inaspettatamente Gavazzeni. «I dirigenti non li licenziano mai?»

«No, li assurgono vivi in paradiso» intervengo io, «perché sarebbe troppo volgare farceli arrivare da morti. Muoiono solo i quadri e gli impiegati, i dirigenti invece volano in cielo e siedono alla destra del Padre!»

Riesco a far ridere Colombo: «Sì, e quando arrivano su fanno anche l'organigramma per stabilire chi deve stare più vicino a Nostro Signore».

Oggi mi sento più leggera, quasi di buonumore, forse perché mia madre ha smesso di darmi il tormento o forse perché ieri sono andata nell'ufficio di Michele e l'ho trovato insieme a Federico mentre chiacchieravano allegramente di passeggiate in montagna. Era la prima volta che vedevo Michele così sereno durante l'orario lavorativo, mi ha persino detto: «Posso presentarti Federico Palizzi? Lavoreremo insieme!».

Io allora ho istintivamente porto la mano a quel ragazzo con la barba corta, senza riuscire a spiaccicare una mezza parola. Devo averlo guardato imbambolata come una cretina, perché lui mi ha stretto la mano con una forza gentile ed è riuscito solo a dire: «Piacere, Federico!», prima che scappassi fuori in corridoio come se fosse scoppiato un incendio.

Mi sembrava che la mano mi stesse bruciando. Sentivo addirittura uno strano formicolio sulla punta delle dita, come se il sangue avesse ricominciato a scorrere dopo un lungo periodo in cui era rimasto fermo.

E questa mattina finalmente mi sono svegliata meno sconsolata del solito, tanto che adesso riesco persino a scherzare con Colombo: «Quando i dirigenti devono spostarsi, gli scatoloni glieli fa qualcun altro. Noi invece dovremo impacchettare le nostre scartoffie anche se ci manderanno all'inferno!».

Colombo lascia trasparire un po' di amarezza: «A chi lo dici... non ne posso più di traslocare, ma forse questa volta ci lasceranno al quarto piano». Poi tace, demoralizzato.

Ormai sono riuscita a velocizzare l'inscatolamento delle mie cartacce, ma con le riorganizzazioni non si sa mai quel che può succedere. Può capitarti di finire in un ufficio buio, con un paio di colleghi che passano ore al telefono e ti impediscono di concentrarti, o magari ti ritrovi in una stanza bella e luminosa da goderti più che puoi, perché la fortuna potrebbe durare poco.

Per scacciare la preoccupazione che comincia a salire, mi

metto a lavorare, ma mi accorgo subito che Parodi ha ragione: qualcuno è entrato nel consuntivo, rimescolando i dati a casaccio in una gigantesca macedonia contabile. La rabbia mi monta dentro. Non riesco a trattenere un urlo: «Tra noi c'è veramente un traditore che di notte disfa quello che facciamo di giorno, ma non ha il coraggio di dirlo perché è una spia di Galli, anzi, un collaborazionista che vuole farsi dare il bonus a luglio! Distrugge il nostro lavoro per tremila euro! Lordi, neanche netti».

Colombo non crede alle sue orecchie: mi sono buttata anch'io nel ring e muoio dalla voglia di mandare al tappeto il colpevole. Mi incita: «Brava Zanardelli! Dobbiamo smascherarlo!», e poi, in preda a una smania vibrante, proclama: «E punirlo!». Ormai ci manca solo che gridi "al rogo, al rogo!" perché il nostro ufficio si trasformi in un tribunale della Santa Inquisizione.

Ma ecco che sentiamo la voce di Vernini: «Chi volete punire?». È entrato di soppiatto nella nostra stanza, silenzioso come un serpente. Nessuno ha il coraggio di rispondergli, come se ci avesse beccati mentre accendiamo per davvero il fuoco purificatore in cui gettare il contabile infedele. «Allora, chi di voi si meriterebbe una punizione?» insiste.

Colombo recupera la voce dopo la sorpresa e tira fuori tutto il suo livore: «Il dottor Galli non sa distinguere fra spese correnti e in conto capitale, ma siccome è presuntuoso vuole mettere lo stesso le mani sui nostri bilanci. Però non sa usare i programmi e quindi si fa aiutare di nascosto da qualcuno per fare un po' di cambiamenti dopo le sette di sera, quando non c'è più nessuno in ufficio».

Il direttore rimane in silenzio per qualche secondo ed esce dalla stanza bofonchiando furente: «Cercherò di indagare». Poi si chiude nell'ufficio di Passeparnient sbattendo la porta. Dalla faccia che aveva, potrebbe anche arrivare a strappargli le unghie pur di farlo confessare.

Michele mi aspetta come sempre di fronte ai tornelli. Non ho ancora capito come faccia a presentarsi regolarmente alle dodici e trenta spaccate, mentre a me capita spessissimo di arrivare in ritardo: fatto che, secondo lui, indica "scarsa serietà".

«Eccomi, Michele, sono qui!» gli urlo dalle scale, sapendo che mi sono alzata dalla scrivania alle dodici e trentuno, e quindi saranno come minimo le dodici e trentaquattro. Lui fa il solito sorrisetto che significa "non cambi mai", poi passa il badge sul tornello ed esce camminando col suo passo da alpino.

Oggi sono riuscita a convincerlo a non andare nel solito bar per la pausa pranzo. Lui naturalmente era contrario, perché non tollera gli imprevisti, soprattutto quando potrebbero provocare un ritardo nella sua tabella di marcia, che prevede quarantacinque minuti al massimo per il pranzo. Io però sono nauseata dalla solita cotoletta surgelata, con contorno di insalata avvizzita. Ho voglia di qualcosa di diverso. E così, perlustrando le stradine intorno all'azienda, ho trovato una piccola trattoria con dieci tavoli, in cui il menu completo costa otto euro, caffè compreso. Michele ha accettato di andarci, dopo mie lunghissime insistenze, a un'unica condizione: il servizio deve essere veloce, altrimenti non ci metterà mai più piede.

Entriamo nella trattoria un po' esitanti, ma il padrone, che ha l'aria di essere egiziano, ci fa immediatamente accomodare a un tavolino da due e in meno di un secondo ci ha già portato il menu, dove compare anche l'immancabile cotoletta. Mi gioco il tutto per tutto e decido di ordinarla, perché la cotoletta è il vero banco di prova dei bar e ristoranti milanesi. Se è fatta veramente di carne ed è stata fritta in padella, allora sei sicuro che i proprietari del locale sono delle persone oneste. Se invece è una di quelle schifezze fatte con la pasta di pollo spugnosa e surgelata, allora puoi star certo che farà schifo anche il resto.

Oltre alla cotoletta, ordino gli spaghetti con le zucchine e i gamberetti – tutto davvero per soli otto euro? –, mentre Michele si guarda intorno, senza riuscire a trovare niente da contestare. Il locale è pulito e ordinato.

Spero di aver trovato un'alternativa al nostro baretto. Perché, se oggi la trattoria supera la prova, Michele sarà disposto a tornarci. Ma se verrà bocciata, non avrò la possibilità di fare altri esperimenti per chissà quanto tempo.

Mentre aspettiamo che ci portino i piatti, comincio a raccontare quello che è appena successo col direttore, ma se Michele sente profumo di pettegolezzo fa un sorriso da Gioconda e aziona una speciale membrana che chiude i suoi condotti uditivi, diventando praticamente sordo.

Provo quindi a cambiare discorso per trovare un argomento in grado di riaprirli. «Allora, come va il Medioevo?» gli chiedo, perché so che sta leggendo un'enciclopedia in dodici volumi sull'argomento, della quale non intende saltare neanche mezza riga.

«Non male, sarò a pagina seicento del quarto volume.»

La tentazione di prenderlo in giro è più forte di me: «A che pagina sei arrivato esattamente? Seicentouno, seicentodue?».

Lui non è così cretino da non capire che lo sto sfottendo, anche se con garbo, e risponde: «Sono a pagina tremilatrecentoventidue. Vuoi che te le racconti tutte?».

Lascio perdere e gli faccio l'unica domanda a cui tengo veramente: «Che tipo è il tuo nuovo collega Federico? Sembra gentile...».

«Certo, è gentilissimo! Esistono animali di sesso maschile che sono cortesi e attenti. Non sto parlando delle oche di Lorenz, sto parlando di esseri umani. Basta solo saperli scegliere con attenzione...» dice sornione.

Mi butto: «È sposato?».

Michele fa un sorrisetto da gatto che ha appena visto un topo. «Se proprio lo vuoi sapere, ieri abbiamo parlato di come arrivare a Teolo, un paese del Veneto dove si sposano due suoi amici. Federico mi ha detto di non volerci andare in macchina, perché ha paura di annoiarsi a fare il viaggio da solo. Quindi direi che non ha mogli o fidanzate, però le mie opinioni valgono poco. Magari ha una compagna ma la lascia a casa per andare a divertirsi in giro, anche se non mi sembra proprio il tipo...»

Dopo un anno che sto murata in casa come la monaca di Monza, mi basta scoprire che forse Federico è single per farmi tornare in mente le serate in cui andavo con Maurizio e i nostri amici a fare aperitivo sui Navigli o all'Arco della Pace.

Tra poco sarà di nuovo primavera, e vorrei tanto tornare a passeggiare la sera in corso Sempione in piacevole compagnia, senza andare a cena dai miei e dover sopportare mia madre che mi dà lezioni sui serial killer dall'alto delle sue conoscenze televisive.

Mentre penso a tutte le cose che mi mancano della mia vecchia vita, il cameriere ci serve gli spaghetti con le zucchine e i gamberetti, ordinati anche da Michele. La pasta ha un'aria assolutamente dignitosa e sembra ripassata in padella dal cuoco. La assaggiamo: è al dente! Persino Michele è stupito dal fatto che gli spaghetti non abbiano quella specie di mollezza umida tipica della pasta riscaldata nel microonde.

Ci buttiamo sul piatto tutti contenti, e cambio argomento: mi metto a parlare della ristrutturazione. «Hai sentito qualcosa di nuovo? Girano un sacco di voci, ma non si capisce niente»

Michele risponde con una smorfia di disappunto: «Lasciale girare: il massimo che ti possa succedere è di cambiare scrivania. Ne ho viste almeno dieci, di ristrutturazioni: ogni volta le presentano come definitive. Prima non va bene niente, e la nuova struttura deve risolvere tutte le vecchie magagne. Poi, dopo un anno, ne fanno un'altra e ripetono di nuovo la stessa solfa. Ormai le ignoro, tanto il mio lavoro è sempre lo stesso».

Come dargli torto? Nel frattempo il cameriere ci porta la cotoletta: la panatura è dorata e croccante, la carne è buonissima. L'esame è superato a pieni voti! All'una e mezzo, con lo stomaco felicemente pieno, sono già tornata in ufficio. Colombo è ancora scatenato: la storia dei due milioni spostati di nascosto gli ha dato alla testa e sta facendo pelo e contropelo a Gavazzeni e Parodi.

«Dovete chiedermi il permesso di fare delle modifiche al consuntivo, chiaro? Non toccate quei numeri senza dirmelo! Sono io il responsabile del consuntivo! Quelli sono i miei numeri, capito? I miei numeri!» grida come un pazzo, con i capelli dritti sulla testa.

Faccio subito dietrofront per non vedere le facce avvilite degli altri due e vado a prendermi un bicchiere d'acqua nel piccolo bunker. Ma al mio ritorno trovo Gavazzeni e Parodi seduti davanti alla scrivania di Colombo. Hanno entrambi le orecchie basse, e gli occhi lucidi come quelli di un cockerino sgridato dal padrone.

«Zanardelli, prendi la tua sedia e vieni qui!» mi ordina Colombo. «Tu non sei inaffidabile come loro, ma voglio essere sicuro che rispettiate tutti le regole!»

Ho l'impulso di scappare a gambe levate, ma quando Colombo ha questi attacchi di follia è meglio assecondarlo, altrimenti chissà cosa sarebbe capace di fare... probabilmente, se fuggissi, mi verrebbe dietro per acchiapparmi e mi trascinerebbe alla sua scrivania per i capelli, a mo' di uomo di Neanderthal con la sua femmina ribelle. Comincia un'arringa a voce altissima: «Non è consentito a nessuno cambiare anche solo una virgola senza la mia autorizzazione...».

Dopo venti minuti di tuoni e fulmini, ancora non si è placato. Sta sempre strillando e minacciando, quando mi squilla il cellulare: è il numero di papà. Esco dall'ufficio, beccandomi un'occhiataccia: se gli sguardi potessero uccidere, a quest'ora sarei già morta e sepolta.

«Ciao papà, tutto bene?»

«Sì, e tu come stai? Stasera esci?»

«No, non ti va che venga da voi?»

«Lo sai che puoi venire tutte le volte che vuoi, ma oggi è venerdì: speravo che andassi fuori con qualcuno, magari con un'amica.»

«Papà, non ne ho voglia!»

«Tesoro, lascia che te lo dica: devi ricominciare a fare una vita normale. È passato tanto tempo da quando è finita con Maurizio, e sei diventata un orso. Non puoi andare avanti così! Parti per una bella vacanza, magari alle Maldive.»

«Papà, alle Maldive ci vanno le coppie in viaggio di nozze.»

«Non importa, vacci con un'amica!»

«Per invidiare le coppie in viaggio di nozze?»

«Allora la mamma ha ragione a pensare che devi sposarti e partire in crociera per la luna di miele!» prova a scherzare.

«Non nominarle neanche le crociere: ti ricordi che fine ha fatto quella che ho prenotato l'ultima volta?»

«Sì, me lo ricordo, perdonami... ma perché stasera non vai a bere un aperitivo con una collega o a vedere un film?»

«Non ne ho voglia, come te lo devo dire? E mi è passata anche la voglia di venire da voi. Guarderò un film a casa.»

«Allora ti dispiace se dico alla mamma che sei uscita con Federico?»

«Papà, non hai capito che a raccontare balle vengono fuori solo guai?»

«Francesca, questa volta la balla gliel'hai raccontata tu, io mi limito a tenerla in vita! Se le dico che ogni tanto esci con questo Federico, non c'è niente di male. Adesso la mamma sta meglio, e non vorrei spiegarle che non esiste nessun principe azzurro.»

«Fai come ti pare, papà, ma avvisami se stai per organizzare il matrimonio. Mi piacerebbe scegliere almeno le damigelle: dodici potrebbero bastare?»

«Non ti preoccupare, tesoro, ho già pensato a tutto: con Federico ci fermiamo al fidanzamento e lo tiriamo in lungo per tutti gli anni che vuoi. Alla mamma raccontiamo che è un ragazzo molto riservato e non se la sente di incontrarci. Quando poi troverai un fidanzato vero, lo porterai a casa per farglielo conoscere.»

«E se il mio futuro fidanzato non si chiamasse Federico come la mettiamo? Diciamo alla mamma che mi ero sbagliata col nome e in realtà Federico si chiamava Marco o, che ne so, Roberto?»

«Francesca, ci penseremo quando sarà il momento. Una cosa per volta!»

«Vorrai dire: una balla per volta!»

«Amore, non essere polemica, su... lo facciamo solo per il bene di tua madre, e comunque sono sicuro che andrà tutto alla perfezione.»

«Se lo dici tu... ciao, ci vediamo domani sera.»

Quando riattacco, sento una specie di crampo al cuore:

non posso più buttare la mia vita ad assecondare mia madre che dice che Dexter è un bel ragazzo e io devo sposarmi con il primo che passa per strada.

Quest'ultimo anno è stato peggio di dieci puntate di "Criminal Minds" messe insieme, ma è arrivato il momento di darmi una mossa. Non sarà facile ripartire da zero, non so nemmeno da dove cominciare. Dovrei iscrivermi a una scuola di balli latinoamericani? A un corso di scrittura creativa? Ma a me non piace né ballare né scrivere. Cos'altro potrei fare? Andare da uno psicologo e spiegargli che sono depressa perché tutti quelli che in ufficio sono seduti davanti a me vengono strangolati da un serial killer che magari è ancora in libertà?

Forse però allo strizzacervelli dovrei spiegare pure che ero depressa anche prima che ammazzassero i miei colleghi e, per essere onesta del tutto, dovrei confessargli che i due morti ammazzati non mi mancano più di tanto. Lui allora penserebbe che sono una carogna, oltre che depressa, e mi spedirebbe da uno psichiatra. Al quale dovrei a questo punto dire che sto cercando di superare i miei, di "lutti", ma che in realtà del mio ex futuro marito non me ne frega più niente. Se per esempio finisse sotto una macchina, non andrei neppure al funerale. Anzi, farei una bella festa, se solo trovassi qualcuno da invitare. Lo psichiatra allora mi illustrerebbe come odiare qualcuno non equivalga a ignorarlo, perché l'odio è un sentimento. Io allora gli risponderei che l'odio è un sentimento molto positivo quando subentra alla tristezza e alla rassegnazione...

Ma non credo che mi iscriverò mai a un corso di rumba né che racconterò gli affari miei a uno sconosciuto pronto a giudicarmi, o a imbottirmi di farmaci. L'unica cosa che vorrei fare è uscire di nuovo, in una sera di primavera, a rovinarmi lo stomaco in uno di quegli happy hour dove ti danno la mortadella tagliata a tocchetti e le tartine con la maionese. E vorrei chiacchierare con un uomo dalla faccia gentile e gli occhi azzurri, nella speranza che anche lui non sia il tipo capace di scegliere il menu di nozze mentre va a letto con un'altra.

È sabato mattina e rimango a crogiolarmi nel letto. Il risveglio si annuncia sempre con un leggero malumore, che prende lentamente il posto degli incubi. Un paio di notti fa ho sognato di morire schiacciata da un gigantesco file Excel che mi piombava addosso con la forza di una pressa. Urlavo per chiedere aiuto, ma nessuno veniva a salvarmi. Tentavo di scappare nel corridoio, ma dal bagno spuntava la Sereni con la corda attorno al collo. A quel punto mi sono svegliata terrorizzata e coperta di sudore. Forse ho veramente bisogno di una vacanza per dimenticare questi ultimi mesi.

Apro gli occhi nella stanza buia. Dalle persiane filtra una striscia di sole: il primo accenno di primavera dopo l'infinito inverno lombardo. Squilla il telefono. Sul comodino la radiosveglia segna le otto e cinquantacinque. È papà, al cento per cento.

Prendo la chiamata e lo saluto subito, senza neanche controllare se è lui. «Ciao papà, che c'è?»

Risponde con una voce bassa e cavernosa, che non gli sentivo da tempo: «Tesoro, forse è meglio se accendi la televisione e guardi il tg regionale. Ma prima devi sapere cosa è successo: sto per dirti una cosa terribile. Ieri sera hanno ammazzato Galli, il tuo nuovo capo. Avevi ragione tu: Ferrari non c'entrava niente. Adesso vai a vedere la tv, che tra poco ti richiamo. Stai su, mi raccomando».

Mi butto in sala per accendere la televisione: mancano tre minuti al tg. Fisso angosciata lo schermo, mentre il rumore del cuore è talmente forte che mi rimbomba persino nella testa. Mi verrà un infarto e morirò sul divano, da sola, i pompieri dovranno sfondare la porta per entrare.

Comincia il telegiornale. Dopo la sigla – il mondo che gira, la musichetta da thriller – finalmente compare un'annunciatrice bionda con la faccia impostata da notizia tragica. Guarda negli occhi la telecamera e dice: «È tornato il killer degli impiegati. Ha ucciso un dirigente, Graziano Galli, di quarantotto anni, mentre ieri sera attraversava il parco della Martesana per tornare verso casa...».

Dietro la giornalista compare ingigantita una fototessera in cui Galli sorride spensierato, come se fosse ancora vivo.

La bionda tace per qualche secondo, così da far impennare la tensione, e poi ricomincia: «L'assassino lo ha aspettato nascosto dietro un albero e lo ha tramortito con un violento colpo alla nuca, sferrato con una spranga o un oggetto pesante. Poi gli ha premuto sul viso un batuffolo di cotone imbevuto di etere, probabilmente per assicurarsi che il dirigente perdesse definitivamente coscienza. Il killer ha quindi portato a termine il suo crimine, strangolandolo con una corda bianca. Graziano Galli non aveva figli ed era separato dalla moglie. Il suo corpo è stato rinvenuto da un passante...».

L'annunciatrice fa un'altra pausa a effetto e poi riattacca con un tono ancora più angoscioso: «Il killer ha sistemato il cadavere nella stessa posizione composta degli omicidi precedenti, con le mani giunte sul petto».

Dallo schermo scompare la faccia di Galli e appare la solita foto di Ferrari scattata nel giorno del suo arresto. «Dopo il suicidio del dottor Gianfausto Ferrari, il caso del killer degli impiegati era stato archiviato. Ma adesso gli inquirenti devono rispondere alla domanda: chi è il vero assassino? La sola certezza degli investigatori è che sia un uomo di statura medio-alta. Anche su questa scena del crimine non sono state trovate tracce biologiche e l'unico indizio è l'impronta di una scarpa nuova, con la suola di cuoio piatta, numero quarantatré, esattamente come negli omicidi di Marinella Sereni e di Savino Santi.»

Mentre penso che Galli si starà rivoltando nella tomba all'idea di essere stato ucciso dal killer degli impiegati, lui che era un dirigente, va in onda un filmato girato probabilmente qualche settimana fa. Si vede la nostra sventurata azienda ripresa verso l'ora di pranzo, perché ci sono un sacco di persone che stanno uscendo. Tra loro spunta Crudelia, che guarda verso la telecamera con un'espressione furente. Qualcuno deve averla avvisata della presenza dei giornalisti e lei è corsa a controllare cosa stava succedendo. Viene inquadrata mentre cammina a passo deciso verso l'obiettivo. Poi il filmato si interrompe, come se il cameraman fosse scappato appena l'ha vista. Non ha tutti i torti.

La giornalista intanto continua: «La nota azienda milanese è stata teatro di impressionanti omicidi: tutte le vittime lavoravano all'unità di Pianificazione e Controllo. Gli inquirenti sono ormai sicuri che l'assassino sia uno dei dipendenti».

Finisco di guardare il servizio e poi, boccheggiando per l'angoscia che mi schiaccia il diaframma contro lo stomaco, telefono a Michele. Il sabato invita a pranzo la fidanzata, e adesso sarà impegnato nelle pulizie generali.

«Pronto» risponde subito.

«Michele, oddio, hai sentito di Galli?»

«Purtroppo sì» risponde mortificato, «avevi ragione tu su Ferrari: il vero serial killer continua a uccidere.»

«Allora lo ammetti! Ferrari, se non sopportava qualcuno, si limitava a ignorarlo. Invece il serial killer vuole cancellare dal mondo chi non gli piace: ha un tasso di crudeltà assolutamente disumano, proprio come Vernini!»

Appena pronuncio il nome del direttore mi blocco, come folgorata. Nella testa mi parte una scena, tipo quella di un film: vedo Vernini che strozza quei tre, abile e veloce, e poi risistema i cadaveri con le mani giunte sul petto, perché tutto ciò che fa deve essere perfetto, senza un dettaglio fuori posto, fosse pure un omicidio.

Senza nemmeno rendermene conto, mormoro quasi in trance: «Michele, il killer è Vernini...».

Lui scoppia a ridere: «Non vorrai mica raccontare in giro una stupidaggine del genere! Altrimenti fai anche tu la fine della Sereni».

Michele mi regala inconsapevolmente un altro lampo di illuminazione: «Sai come incastreremo il direttore? Farò da esca, comportandomi come Santi e la Sereni!» urlo, in preda a un'eccitazione mista a spavento.

Michele adesso ha un tono più preoccupato che divertito: «Invece di strillare, spiegami cosa intendi per "comportarsi come Santi e la Sereni", così almeno ti calmi».

Ormai vedo tutto chiarissimo e gli espongo la mia teoria con una lucidità sorprendente: «Allora, non hai più dubbi sul fatto che il killer sia uno di noi, anzi, di voi, perché sappiamo che è un maschio?».

«Sì, non ho più ragionevoli dubbi.»

«E sai come sceglie le sue vittime?»

«No, dimmelo tu.»

«L'assassino ammazza i dipendenti che disprezza, perché sono pigri e incapaci come Santi e la Sereni, oppure pasticcioni e vigliacchi come Galli. E sai perché lo fa?»

«Credo proprio di no.»

«Perché non li può licenziare! Santi e la Sereni erano stati assunti vent'anni fa con un contratto protetto dall'articolo 18, ed era impossibile sbatterli fuori. Ricordati che il direttore ha cercato di fare una cessione di ramo d'azienda pur di liberarsi dei colleghi del call center, che facevano comunque un lavoro vero, ma lui li considerava dei lavativi. Come poteva tollerare dei personaggi come Santi e la Sereni, capaci solo di rompere le scatole o fare le previsioni sul menu del giorno? E poi, secondo me, Vernini avrebbe licenziato volentieri anche Galli... i dirigenti li mandi via con un paio d'anni di stipendio. Ma Vernini sapeva che Galli aveva un sacco di amici in azienda, e non voleva mettersi contro gli altri dirigenti.»

«Francesca, secondo te il direttore è il tipo che ammazza qualcuno in un garage alle sette del mattino perché non c'è altro modo di sbarazzarsi di lui?»

«Certo! Se tu avessi sentito l'odio con cui parlava di Santi, capiresti che avrebbe potuto benissimo ucciderlo!»

«Guarda che c'è un altro dettaglio che non quadra: per quale motivo i raptus di Vernini sono esplosi proprio adesso e non qualche anno fa? Se veramente è un assassino, come mai ha aspettato tutto questo tempo per cominciare la sua carriera di serial killer?»

Michele non riesce a smontarmi con la sua logica, perché ogni pezzo ha trovato il suo posto nel puzzle mortale: «Non ti ricordi com'era incazzato quando i giudici hanno annullato la cessione e Crudelia ha organizzato la festa in sala congressi? Schiumava di rabbia. È stato quello l'evento traumatico che ha fatto esplodere la sua follia. Ma forse tu non guardi "Criminal Minds", il telefilm preferito di mia madre, e quindi non sai che cos'è l'evento traumatico...».

«Francesca, lascia perdere i telefilm e spiegami perché il direttore non ha ucciso i colleghi del call center!»

«Se il giorno della festa Vernini avesse potuto trasformare la sala congressi in un ristorante, avrebbe servito ai clienti il cervello dei cinquanta del call center, come in un film di Hannibal the Cannibal. Ti ricordi la scena in cui Anthony Hopkins cucina il cervello di Ray Liotta e lo offre a Julianne Moore? La ricetta del cervello in padella probabilmente gliel'aveva data Vernini!»

«Basta con le stupidaggini, per favore!»

«Anche tu però fai delle domande idiote. Come avrebbe potuto il direttore ammazzare cinquanta persone alla volta?»

«Questa conversazione mi piace sempre di meno, ma vorrei che tu mi spiegassi perché Vernini si sarebbe messo ad accoppare i suoi dipendenti!»

«Perché è pazzo – da sempre! – e la sentenza del tribunale ha acceso la miccia che ha fatto esplodere la bomba! Sì, anch'io avrei strangolato Forforella quando faceva le previsioni sul menu del giorno, ma mi sono trattenuta. Il direttore invece si considera l'angelo sterminatore delle "*risorse* non performanti", come direbbe lui. Ha già fatto fuori i primi tre che non sopportava più, e continuerà fin quando non lo fermo!»

«Facendo finta di essere come Santi e la Sereni?»

«Sì, lo costringerò a odiarmi! Vedrai, troverò il modo. Arriverò tardi in ufficio, ricomprerò le piantine della Sereni, sbaglierò i calcoli del consuntivo. Lui allora cercherà di strangolare anche me, e tu dovrai salvarmi. Non so ancora come, ma mi salverai!»

«Francesca, stai delirando se pensi a idiozie del genere. La cialtroneria dei dipendenti non mi sembra un movente credibile.»

«Lo sai che esistono dei serial killer definiti "missionari"? Non immaginarti qualcuno vestito da frate che va in giro a stuprare le vecchiette: gli assassini seriali non sono tutti sadici. Il missionario uccide perché si innamora di un'idea folle e vuole ripulire il mondo dalle persone che sporcano quello in cui crede. Te li ricordi Abel e Furlan? Firmavano i delitti con frasi naziste, tipo "Dio è con noi", dopo aver dato fuoco alle discoteche.»

«Sì, me li ricordo.»

«A proposito, lo sai che Abel era laureato in Matematica, come te?»

«Smettila, Francesca, non è il momento di scherzare! E poi io mica ho pulsioni da serial killer.»

«Va bene, ma quei due, senza tagliare prostitute a pezzettini, hanno fatto fuori ventisette persone o giù di lì.»

«E quindi Vernini sarebbe un missionario?»

«Secondo me sì. Anche perché il missionario fa parte della categoria dei serial killer organizzati, che riescono a non farsi prendere. Guarda com'è bravo a non lasciare in giro nessuna traccia.»

«E sua moglie non si sarebbe mai accorta di niente?»

«No, secondo me non è una complice di Vernini. Certo, se l'ha sposato non deve avere tutte le rotelle a posto, ma è probabile che non sappia nulla delle attività extralavorative del marito...»

«Ma allora perché non racconti al pm le tue idee, compresa quella di farti ammazzare dal direttore? Anzi, scusa, di farti quasi ammazzare.»

«Michele, non credi che Guidoni abbia commesso qualche errore? E secondo te crederebbe a me, l'ultima degli impiegati? Mi prenderebbe per una mitomane!»

«Francesca, la tua mi sembra un'idea folle. Hai appena passato un periodo di forte stress, e la tua lucidità ne sta risentendo. Riposati questo weekend, e cerca di distrarti... ne riparliamo lunedì, ok? E ora scusami, ma devo ancora pulire le finestre. Ciao.»

Dopo pochi minuti il cellulare squilla di nuovo.

È Guidoni: «Signorina Zanardelli, immagino abbia già saputo cos'è successo».

«Sì, dottore, ho appena visto il telegiornale.»

Lui continua, scoraggiato: «È un disastro: non mi era mai capitato un caso come questo, un killer di cui non capiamo niente. Ho bisogno di parlare con lei, può venire subito? Mando una macchina della polizia a prenderla?».

Per carità, non ho voglia che tutta Rozzano mi veda ancora scorrazzare sulle volanti. «Non si preoccupi, vengo da sola. Tra un'ora sono da voi.»

Lui sospira: «Grazie. A tra poco, allora, l'aspetto».

Accidenti, non vorrei essere al suo posto.

I due soliti poliziotti mi lanciano un'occhiata divertita: ormai sono di casa, in procura.

Guidoni ha una faccia preoccupatissima, ma cerca ugualmente di sorridere. «Allora, ci risiamo! A quanto pare Ferrari era innocente, a meno che l'omicidio di Galli non sia opera di un copycat.»

Non ha bisogno di spiegarmi cosa significa "copycat": grazie a mia madre sono diventata un'esperta di terminologia criminale. Difendo invece il mio ex capo: «Emulatore o no, credo proprio che vi siate sbagliati su Ferrari».

Lui ammette: «Purtroppo, quando l'abbiamo arrestato, il suo profilo psicologico ci sembrava compatibile con quello di un killer organizzato. Ma ci sono delle persone che non sopportano l'esperienza traumatica del carcere e perdono il loro equilibrio... ho appena chiamato la vedova, domani parlerò anche con lei. Le indagini però devono andare avanti: allora, signorina Zanardelli, cosa ha fatto ieri sera verso le otto?».

«Ero a casa. Ho cenato e poi ho guardato un film.»

«Lo sa che non è il migliore degli alibi, vero? Ma non si preoccupi, lei non è sospettata... è che anche stavolta non sappiamo da dove cominciare: il killer è riuscito di nuovo a non lasciare indizi, se non l'impronta della solita scarpa. Naturalmente si è portato via la spranga con cui ha tramortito Galli.» Fa un respiro affannoso: «Non avrei mai creduto che l'assassino potesse ammazzare tre persone in così poco tempo. E perché continua a uccidere solo i dipendenti della Pianificazione? Non capisco il motivo per cui sceglie proprio voi».

Provo a fare un accenno ai miei sospetti per testare la sua reazione: «Non ha pensato a un serial killer missionario, quelli che uccidono per il bene del mondo? In questo caso l'assassino potrebbe voler eliminare i dipendenti più inefficienti. La Sereni e Santi non erano certo degli esempi di produttività aziendale, e Galli come dirigente era un disastro: combinava solo guai!».

Il pm sbatte gli occhi miopi e ribatte scandalizzato: «Francesca, lei ha visto troppi film! Non si improvvisi criminologa, per favore, e lasci fare questo mestiere a chi ne ha le competenze».

Ok, ho capito l'antifona. Se gli dicessi che il serial killer è Vernini non mi crederebbe mai, anzi, rischierei di finire direttamente in un reparto psichiatrico. Alla meglio mi riderebbe in faccia. Anche un'eventuale perquisizione in casa del direttore sarebbe inutile, perché di sicuro non tiene sotto il letto dei rotoli di corda. Non insisto e gli domando: «Ha mai trovato niente di strano negli alibi dei dipendenti?».

«Signorina, non posso risponderle: queste sono informazioni riservate. E poi sa quanti dei suoi colleghi erano in macchina, in metropolitana o sull'autobus quando hanno ucciso Galli? Praticamente tutti. Cosa faccio: li arresto perché non hanno testimoni?»

Poi prosegue in tono più calmo: «Allora, Francesca, sto pensando di mettere lei e i suoi colleghi della Pianificazione sotto scorta, anche se ci vorrà qualche giorno perché la mia richiesta venga approvata. Siete in quattro e trovare il personale disponibile, con tutti questi tagli statali, non è un affare semplice...».

Oddio, mi manca solo di andare in giro con una volante che mi segue! Mi basta già la scorta di mio padre che telefona ogni cinque minuti. Anche perché, se ho ragione e il killer è veramente Vernini, non corro alcun pericolo fino a quando mi comporto da impiegata modello.

La voce mi trema un po' quando rispondo a Guidoni: «Se mi fa pedinare da qualcuno dei suoi poliziotti, vado a vivere in Australia. E spiego a mia madre che è per colpa sua. Le assicuro che non sarà piacevole sentirla piagnucolare tutti i giorni davanti alla sua porta, perché mia madre è una brava donna ma quando ci si mette è peggio di una zecca. Se si attacca a qualcuno, non lo molla più».

Guidoni non sembra particolarmente impressionato dalle mie minacce, ma cerca lo stesso di cambiare discorso. Dubito che riuscirà a mettere sotto scorta noi quattro, quando fanno già fatica a proteggere i pentiti di mafia. Insomma, ci vorrà un bel po' di tempo prima che una volante mi aspetti sotto casa a Rozzano.

Il povero pm, comunque, oggi ha un'aria davvero affranta. Gli occhi gonfi e le sette tazzine di caffè sulla scrivania mi fanno capire che avrà passato la notte in bianco, a farsi fumare le meningi sull'imprendibile serial killer aziendale. Ricomincia con l'interrogatorio: «Mi parli un po' di Galli. Che tipo era?».

Parto come un razzo: «Un pessimo capo. Non rispondeva alle mail e non voleva assumersi nessuna responsabilità, in più sapeva usare a malapena i programmi aziendali...». Mentre racconto, il mio cervello ha già ricominciato a ribollire vorticosamente sul piano anti-Vernini. Riuscirò a fermare quel pazzo assassino, lo giuro, anche se sono solo una povera impiegata.

TRAPPOLA MORTALE

Il killer è tornato alla ribalta in televisione e sui giornali. Il titolo di un articolo che sarebbe piaciuto anche a Galli recita: *Perché il killer degli impiegati adesso uccide i dirigenti?* Il giornalista blatera di "una strategia del terrore degerarchizzata, in cui l'assassino vuole affermare il suo predominio su tutte le figure aziendali. E se, fino alla morte di Savino Santi, a temere la mano del killer erano soprattutto gli impiegati di livello più basso, con l'uccisione di Graziano Galli l'omicida sembra aver voluto lanciare un avvertimento: anche i dirigenti verranno colpiti". Il movente sarebbe quindi "un'infinita volontà di potenza, affermata attraverso un indiscriminato terrore". Interessante, ma troppo generico per scoprire chi è l'omicida e capire come sceglierà la prossima vittima.

In tv hanno riaperto i salotti, riesumando psichiatri e criminologi, colpiti tutti da uno stranissimo morbo: l'amnesia collettiva. Nessuno infatti si ricorda di aver linciato Ferrari – da vivo e pure da morto – solo poche settimane fa. Il criminologo innocentista ha provato un paio di volte a dire: «Ho sempre sostenuto che Ferrari non era il killer», ma gli altri fingono di non sentire. In compenso, nello studio del solito talk show sono scomparse le lenzuola, sostituite da una specie di sbarra di ferro, come quella usata per tramortire Galli.

Non ho più voglia di guardare i programmi sul killer, e

dai miei la televisione è sempre spenta. L'omicidio di Galli li ha completamente stesi, mamma dorme sempre. Il dottore ha detto a papà di non esagerare col Valium: lui tiene la boccetta in un armadietto chiuso a chiave e raziona le dosi a mia madre, che si sveglia solo per chiederne dell'altro. Ma secondo me lo prende anche papà: è stranamente calmo e si limita a raccomandarmi di non uscire la sera, come se l'assassino fosse un licantropo che colpisce di notte quando c'è la luna piena.

Io invece non sono preoccupata, anzi, mi sento tranquillissima. Ho messo a punto un piano infallibile per smascherare il direttore, anche se forse sembra uscito da un film giallo di serie B, con trama e copione scritti da una ragazzina di dodici anni al suo esordio cinematografico.

Ecco il piano, più efficace e strategico di quello pensato all'inizio, in cui dovevo far finta di essere cialtrona come la Sereni: mi iscriverò alla Cgil! Sarò più crudele di Crudelia, convocherò assemblee e scriverò mozioni disgustose fino a quando a Vernini non verrà una voglia irresistibile di ammazzarmi. E nel momento in cui cercherà di uccidermi, Michele sarà lì, vicino a me, pronto a salvare la sua collega e incastrare l'autentico e unico assassino degli impiegati. Spero solo che Michele accetti di fare la sua parte, ispirato dal coraggio con cui mi offrirò come esca. Devo agire in fretta, prima che Vernini faccia fuori qualcun altro.

Dopo la morte di Galli, noi della Pianificazione siamo stati a casa solo una settimana, perché ormai gli esperti della scientifica hanno trovato il modo di controllare in fretta i nostri uffici. Con un morto al mese, ultimamente si sono ben esercitati.

Oggi, quando torno al lavoro, trovo una bella novità: due poliziotti davanti all'ingresso, che chiedono a tutti di favorire il badge e la carta d'identità. Controllano che entrino solamente i dipendenti e non il serial killer in persona, magari con barba e baffi finti, travestito da anonima *risorsa* aziendale.

Supero il posto di blocco e faccio lentamente a piedi i quattro piani di scale, cercando di capire che clima c'è. Sembra di attraversare un paese incantato, dove non si sente il rumore più insignificante. Si muovono tutti in punta di piedi, come per non farsi notare troppo. Butto un occhio nei due uffici prima del mio: le porte sono spalancate e i dirigenti lavorano al computer in perfetto silenzio. La paura deve essersi insinuata fin nell'ultima cellula dei trecento morituri, con un effetto che forse Vernini aveva previsto – anche se la pace di adesso sembra più adatta a un cimitero che a un'alacre azienda lombarda.

Per fortuna c'è Colombo che non ha paura neanche del diavolo, perché quando entro sta appunto dicendo: «Brutta fine, quel cretino... ve l'avevo detto che Galli rischiava la pelle ad andare avanti così! E comunque gli sta bene: non avrebbe mai dovuto pasticciare col mio consuntivo!».

Persino Gavazzeni si indigna: «Non ricominciare, per favore: tu non hai mai detto che il killer avrebbe ammazzato Galli, e le tue balle non serviranno certo a catturare l'assassino!».

L'altro gonfia le piume come un pavone e sfodera un'incredibile audacia: «Non ho paura di sfidare il killer, chiunque esso sia. Sai cosa gli dico? Vienimi a prendere, se hai il coraggio!».

Maledizione, se Colombo non si calma rovinerà il mio piano! Il direttore infatti, che come sempre ha sentito tutto, arriva più veloce di un fulmine e lo affronta a brutto muso: «Colombo, questo non è un teatro: se proprio ci tiene a recitare le sue scenette, lo faccia a casa, davanti a sua moglie!».

Mentre Colombo arrossisce e cerca una risposta adeguatamente indignata, Vernini lo fulmina con un avvertimento: «Tra dieci minuti vi presenterò il vostro nuovo capo, al quale spero porterete tutti rispetto. Se ci saranno dei problemi sul consuntivo, dovrete vedervela direttamente con lui, chiaro? E lei, Colombo, collabori, invece di fare delle tragedie. Anzi, del cabaret, nel suo caso!».

Il nostro attore tace, sbigottito e umiliato. È meglio che la smetta con le sceneggiate, altrimenti sarà lui la prossima vittima del direttore. Devo assolutamente far scattare la trappola prima che Colombo vada a infilarsi da solo nelle fauci del lupo!

Aspetto che Vernini esca e gli stringo ardentemente la mano: «Non ascoltarlo! Hai ragione a voler sfidare il serial killer, ma non basta. Bisogna ricominciare a combattere per avere più giustizia in azienda! Se i capi hanno torto, dobbiamo dirglielo. A cosa servono le gerarchie, se non rispecchiano il nostro reale valore? Perché il direttore deve chiederci di eseguire gli ordini di qualcuno che non conosciamo e magari è un altro cretino come Galli?».

Colombo è in brodo di giuggiole: da quale virus sono stata contagiata per essere diventata come lui, anzi, peggio? Mi si avvicina abbagliato dalla mia nuova luce spirituale e mi prende la mano: «Zanardelli, se saremo in due a lottare perché l'azienda riconosca finalmente le nostre capacità e non ci costringa a obbedire a gente come Passeparnient, allora saremo invincibili!».

Mi faccio trasportare dalle sue parole ardenti, e con il pathos di una recita dell'oratorio esclamo: «Sì, ma lascia che questa volta porti io la croce. Sono anni che tu rischi tutto pur di difendere i tuoi principi! Adesso tocca a me: voglio iscrivermi alla Cgil, perché so che il sindacato non ci lascia mai soli!».

Mentre declamo ad alta voce queste fesserie, ecco che ritorna Vernini accompagnato dal nostro nuovo capo. Un ragazzone senza cravatta e con una giacca sportiva, più o meno di quarant'anni, pieno di brio e voglia di fare. Dev'essere un potenziale suicida se accetta di prendere il posto di uno appena ammazzato e di dirigere un ufficio in corso di decimazione da parte di un assassino seriale.

Vernini ha sentito di sicuro la mia scemenza sulla Cgil, ma fa diplomaticamente finta di niente e ci presenta il kamikaze: «Spero che nella Pianificazione e Controllo possano tornare l'ordine e la serenità. Ho molta fiducia nel vostro nuovo capo, il dottor Massimo Rivarbella, perché anche se è giovane ha molta esperienza. La sede centrale lo ha scelto per ridarvi un po' di pace, dopo lo stress di questi ultimi mesi».

Rivarbella sembra davvero un tipo coraggioso. Fa un gran sorriso e stringe, anzi stritola, la mano a tutti e quattro: «Dobbiamo imparare a lavorare insieme. E per farlo bisogna conoscerci meglio: la mia porta è sempre aperta! Non abbiate paura a entrare da me quando volete».

Tutta un'altra musica rispetto a quella strimpellata da Galli: speriamo sia davvero diverso da Passeparnient. Il direttore gli appoggia un braccio sulle spalle e gongola estasiato: «Non voglio più sentirvi litigare per otto ore al giorno: abbiamo finalmente voltato pagina!».

Mentre guardo la faccia raggiante di Vernini, ho un'altra idea meravigliosa su come incentivare la sua futura voglia di strangolarmi. Prendo la parola: «Caro dottor Rivarbella, come ben saprà il nome della nostra unità è diventato famoso in tutta Italia per l'alta incidenza di morti ammazzati. Ma in azienda ci chiamano in un altro modo: "Confutazione e Macello"! Il nomignolo ci è stato appioppato grazie a Passeparnient, ovvero il fu dottor Galli. Non si parla male dei morti, lo so, anche se in questo caso bisogna farlo!».

Prendo un respiro profondissimo, come prima di una gara di apnea, e poi sputo fuori senza fermarmi: «Galli non sapeva qual era la differenza fra il consuntivo e un marziano, anzi, non sapeva niente di contabilità, perché non gliene fregava nulla! Il suo unico obiettivo era non pestare i piedi ai suoi amici in azienda, anche a costo di massacrare i nostri conti. Ha ridotto l'ufficio a un vero macello!».

Il direttore mi guarda come se volesse incenerirmi. Ma io non mi faccio intimidire, e proseguo rapida: «Avevamo un capo, una volta, che stimavamo tutti. Come saprà, si è suicidato per colpa di accuse terribili e ingiuste. E adesso vogliamo essere sicuri che lei non sia un altro Passeparnient. Sarò inflessibile se scoprirò che non sa fare il suo lavoro e ne parlerò con i sindacati: ha la mia parola d'onore!».

Vernini ora mi fissa stralunato come se avesse visto un fantasma che si aggira sbatacchiando le catene in un castello scozzese: non sono più la sua cara Zanardelli, ma un mostro che non riconosce.

Quando ritrova la parola, pronuncia disgustato: «Zanardelli, lei è solo un'impiegata: impari a stare al suo posto, se vuole continuare a lavorare qui». E poi esce con una smorfia di dolore sul viso.

Colombo vuole essere il mio padrino nella cerimonia del tesseramento e mi scorta cerimonioso da Crudelia. Quando entriamo nel suo ufficio, le dà subito la bella notizia: «Abbiamo una nuova compagna! Fuori le tessere».

Crudelia spalanca gli occhi: «Ti vuoi iscrivere al sindacato?».

«Sì!» grido io. «Sono stanca di subire in silenzio! Rischiamo di essere ammazzati per il semplice fatto di venire a lavorare, senza dimenticarci che in questa azienda una donna viene sfruttata fino alla morte prima di riuscire a diventare quadro. Sono anni che chiedo a Vernini la promozione, ma lui me la nega. E sai perché? Sono una donna e non ho la laurea!»

Crudelia annuisce comprensiva: metà degli iscritti al sindacato sono impiegati che stanno cercando di fare il balzo a una categoria superiore. Nessuno, insomma, quando fai la tessera, ti domanda se speri in un mondo migliore. Basta che dichiari che i tuoi capi sono stati ingiusti e che tu ti meriti di più eccetera, eccetera, eccetera.

Di me però ancora non si fida del tutto: «Mi sembrava che andassi d'accordo con Vernini... ti hanno vista molte volte nel suo ufficio».

Avrà i suoi informatori, ma insisto: «Sono andata a chiedergli la promozione che mi spetta, ma lui ha sempre fatto finta di niente. Preferisce pagare degli animatori per degli stupidi meeting invece di darci una categoria in più o un aumento di stipendio!».

Ho colto nel segno, perché lei risponde tutta contenta: «Hai ragione, potrebbe spendere meglio i soldi dell'azienda. Se quel verme è costretto a tirar fuori un euro che va a finire nelle tasche dei dipendenti, dice che stiamo per fallire, ma poi chiude in sala congressi trecento persone ad ascoltare delle canzonette. E sai chi paga le canzonette? Noi, col nostro lavoro: sono soldi nostri, quelli, non suoi, glieli facciamo guadagnare col sudore delle nostri fronti! È una vera ingiustizia!».

Preferisco non approfondire l'argomento, perché potrei tradirmi: nessuno ha mai capito cosa faccia Crudelia tutto il giorno in azienda, a parte scrivere i suoi famosi editti e spedirli per mail.

Estraggo dal portafogli cento euro e le chiedo: «Bastano per iscriversi?». Mi sembra di aver allungato la mancia al portiere dell'albergo per farmi dare la camera vista mare.

Lei prende svelta i soldi e li infila in una cassettina col lucchetto. «Questi vanno bene come sottoscrizione, ma lo sai che c'è anche una trattenuta sullo stipendio?»

No, francamente non lo sapevo. «Di quanto?» domando timorosa. Non cambierò il mio piano per non pagare la trattenuta, ma non sono così contenta di veder ridotto il mio magro stipendio da ragioniera.

Crudelia mi tranquillizza: «Saranno meno di venti euro. Ma ti garantiamo anche l'assistenza legale, se ne avrai bisogno!».

L'idea di avere l'ufficio vertenze della Cigl a mia disposizione mi fa passare il dispiacere per i venti euro. «Dove devo firmare?»

Crudelia mi allunga un modulo che compilo e firmo, mentre Colombo pronuncia solenne la sua benedizione: «Zanardelli, adesso sei entrata nella grande famiglia del sindacato. Sappi che puoi contare su di noi ogni volta che avrai un problema. Il nostro compito è proteggere gli iscritti e aiutarli a raggiungere i loro obiettivi».

Ormai sono entrata nella parte e declamo piena di enfasi: «Voglio iniziare subito a dare il mio contributo: organizziamo un'altra assemblea sul serial killer! Alla prima non ho partecipato, ma questa volta sarò con voi. Dobbiamo ricominciare a lottare, come ai tempi della cessione. E ci meritiamo anche un bonus a luglio, uguale per tutti, come ricompensa dei rischi che corriamo per venire a lavorare!».

Non so da dove mi sia saltata fuori l'idea del bonus, ma negli occhi di Crudelia brilla all'improvviso una luce sfavillante. Sa benissimo che il direttore non ci concederà mai il bonus "serial killer", però sa anche che, se gli chiedessimo una follia del genere, lo faremmo morire di rabbia.

«Sì, sì!» urla in preda all'esaltazione. «Chiederemo il bonus a quel verme!» Poi abbassa la voce e si lascia sfuggire: «Tanto uccidono solo voi della Pianificazione e Controllo...».

Mi giro di scatto verso Colombo: anche lui sembra sorpreso. Intuisco solo adesso che tutti i trecento dipendenti sperano che nel mirino dell'assassino ci siamo soltanto noi.

Devo rompere quest'illusione: «Amica carissima, è un caso se il killer fino a ora ha colpito solo la nostra unità. Anche voi siete in pericolo, ed è mio dovere farvelo capire. Tu hai già fatto tantissimo quando c'è stata la cessione del call center, ma adesso, se non ti dispiace, vorrei scrivere io il testo di convocazione per l'assemblea. Non possiamo sottovalutare la situazione!».

Tutto si sarebbe aspettata Crudelia, fuorché di essere scavalcata. «Va bene, scrivilo pure tu, poi però gli diamo un'occhiata insieme» borbotta.

«Perfetto, ci sentiamo appena è pronto!»

Esco di corsa senza aspettare il mio nuovo confratello. Sono le dodici e mezzo, e Michele e io andremo a mangiare nella nostra trattoria egiziana, che ha sostituito egregiamente il vecchio bar. Devo spiegargli che l'esca sindacale è stata innescata e che il piano procede secondo le previsioni.

Lui mi aspetta come sempre di fronte ai tornelli. Appena usciamo, lo assalgo: «Va tutto come programmato: mi sono iscritta alla Cgil e sarò alla testa di un'assemblea per chiedere un bonus a luglio in risarcimento del rischio di essere ammazzati».

Michele mi guarda esterrefatto: «Un bonus per il rischio omicidi?».

Lo ignoro e continuo: «Purtroppo Colombo stava per rovinare tutto: si è messo di nuovo a litigare con Vernini, che stamattina ci ha presentato il nuovo capo, un tale Rivarbella. Allora ho detto a questo tizio che lo terrò d'occhio per controllare che non sia un pasticcione come Passeparnient. Il direttore è diventato viola!».

«Francesca, mi preoccupi sul serio.»

«Fai bene a preoccuparti! Se riesco a tenere questo ritmo, tra pochi giorni dovrai cominciare a seguirmi.»

«Oh mio Dio...»

«Pensi che potresti procurarti una pistola?»

«Come no, magari anche un paio di kalashnikov e un blindato con la torretta, così potrei sorvegliarti meglio che dal finestrino della mia macchina!»

«Ti prego, non sto scherzando. Vernini cercherà di uccidermi, ne sono certa. Nessuno sospetta di lui: si sente infallibile, pensa che non lo prenderanno mai. E ti garantisco che gli farò venire una voglia micidiale di strangolarmi.»

«Di questo non ne dubito.»

«Però devo essere sicura che tu sia disposto ad aiutarmi!»

«Ma non sarebbe meglio lasciar fare ai magistrati?»

«Ti ho già spiegato che Guidoni non crederebbe mai a una storia del genere. L'unico modo che abbiamo per convincerlo è metterlo di fronte ai fatti.»

«E questi fatti sarebbero te con una corda intorno al collo, ma non ancora morta, e io che ti salvo? Il piano per far uscire Vernini allo scoperto è francamente l'idea più insensata e folle che abbia mai sentito.»

«Fai come ti dico, per favore. Quando capirò che Vernini sta per avere la crisi omicida, starò ben attenta a non restare mai in ufficio da sola e andrò in bagno sempre accompagnata. Faremo in modo che Vernini cerchi di uccidermi quando ci sei anche tu. Di sera dovrai aspettarmi in macchina fuori dall'ufficio, seguirmi fino al parcheggio e controllare che salga nella Seicento, senza che lui provi a strozzarmi. Poi mi verrai dietro fino a casa. Il direttore potrebbe cercare di uccidermi anche quando scendo dall'auto, quindi tu non dovrai mai perdermi di vista. Infine io entrerò in casa: stai attento che qualcuno non mi segua dentro il portone. Va bene?»

Michele sbuffa: «Lo farò solo per due settimane. Poi chiamo il 118 e ti faccio ricoverare...».

Continuo serissima: «Vernini potrebbe pure aspettarmi dentro l'androne del palazzo. Tu allora dovrai contare fino a duecento: sono i secondi che ci vogliono perché io salga sette piani in ascensore ed entri nel mio appartamento, ieri sera mi sono cronometrata. Se entro il duecento non ti avrò telefonato, vieni a cercarmi. Chiama anche la polizia, ma una volante potrebbe metterci un quarto d'ora ad arrivare. Troppo...». Gli consegno un mazzo di chiavi. «Ecco, quella piccola apre il portone, e quella grande la porta di casa.»

«Sì, e poi cosa dovrei fare?»

«Se c'è il direttore, dovrai fermarlo prima che mi strangoli. È per questo che dovresti procurarti una pistola!»

«Se riuscissi a mettermi in contatto con la mafia albanese potrei comprarne una al mercato nero senza nemmeno bisogno del porto d'armi. Ma non so quanto sia facile trovare un mafioso albanese, sai, non ci sono sull'elenco telefonico. O magari tu conosci qualcuno che vende dei bazooka su eBay?»

«Dài, smettila. Come farai a difendermi da Vernini a mani nude? Hai un fisico da matematico, e poi quando inforchi gli occhiali non faresti paura nemmeno a una mosca...»

«Questa è una delle conversazioni più balorde della mia vita, ma prometto che ci penserò.»

«Per fortuna Vernini non tortura le vittime, come fanno i killer sadici...»

«Come fai a escludere che non cominci proprio con te, tagliandoti a pezzettini mentre ti recita l'articolo 18 dello statuto dei lavoratori?»

«Michele, so quello che dico, per favore prendimi sul serio!»

«Va bene, ti seguirò fino a casa. Ma non hai paura che Vernini possa entrare di notte, dopo che ti sei chiusa dentro?»

«Impossibile: papà ha fortificato l'appartamento. Porta blindata, chiavi di sicurezza: mi stanano solo con l'atomica.»

«E al mattino?»

«Al mattino ci sarai tu ad aspettarmi sotto il portone! Ti faccio uno squillo sul cellulare prima di uscire, e poi conti fino a duecento. Se non sono arrivata, mi vieni a cercare. Semplice, no?»

«Semplicissimo... e per quanto pensi di usufruire del servizio di guardia offerto da questo povero collega? Ti ho già detto che non ho intenzione di prestarmi a questa follia per più di due settimane...»

«Non ti preoccupare, non credo che ci vorrà molto perché Vernini cada nella trappola, vedrai come sarò brava.»

«Francesca, per adesso sei solo brava a delirare e stanno aumentando le possibilità che io telefoni al 118.»

«Per dirgli cosa?»

«Per dirgli di venirti a prendere: sai cos'è un TSO?»

«Non ne ho la più pallida idea.»

«Un trattamento sanitario obbligatorio. Ti portano al Policlinico e ti tengono dentro per quindici giorni. Ma non nel reparto di chirurgia generale, in quello di psichiatria.»

«Oh mio Dio, se succedesse veramente non riuscirei a fermare Vernini: potrebbe uccidere qualcun altro!»

«Mi sa che lo chiamo per me il 118...»

Mi sembra di vivere attaccata a una macchina elettrocardiografica. Sento il rumore del cuore che sale e scende sul tracciato che descrive le onde del ciclo cardiaco. Se mi facessi davvero visitare da un cardiologo, il mio tracciato sarebbe più agitato di un oceano durante una burrasca.

Il mio cuore perde i colpi – ogni tanto fa un *pum!* strano – e poi pare fermarsi per un secondo. Forse sono le extrasistole di cui è convinta di soffrire pure mia madre.

Spero solo di non morire di ictus prima di aver fatto scattare la trappola per Vernini. Devo imparare a controllare la mia paura e anche a non farmi beccare da nessuno mentre faccio qualcuna delle stranezze scaramantiche che mi sono inventata in questi ultimi giorni.

Quando è ora di uscire dall'ufficio, conto mentalmente fino a dieci prima di scollare le chiappe dalla sedia, poi mi alzo di scatto e mi precipito fuori. Ho maturato la serena e folle convinzione che, se mi alzo al nove o all'undici, Vernini riuscirà a uccidermi in bagno.

Al mattino, invece, non apro la porta fino a quando la lancetta dei secondi non si è allineata a quella dei minuti. Allora infilo le chiavi dentro la toppa e scappo fuori, sempre convinta che, se uscissi prima o dopo la magica congiunzione fra le lancette, il direttore mi darebbe un colpo in testa nell'androne. Trapasserei nell'aldilà per raggiungere i beati, del cui nome adesso capisco finalmente il significato, visto che niente mi sembra peggiore della vita che sto facendo.

L'ultima pazzia propiziatoria prevede il lancio di una moneta, che tengo sempre in tasca, per decidere cosa fare anche quando sono di fronte a scelte assolutamente inessenziali. Se in pausa pranzo nella trattoria egiziana devo scegliere tra gli spaghetti al pomodoro o il risotto alla milanese, tiro fuori la moneta e la lancio. Se viene testa, prendo gli spaghetti; se viene croce, il risotto.

Michele, la prima volta che ho lanciato la moneta sul tavolo, mi ha guardato perplesso, ma in silenzio; la seconda volta mi ha chiesto irritato cosa stavo facendo: «Cos'è sta moneta che tiri in continuazione?».

Io allora gli ho confessato tutto, anche la storia delle lancette. A Michele non si può mentire. Ero già pronta a essere sgridata, ma lui si è stranamente intenerito: «Francesca, si chiamano disturbi ossessivo-compulsivi. Ti stai inventando dei rituali da eseguire per cercare di neutralizzare le tue paure. Domani ti porto un libro su questo argomento, così capisci meglio cosa voglio dire».

Michele è un'enciclopedia portatile vivente, e infatti il giorno dopo si è presentato con un libriccino sulle fobie, che ho subito infilato nella borsa.

La sera, quando sono arrivata a casa, ho cominciato a leggerlo. Era scritto bene, facile da capire, e mi sono convinta che l'autore l'avesse ideato pensando a me. Sembrava che mi conoscesse perfettamente, e allora ho cercato su internet il suo indirizzo. Volevo raccontargli che lancio la moneta e guardo le lancette, e farmi curare da lui. Ma poi ho capito che avrebbe pensato che sono molto più di una ossessivo-compulsiva con la paura dei piccioni che non riesce ad attraversare piazza Duomo.

No, nessuno crederebbe che una persona sana di mente voglia offrirsi come vittima di un serial killer che non è stato scoperto neanche dalla procura di Milano, mentre invece lei – la futura vittima – è sicura che si tratti del suo capo, stimatissimo CEO di una famosa azienda italiana.

Forse potrebbe essere davvero la volta buona che finisco al Policlinico a fare il TSO.

Ho deciso allora che le ossessioni me le tengo, anzi, le coltiverò con piacere. Se i miei riti possono servire a far passare questi giorni terribili, non me li negherò. Potrei addirittura inventarne di nuovi, come per esempio fare tre giri su una gamba sola, prima a destra e poi a sinistra, per poi aspettare la congiunzione magica tra le lancette e solo allora uscire di casa, finalmente rassicurata sul fatto che Vernini non mi prenderà a picconate appena fuori dalla porta. Oppure potrei lanciare cinque volte la moneta, invece di una, per scegliere quale piatto ordinare in trattoria. Anche dal punto di vista quantitativo sarebbe più corretto. Avrei infatti un campione più ampio sul quale basare le mie scelte. E Michele, invece dei libri degli psicologi, potrebbe portarmi quelli degli statistici. Sarebbe comunque un passo avanti, visto che la statistica gli piace più della psicologia, e avremmo forse qualche nuovo argomento di cui parlare, dopo il Medioevo e i serial killer.

Mamma e papà sono ridotti a due zombie. Li ho trovati un paio di volte a letto, incapaci di alzarsi, con una pila di piatti sporchi nel lavello. Non me la sento di raccontare a papà della trappola, perché rischio che il mio piano vada a ramengo. Sarebbe capace di fare di tutto, pur di fermarmi. E poi ho bisogno di tranquillità, per concentrarmi sulla strategia che porterà Vernini a tendersi come una corda di violino, fino a sentire ancora dentro di sé il bisogno di strangolare una delle sue *risorse*.

E così, un paio di giorni fa, l'agenzia Viaggi intorno al mondo di Assago ha chiamato i miei per annunciare che avevano vinto una crociera nell'Africa del Nord: «Congratulazioni, siete fortunati!». Erano stati sorteggiati sull'elenco telefonico e i biglietti sarebbero arrivati nel giro di un paio d'ore con un fattorino.

Mandarli in Africa mi è costato uno sproposito, ma almeno per due settimane sarò libera da mia madre che alterna pianti a pisolini drogati, sicura com'è che non arriverò viva alla fine del mese – ipotesi più che probabile, se Michele non si comporterà da professional bodyguard.

Ho aspettato che l'agenzia mi avvisasse di aver consegnato i biglietti, e poi li ho chiamati. La mamma era catatonica: «Francesca, abbiamo vinto una crociera, ma io non ci voglio andare... non mi sento tanto bene, e poi non ti voglio lasciare sola».

Più che parlare biascicava. Devo dire a papà di andarci piano col Valium. Sono due larve, e tra un po' non saranno neanche più in grado di scongelare i surgelati.

Ma non volevo perdere tempo con la mamma e mi sono fatta passare papà, che ha subito ritrovato la lucidità e mi ha domandato a bruciapelo: «Sei stata tu?».

«Certo, e se non partite perderò quattromila euro.»

«Perché l'hai fatto?»

«Siete in uno stato pietoso. La mamma deve cambiare aria e tu hai bisogno di riposare e di farti servire, dopo mesi che fai il domestico. Vedrai che starete bene.»

«Francesca, preferirei rimanere qui: non è un bel momento per partire.»

«Non crederai che il serial killer ammazzi un impiegato alla settimana? Passerà ancora un po' di tempo prima che torni in azione.»

«Non voglio che tu rimanga da sola...»

«Fidati di me: mi troverai ancora, quando torni!» ho detto, facendo le corna perché troppo ottimismo porta male.

Lui allora ha bisbigliato nella cornetta: «Chi si occuperà di te quando saremo via? Francesca, lo sai che potresti essere tu la prossima?».

Lo sapevo così bene che l'ho subito rassicurato: «Papà, vedrai che non mi succederà niente. E poi ho convinto un mio collega a seguirmi tutti i giorni in macchina, quando vado e torno dall'ufficio. Meglio della scorta!».

Lui ancora nicchiava: «Come puoi pensare che mi diverta in crociera, mentre ti potrebbe capitare qualsiasi cosa?».

Per convincerlo gli ho dovuto promettere che l'avrei tempestato di sms: «Papà, ti scriverò tutti i giorni, ti manderò pure delle mail. E poi mi puoi chiamare quando vuoi. Esattamente come quando stai qui! Che cosa cambia, rispetto ad adesso? Niente, solo il fatto che non ci vedremo per quindici giorni».

Allora ha sospirato: «Va bene, porto via la mamma. Ormai dorme tutto il giorno...».

Quando ci siamo salutati, stavo quasi per mettermi a piangere. Chissà se tra due settimane mi rivedranno per davvero.

Questa mattina li ho accompagnati al treno per Genova – volevo essere sicura che partissero sul serio – e subito dopo sono corsa alla mia scrivania per scrivere il testo di convocazione dell'assemblea.

Lo mando a Crudelia, e poi la raggiungo nel suo ufficio. Lei commenta sconcertata: «Sei sicura che intitolare il comunicato *Quando ucciderà ancora il serial killer?* non sia troppo forte? Sono d'accordo sul bonus a luglio, ma il sindacato non può spargere il panico tra i dipendenti».

Cerco di tirarla dalla mia parte: «Il killer deve sapere che non abbassiamo la guardia, e i nostri colleghi si sentiranno meglio quando capiranno che il sindacato sta prendendo in mano la situazione. Ti rendi conto che la gente ha di nuovo paura di andare in bagno da sola?».

Crudelia cede: «Va bene, farò vedere la tua mozione anche agli altri e poi la giriamo a tutti. Ci sentiamo dopo».

Vado a prendermi con calma un caffè e, quando ritorno in ufficio, Colombo mi accoglie con un maschio abbraccio fraterno: «Ho letto, ho letto! Sei stata bravissima!».

Non sa di essere anche lui parte del piano. «Senti, che ne diresti di convocare Rivarbella? Mi piacerebbe capire se sa almeno usare il computer. Digli di venire tra cinque minuti: facciamo una riunione!»

Colombo è sedotto dalla mia perfidia. «Ottima idea!» mi risponde tutto contento, poi solleva la cornetta. «Dottor Rivarbella, buongiorno. Le dispiacerebbe venire da noi? Subito, se possibile.» Ascolta la sua risposta e ribatte accigliato, come se fosse lui il capo: «Com'è possibile che abbia un altro impegno? Il suo unico impegno è lavorare. L'aspettiamo qui!». Riaggancia e comincia a ridere come un folle: «Non mi sono mai divertito così tanto! Zanardelli, hai delle idee meravigliose».

Mentre sta ancora sghignazzando, Rivarbella entra di corsa nel nostro ufficio: «Allora, cosa c'è di così urgente?» ci chiede con una specie di gelido sorriso formale, che deve costargli tanto quanto non dare una sberla a Colombo.

Prendo subito la parola, prima che il mio comprimario mi rubi la scena: «Ci siamo chiesti se non fosse il caso di verificare le sue competenze nell'uso del computer. Sarebbe così cortese da parlarcene lei? O preferisce che le facciamo noi qualche domanda?».

Indico una sedia davanti alla mia scrivania e gli faccio cenno di accomodarsi con un sorrisone incoraggiante.

Rivarbella rimane in piedi e fa quello che può per evitare lo scontro: «Do per scontato che in questo ufficio sappiamo tutti utilizzare gli strumenti del nostro lavoro, perciò non capisco a cosa serva parlarne!».

Anche Colombo non rinuncia a infliggergli una bastonata: «Mi dispiace, ma non sono d'accordo. Il suo povero predecessore si serviva di una spia», e qui lancia uno sguardo a Parodi e Gavazzeni, che per l'imbarazzo hanno l'aria di volersi nascondere sotto la moquette, «per modificare i dati inseriti da me nel computer. Data la nostra esperienza, non darei così per scontato che lei lo sappia utilizzare».

La parola adesso torna a me, e lo invito ancora con un gesto deciso della mano: «Su, si metta comodo! Non è meglio fare quattro chiacchiere stando seduti?», e poi – *zac!* – gli sparo un altro sorrisone rassicurante.

Lui capisce che è meglio andarsene: «Ho veramente un altro impegno. Scusate, ci aggiorniamo più tardi». Esce quindi di corsa dal nostro ufficio e si infila dentro quello di Vernini.

Colombo viene verso di me con le braccia aperte e prorompe in un romantico: «Mi hai fatto sognare!». Poi, mentre mi appoggia le mani sulle spalle, mi chiede: «Cosa facciamo adesso?».

Preferisco non deludere la sua fiducia nella mia nuova

bassezza e lo imbonisco con un gioioso: «Portiamo più gente possibile all'assemblea: l'azienda deve capire che, se dobbiamo rischiare la pelle, deve pagarci di più!».

Poco ci manca che Colombo mi schiocchi un bacio, mentre invece percepisco la diffidenza di Parodi. Adesso lo stuzzico un po': «Se tutti fossero come Parodi, che non è mai andato a un'assemblea, le aziende sarebbero dei lager! È colpa di gente come lui se ci sfruttano».

Il poveretto non si aspettava una meschinità del genere e rimane a fissarmi a bocca aperta. Sono stupita anch'io di tutta la cattiveria che sto tirando fuori. Forse sto mandando in pensione la brava ragazza, quella che dà sempre ragione a tutti.

Ormai mi sono lanciata lungo una strada senza ritorno. Non è meglio un parto breve e doloroso, invece di lunghe doglie spossanti? Tenendo questo ritmo, non ci vorrà molto per espellere l'assassino dal ventre aziendale. Unica condizione da rispettare: il parto dovrà avvenire prima che i miei genitori ritornino da quella maledetta crociera. Ho quattordici giorni. Time limit: 12 aprile. Dovrò andare a prenderli in stazione alle sei del pomeriggio.

Crudelia ha appena inviato a tutti la mail con il mio testo di convocazione dell'assemblea. Vado nell'ufficio di Michele, e gli mormoro all'orecchio, per non farmi sentire dai suoi colleghi: «Punto cinque euro su Vernini che prova a farmi un ultimo predicozzo prima di comprare altri due metri di corda».

Ho solo l'effetto di spaventarlo ancora di più: «Francesca, non sei un cavallo sul quale scommettere con i bookmaker. Forse dovresti andare da uno psichiatra e io dovrei seguirti in macchina solo per controllare che non salti le sedute».

Non faccio in tempo a rispondergli, perché Vernini si materializza all'improvviso nell'ufficio e mi dice con un'aria quasi distratta: «Zanardelli, fa un salto da me?».

«Perché no?» gli rispondo strafottente, mentre lancio uno sguardo ammiccante a Michele, che significa "mi devi cinque euro!", e poi, allegra come la Vispa Teresa, prendo l'ascensore col direttore e lo seguo fino alla sua stanza.

Vernini chiude la porta con uno scatto secco. Si butta sulla poltrona con un'espressione tesa e meditabonda, senza invitarmi a sedere: vuole farmi stare in piedi.

Allora cado a peso morto sulla sedia davanti alla sua scrivania. «Oggi sono stanchissima!», e sottolineo il concetto con uno sbadiglio neanche troppo nascosto dalla mano.

Il direttore fa una smorfia ma, siccome non è il tipo da perdersi in preamboli, va dritto all'obiettivo: «L'unica scusante per il suo atroce comportamento è lo stress dovuto alla morte dei suoi compagni di ufficio. O forse c'è qualcos'altro?».

Rispondo giuliva: «Quale comportamento? Non vorrà mica riferirsi al sindacato? Come può definire "atroce" la scelta di iscriversi alla Cgil? È un mio diritto inviolabile! E poi tra poco ci sarà l'assemblea: sono così emozionata».

Vernini è sempre più inespressivo: «Se va all'assemblea, le garantisco che con la prossima riorganizzazione lei scomparirà per sempre dagli organigrammi aziendali. La metto in una cantina, e se la vedo parlare con qualcuno gli spiego che farà la sua stessa fine».

Sfoggio una faccia da sberle: «Questo si chiama mobbing!», e poi faccio anche una risata, che però suona troppo stridula. Il cuore batte fortissimo nel petto, potrebbe spaccare la cassa toracica e schizzare sulla scrivania del direttore. È meglio chiudere il colloquio prima di crollare. Potrei avere un attacco di panico, lui capirebbe come mi sento veramente e non abboccherebbe più. Accidenti, non è affatto facile provocare un serial killer, e forse dovrei portarmi in borsa del Valium da prendere nei giorni in cui sto malissimo. Chissà che non ne sia rimasta una boccetta a casa di papà. Devo andare a controllare...

Vernini interrompe i miei pensieri, perché sibila maligno: «La prossima volta che lei e Colombo provate a convocare Rivarbella a una riunione non autorizzata nel vostro ufficio...».

Lo interrompo con la voce ormai gracchiante come quella di una cornacchia: «Cosa fa, ci licenzia?».

Poi, prima di svenirgli davanti, scatto dalla sedia e fuggo fuori. Più che respirare, boccheggio convulsamente. Mi manca l'aria! Ma non posso farmi fermare dalla paura proprio adesso, ormai mi sono spinta troppo avanti. Rientro in ufficio con il passo di un generale e ordino a Colombo: «Chiama Rivarbella: ho bisogno di parlargli», poi mi siedo torva alla scrivania.

Colombo non si lascia pregare. Prende la cornetta e fa il numero dell'interno di Rivarbella: «Buongiorno, la signorina Zanardelli vuole vederla nel suo ufficio, subito!». Poi sbatte il ricevitore e mi guarda, come per dire: "Ti sono piaciuto?".

Mi è piaciuto moltissimo.

IL SINDACATO LOTTA CONTRO LO STRESS

Michele si rifiuta di venire all'assemblea: gliel'ho chiesto in ginocchio, ma lui ha tirato fuori la scusa di una "scadenza di lavoro improrogabile". Sarà anche vero, ma senza di lui ho paura di emozionarmi e non riuscire ad aprire bocca.

Colombo vuole farmi parlare per prima, perché spera che trasformi i trecento impiegati in una massa urlante, pronta a reclamare il bonus e addirittura un referendum contro "il clima aziendale negativo che favorisce la presenza del killer", tirato nuovamente fuori da Crudelia come se fosse un argomento sul quale sia possibile chiedere una votazione contro o a favore.

L'assemblea comincia tra un'ora e Colombo mi guarda con venerazione, quasi fossi una dea dell'Olimpo. «Allora, che sorprese ci riservi oggi? Sei ancora contraria all'idea del referendum?»

Per me il bonus è già sufficiente: «Credi che, se votassimo compatti contro il clima aziendale, il killer smetterebbe di ucciderci? Potremmo anche denunciare alla magistratura quelli che non voteranno contro: l'assassino sarà di sicuro uno di loro» dico ironica.

«Cosa ti è successo? Non sarai mica tornata la Zanardelli di una volta? Tutta casa, papà e ufficio» risponde Colombo sospettoso.

Per un attimo mi auguro che il direttore strangoli prima lui di me, ma poi riacquisto la lucidità: «Senti, e se invece del referendum proponessimo una mozione da mandare ai giornali? Così Vernini sarebbe costretto a tenerne conto».

La mia idea lo colpisce come un dardo nel petto, perché all'improvviso sussulta: «Questo sì che è geniale! La scrivi tu? Magari poi vengono a intervistarci».

Ormai non posso più tirarmi indietro. «Va bene, aspetta dieci minuti che butto giù due righe.»

«Ok.» Si allontana in silenzio, lanciandomi uno sguardo complice e orgoglioso.

E adesso cosa scrivo? Non ho la penna fatata di Crudelia, così cerco tra le vecchie mail una sua mozione da scopiazzare.

Ne trovo una che potrebbe andare bene, la leggo tutta concentrata e comincio a scrivere: "Il sindacato chiede di incontrare la sede centrale per far chiarezza sul comportamento del dottor Vernini, che si rifiuta di prendere nella dovuta considerazione il pericolo corso quotidianamente dai lavoratori della nostra azienda, a causa della presenza di un serial killer. Ciò è assolutamente irrispettoso delle norme indicate dal CCNL e dalla disposizione 320 in materia di Regolamento interno sulla sicurezza del personale dirigente e non dirigente, varata il 13.07.2005. Tale Regolamento dovrebbe essere esteso alla protezione dal rischio di omicidio, oltre che da quello già compreso di infortunio, proprio in conseguenza degli ultimi gravi avvenimenti che stanno colpendo la sede di Milano.

Il sindacato richiede inoltre che ai lavoratori colpiti da disturbo post-traumatico da stress, derivato appunto dalla presenza di un assassino aziendale, venga riconosciuto il diritto di assentarsi dal posto di lavoro per cure mediche e psicologiche. Si prega quindi l'Azienda di sospendere le eventuali contestazioni disciplinari nei confronti dei lavoratori che si allontaneranno dal posto di lavoro nei prossimi giorni per ricevere le cure necessarie anche in luoghi quali terme e centri benessere, per vincere e superare lo stress di cui soffrono.

Il sindacato chiede inoltre di estendere a tutti i lavoratori della sede di Milano, indipendentemente dalla loro qualifica aziendale, la cifra lorda e uguale per tutti di euro tremila, a titolo di bonus per lo stress subito in questi mesi. Si ritiene inoltre gravissimo lo scarso impegno da parte del dottor Vernini nella ricerca del serial killer, libero ormai di colpire indisturbato i colleghi della Pianificazione e Controllo. Il sindacato teme infatti un'escalation che conduca al verificarsi di simili episodi anche in altre aree aziendali. Nessuno dei lavoratori può veramente considerarsi fuori pericolo.

Copia di tale mozione verrà inviata anche ai giornali locali e nazionali, con preghiera di pubblicazione".

L'ho scritta di getto e la rileggo con più calma: è veramente ignobile! I giornalisti manderanno in stampa una porcheria del genere solo per farsi quattro risate alle nostre spalle, visto che reclamiamo i fanghi termali a spese dell'azienda. Ma Vernini schiumerà di rabbia quando la vedrà: le sue pulsioni assassine – nei confronti dell'autrice, ovvero io – schizzeranno di sicuro alle stelle.

Faccio un gesto per attirare l'attenzione di Colombo e gli bisbiglio sottovoce: «L'ho scritta, te la mando per mail?».

Lui annuisce come un carbonaro e io schiaccio il pulsante di invio. Lo osservo mentre legge: è attento e soddisfatto... poi all'improvviso lancia un urlo come se avesse avuto un orgasmo: «Ah, l'idea delle terme è fantastica! A Vernini verrà un accidenti!».

Arriva velocemente alla fine della mail e mi si avvicina furtivo: «Guarda, ho capito che la storia delle terme te la sei inventata per provocare Vernini – ti conosco abbastanza per sapere quando scherzi! – ma secondo me funziona. Voglio vederlo agonizzare mentre legge questa vaccata. Però non lo dire a Crudelia: lasciamo che lei ci creda veramente».

Allora il sindacato non è così compatto come sembra! Ma non è il momento di fargli troppe domande. «Va bene, rimarrà un segreto tra noi. Il fine giustifica i mezzi: la mandi tu a Crudelia, così penserà che sei d'accordo e ce la lascerà presentare?»

Colombo mi fa un sorriso zuccheroso e ammicca come un innamorato: «Non ti preoccupare, so come prenderla».

Sbircio l'orologio: tra cinque minuti una marea di persone avrà gli occhi puntati su di me che declamo la mozione. Come farò a non svenire davanti a tutti?

Colombo si alza dalla scrivania e annuncia: «Su, vieni, è arrivato il momento di andare!».

Mi si piazza davanti con aria decisa: vuole scortarmi in sala congressi come fanno le guardie carcerarie in Texas, quando accompagnano il condannato nella sala dell'iniezione letale.

Ma io non riesco a scollare il sedere dalla sedia: ho letto da qualche parte che i condannati a morte diventano apatici e indifferenti prima dell'esecuzione, e io mi sento proprio così. Il fatto di essermi condannata da sola, con l'unica speranza che Michele riesca a sfilarmi la testa dal cappio un secondo prima che Vernini tiri la corda, non è una gran consolazione.

La voce di Colombo arriva da lontano, come se fossi già nell'oltretomba: «Dài, vieni, ti aspettano tutti». Poi anche lui si accorge che sono un po' frastornata, perché, abbassando il tono, mi sussurra nell'orecchio: «Ci si sente così la prima volta che si parla in assemblea. Non preoccuparti, ti presento io!».

La sua promessa mi sveglia dal coma. Lo guardo con terrore: «E che cosa dirai?».

Diventa quasi paterno: «Fidati di me», e mi tira letteralmente su dalla sedia per portarmi fuori sottobraccio. Ci avviamo insieme lungo il corridoio, e sempre tenendomi per il braccio fa una veloce deviazione per prendere un foglio dalla fotocopiatrice: «Ti ho stampato la mozione, così puoi leggerla in assemblea!».

Poi si infila nell'ascensore. Pigia il pulsante e mi dà una pacca cameratesca sulle spalle: «Chi l'avrebbe mai detto che la Zanardelli sarebbe diventata un tribuno della plebe!».

La manata ha un inaspettato effetto rivitalizzante: mi scuote dal torpore, facendomi tornare la voglia di dirgli qualcosa di orribile sui plebei come lui. Quando sto per rispondergli per le rime, sento un groppo che mi blocca il fiato in gola: non riesco a deglutire né a respirare! Il terrore mi invade: è come se fossi chiusa dentro di me, annientata da una paura mai provata in vita mia.

Afferro d'istinto il braccio di Colombo, come per chiedergli aiuto, mentre continuo a non respirare. Lui si gira verso di me e mi guarda con tenerezza: «Allora piacciono anche a te i complimenti».

Ha evidentemente scambiato quella mia stretta da panico per un segno di riconoscenza, perché con un'inaspettata dolcezza mi spinge per farmi uscire dall'ascensore prima di lui – che gentiluomo! –, ma la mia gola rimane chiusa e non so quanto potrò resistere in questo stato.

Improvvisamente, fuori dall'ascensore, tiro un sospiro che sembra il rantolo di un moribondo. Colombo non si accorge di niente e si dirige tutto baldanzoso verso la sala congressi, mentre io riprendo il controllo delle mie funzioni polmonari, anche se temo che possa ricapitarmi qualcosa del genere tra cinque minuti.

Infatti, appena vedo Crudelia sulla porta della sala congressi che dice a un paio di colleghi: «Eccola, è arrivata!», ho di nuovo quella sensazione di soffocamento: forse è veramente così che si sentono i condannati prima di morire.

Vengo trascinata dentro la sala e fatta accomodare a un tavolo piazzato di fronte a un'infinità di sedie occupate. Alla mia destra prende posto Colombo e alla mia sinistra Crudelia, che guarda vittoriosa i colleghi.

Ho la stramba sensazione che tra me e la realtà ci sia un fossato largo un chilometro, impossibile da attraversare, oltre il quale centinaia di sguardi mi fissano in silenzio... poi però noto due occhi azzurri staccarsi dalla marea delle altre iridi: sono di Federico, seduto in prima fila.

Che vergogna: dovrò dire tutte quelle scemenze davanti a lui, col terrore di impappinarmi per l'imbarazzo. Lo spio di sottecchi e... sì, mi sta guardando!

Allora alzo lo sguardo e lui mi fa un sorriso caldissimo, come un amico fedele venuto a darmi un po' di conforto. Vorrei poterlo ricambiare, ma i miei muscoli facciali sono fuori controllo e ho l'espressività di una statua di cemento.

Sento la mano di Colombo che si posa sulla mia: vuole dare a intendere che siamo complici di vecchia data. Poi, non contento, mi stringe a sé con un'aria protettiva così disgustosamente falsa da farmi rivoltare lo stomaco. Attacca quindi il suo discorsetto: «Cari colleghi, sono contento che siate venuti al nostro incontro, perché oggi parlerà la nuova iscritta al sindacato, Francesca Zanardelli, che forse non tutti conoscono personalmente, anche se sanno benissimo chi è. È stata lei infatti a trovare la povera Sereni in bagno. In ufficio erano sedute di fronte e adesso ci racconterà qualcosa di quei momenti terribili in cui l'ha vista morta».

Si gira quindi verso di me con un ghigno da sciacallo. Ma io faccio finta di non averlo sentito e continuo a restare in silenzio. Lui allora riprende: «Anche Santi era seduto davanti a lei e Galli era il suo capo. Quindi, se c'è qualcuno che può parlarci del serial killer, questa è proprio la Zanardelli».

Sta davvero esagerando. Non riesco a trattenermi e lo fulmino: «Perché non dici che sono io che porto sfiga?».

Colombo cerca di recuperare terreno: «Voglio solo far capire ai nostri colleghi che la tua mozione sulle cure termali per guarire dallo stress nasce anche da un bisogno personale, visto che tra i presenti sei quella che è stata colpita più duramente dalla vicenda!».

È proprio un bastardo a tirar fuori la storia delle terme prima che io abbia letto la mozione: «Scusa, ma non ti ricordi che siamo in ufficio insieme? Se il killer ammazza solo quelli della Pianificazione, allora il prossimo potresti pure essere tu!».

Diventa bianco come un cencio, forse adesso si sente soffocare anche lui. Riprende dopo qualche secondo, finalmente più ragionevole: «Insomma, la Zanardelli ci spiegherà perché il sindacato può aiutare i lavoratori in momenti così difficili. Dobbiamo restare uniti a combattere per i nostri diritti, primo fra tutti quello di vivere, ma anche di vederci riconosciuti i danni derivanti da un ambiente di lavoro così ostile, al punto da provocarci un disturbo post-traumatico da stress, costretti come siamo a misurarci quotidianamente con la paura di morire!».

Un collega alza la mano: «Ma il disturbo post-traumatico è quello dei soldati che vanno in Iraq e quando tornano stanno male e non dormono più?».

Colombo riparte: «Sì, è tipico delle situazioni di guerra o di conflitto, proprio come quello che stiamo vivendo noi».

Il collega insiste: «Ma allora ce l'ho anch'io! Da quando è arrivato il serial killer, faccio fatica a prendere sonno e al mattino mi sveglio più stanco di quando sono andato a letto».

Colombo gongola: «Credo che tu abbia diritto a delle cure! Ma senza usare le ferie, perché la direzione non si sta impegnando a proteggerci dall'assassino, né tantomeno si preoccupa della salute dei suoi impiegati! Anche in America, purtroppo, i soldati che tornano dall'Iraq non ricevono assistenza adeguata...».

Mentre Colombo tuona sui reduci di guerra, guardo Federico con la coda dell'occhio: sembra tranquillo e per nulla turbato dalle cazzate che fioccano fitte come la neve. Anzi, mi fa un altro sorriso, come se avesse capito che sto recitando la parte sbagliata. Spero che non si metta a ridere, quando tirerò fuori la storia dei centri benessere.

Colombo intanto è scatenato: «Il sindacato ha pensato a voi quando è stata scritta la mozione. La Zanardelli adesso ve la illustrerà! Chiederemo un bonus di tremila euro lordi come risarcimento dello stress nel quale siamo immersi, giorno dopo giorno». Fa quindi una pausa a effetto e proclama solenne: «TREMILA EURO LORDI PER TUTTI!», alzandosi in piedi e invocando l'applauso, che arriva subito vigoroso.

A questo punto mi passa la mozione, come se fossi la sua segretaria, ed esclama pieno di gioia vibrante: «Leggi!».

Prendo in mano il foglio, guardo per un secondo Federico, e comincio a leggere: «Il sindacato chiede di incontrare la sede centrale per fare chiarezza...».

Hanno votato a favore della nostra mozione termale duecentosettantadue lavoratori su duecentosettantadue presenti: c'è stata persino una standing ovation, mentre Colombo mi alzava il braccio come se avessi vinto il Gran Premio di Montecarlo. Non so che faccia avesse Federico, perché cercavo di fissare un punto lontano al di là delle finestre, tanto era l'imbarazzo di star lì col braccio alzato manco fossi Alonso.

Quando siamo tornati in ufficio, Parodi non ha smesso di fissare il computer, e Rivarbella ci ha evitato per tutto il giorno. Colombo invece continuava a tormentarmi: «Adesso cosa potremmo fare? Ti viene in mente nient'altro?».

No, avevo la testa vuota. L'unica cosa che ho fatto è stata incrociare le braccia e non toccare più i conti per tutto il resto della giornata. Meno lavoravo, e più Vernini si sarebbe incazzato con me fino a tornare di nuovo sulla via del crimine, come scriverebbe uno dei pennivendoli della cronaca nera.

Adesso sono le tre del mattino, sto guardando Mtv da quattro ore e ingurgito litri di caffè per combattere la tentazione di chiudere le palpebre. L'insonnia è diventata un tormento, ma i sogni sono ancora peggio. Sto incollata ore e ore davanti alla televisione pur di rimanere sveglia, ma poi, per quanto cerchi di oppormi, crollo e mi addormento. L'altra notte, la peggiore di tutte, ho sognato che Vernini mi legava alla scrivania con la corda bianca. Ma non voleva uccidermi, anzi: i suoi occhi scuri mandavano lampi di lussuria, mentre mi imbrigliava con la fune come un raffinato esperto di bondage. Nei miei incubi vedo anche sfilare il cadavere della Sereni, la faccia sghignazzante di Santi, il collo gonfio del povero Ferrari impiccato, Galli morto nei giardinetti, e apro gli occhi di soprassalto con la sensazione di soffocare.

Comincio allora ad ascoltare i rumori della notte con il terrore di sentire qualcuno che cerca di aprire la porta blindata, e guardo ancora un film, nella speranza di restare sveglia fino alla mattina, quando uscirò dal fortino per andare a lavorare.

Ora però mi viene un'idea folle: dare un'occhiata alla casa di Vernini. Non so quante volte sono passata in macchina sotto quella di Maurizio e della sua biondina sciapa, perché lo volevo vedere anche solo mentre entrava nel portone; ormai sono un'esperta di appostamenti. Bisogna procedere lentamente, fino a quando non trovi un parcheggio adatto, né troppo vicino, né troppo lontano, e poi fermarsi ad aspettare.

Mi vesto ed esco, sfidando il buio. Ho una paura terribile a scendere da sola per salire in macchina, ma secondo me il direttore, di notte, non ammazza nessuno. Sta a casa con la moglie a fingere di essere il marito perfetto. Non sgattaiola fuori qualche ora prima dell'alba per strangolare i dipendenti, con il cappotto sopra il pigiama.

Salgo in macchina e punto verso piazzale Cadorna. Vernini abita in via Vincenzo Monti, vicino a Maurizio, quella zona la conosco benissimo.

Arrivo sotto casa sua: parcheggio e spengo il motore, senza scendere. Il palazzo è nello stile liberty che mi piace tanto, con la facciata dipinta di giallo. In un posto così, non avrei i soldi nemmeno per comprare un monolocale di dieci metri quadrati, ammesso che esista.

Guardo se c'è qualche finestra illuminata, ma è tutto buio. Chissà di cosa parla Vernini con la moglie, visto che passano la vita a lavorare. Forse lei gli racconta di aver vinto l'ennesima causa contro degli impiegati vittime di mobbing, mentre lui le legge le mozioni di Crudelia, sperando di trovare un appiglio per sbatterla fuori dall'azienda. Sono convinta che la signora Vernini non sappia che suo marito strangola i dipendenti, magari in questo periodo le sembra solo più nervoso del solito.

Dopo un'ora passata al freddo, torno a casa con una gran voglia di piangere. Non provo neanche a mettermi a letto e accendo il computer per controllare se c'è una mail di papà. La mamma gli detta tutti i giorni un "diario di bordo per Francesca" – l'ha chiamato lei così –, pieno di sdolcinate descrizioni della dannata crociera, in cui sembra regredita alla felicità spensierata di una ragazzina alla sua prima vacanza.

Trovo una mail con una nuova puntata, dedicata ai vicini di tavolo, che hanno due figli, di cui una della mia età: "Sai che è fidanzata anche lei con un bravo ragazzo? E tu quando ci farai conoscere Federico?". Papà chiude con due righe scritte da lui: "Ti voglio bene pure se non porterai mai Federico a casa nostra: sei libera di fare tutto quello che vuoi! Ciao, papà".

Vorrei rispondergli che non conosceranno mai Federico: morirò zitella e anche molto presto, perché il direttore da un paio di giorni ha smesso di salutarmi e non entra più nel nostro ufficio. Mi considera ormai una *risorsa* irrecuperabile e cercherà di strangolarmi prima che chieda il bagno turco accanto alla sala congressi o la massaggiatrice nella pausa pranzo.

Resisto alla tentazione di lasciare un messaggio d'addio a mio padre e gli rispondo: "Mi raccomando, non ti preoccupare: sto benissimo. Se ti scrivo a quest'ora, è solo perché volevo fare un po' di ginnastica in camera, prima di andare al lavoro". Spero tanto di rivederlo, povero papà.

In questi giorni Michele mi aspetta sotto casa al mattino, mentre di sera è davanti all'ufficio con la macchina accesa. Sta quasi diventando una routine, almeno per lui, come se pedinarmi in auto fosse la cosa più naturale della terra. Ma lo conosco: se ha deciso di farlo, non perderà tempo a discuterne ancora. C'è solo un problema. Domani è il 12 aprile, e i miei genitori torneranno dalla crociera. Devo inventarmi qualcosa per fare impazzire Vernini, subito.

Sono seduta alla scrivania a meditare un piano d'attacco, quando intravedo Laura che esce dall'ufficio imperiale per scendere nello sgabuzzino del terzo piano a bere un caffè. Sono le uniche pause che si concede nella giornata, lasciando sguarnita la sua postazione di guardia. Forse Vernini è chiuso dentro il suo ufficio per una riunione.

Mi si accende una lampadina – sicuramente un po' fulminata, viste le mie condizioni mentali – e dico a Colombo: «Vieni con me nella stanza del direttore. Io mi siedo alla scrivania di Laura, sparo qualche cazzata e tu mi riprendi col cellulare. Poi postiamo il video su YouTube. Ce l'hai già un canale sul quale pubblicare i video?».

Colombo è in estasi: «Certo che ce l'ho un canale! Due *clic* e siamo online!».

«E allora seguimi!»

Lui tira fuori l'iPhone e me lo punta contro a mo' di arma: «Vai, Zanardelli, sei grande!».

Usciamo dal nostro ufficio, attraversiamo il corridoio e ci guardiamo intorno per controllare che non ci sia in giro nessuno. Sì, sembra tutto tranquillo.

Spingo la maniglia dolcemente e apro la porta senza fare rumore. Entriamo adagio, guardinghi come se fossimo una coppia di ladruncoli.

La scrivania di Laura è libera e mi siedo al suo posto. Poi faccio segno a Colombo di riprendermi. Lui si posiziona con l'iPhone di fronte a me e fa partire la telecamera.

Io, allora, a voce altissima, comincio a parlare senza quasi capire cosa sto dicendo. Mi vengono in mente solo le frasi di quei repellenti talk show col plastico della scena del delitto: «Buongiorno, saluto tutte le persone che ci stanno guardando. Vi parlo dall'Azienda Omicidi, come ormai ci chiamano in Italia, dove lavoro da dieci anni nell'unità della morte: la Pianificazione e Controllo. Noi dipendenti rischiamo la vita tutti i giorni per portare a casa un ben misero stipendio...».

Non riesco a finire la frase, perché la porta dell'ufficio di Vernini si spalanca di botto e lui appare nel suo metro e novanta di altezza. Ha le narici fumanti come quelle di un drago e urla: «Zanardelli, cosa diavolo ci fa qui? Torni immediatamente al suo posto!».

Colombo ha la prontezza di spirito di girare l'iPhone per inquadrare anche il direttore, ma poi vede con la coda dell'occhio che mi sto sbracciando come una che sta per affogare perché voglio essere ripresa nuovamente.

Torna quindi a voltarsi verso di me mentre io ricomincio a urlare: «Siamo sottoposti a continue minacce. La nostra vita è in pericolo». E poi strillo: «AIUTATECI!!!».

Mentre starnazzo, Vernini si lancia a peso morto su Colombo per strappargli il cellulare.

Sbraito: «Colombo, caricalo su YouTube prima che te lo porti via!».

Lui cerca di smanettare sull'iPhone ma Vernini riesce a

strappargliela dalle mani, berciando: «Buffoni, siete dei patetici buffoni!».

Poi rientra nel suo ufficio e si chiude dentro a chiave.

Il povero Colombo ha l'aria di un bambino a cui abbiano portato via il suo gioco preferito. Sembra sul punto di mettersi a piangere e poi balbetta: «Mi ha rubato l'iPhone!».

Lo rassicuro: «Stai tranquillo, vedrai che cancella il video e poi te lo restituisce!».

Ma lui è agitatissimo: «E se si guarda tutti i miei video?».

Mi accorgo che sta diventando rosso. Gli chiedo stupita: «Ma perché, scusa, che video hai sul cellulare?».

Lui allora strepita: «Zanardelli, fatti gli affari tuoi! Cretino io che ti ho dato retta».

Mentre cerco una risposta adeguata, Vernini mette la testa fuori dal suo ufficio: «Uscite di qua o chiamo la polizia!».

Colombo lo supplica: «E l'iPhone? La prego, direttore, lo rivoglio...».

Vernini è serissimo: «Certo che lo riavrà, ma prima intendo fare una copia di certi video che mi sembra di aver intravisto... è sua moglie la signora?».

Colombo allora si volta verso di me: «Mi hai rovinato, stronza!».

Esco velocemente dal sacrario del direttore, seguita dal mio collega che continua a insultarmi.

Tanto non mi offendo: anche se il video non lo vedrà mai nessuno, ormai ho la certezza che il direttore cercherà di ammazzarmi subito, prima che gliene combini un'altra. Se invece mi fossi sbagliata – e l'assassino non è Vernini – ad ammazzarmi ci penserà comunque Colombo. Anche senza la corda bianca. A mani nude.

Nel pomeriggio il direttore è entrato nel nostro ufficio e ha posato l'iPhone sulla scrivania di Colombo, ridacchiando: «Carina la signora... un po' troppo giovane per essere sua moglie, però! Che ne direbbe se pubblicassi i suoi video su YouTube? Ci sono un paio di scene molto interessanti, in cui si vede abbastanza bene anche lei...».

Colombo ha fatto un sorrisetto tutto imbarazzato: «Caro

dottor Vernini, le sarei davvero grato se si dimenticasse quello che ha visto...».

Allora Vernini ha alzato la voce: «Io non mi dimentico niente!», ed è uscito con la velocità di un turbine per evitare nuove suppliche da parte del contabile pornografo amatoriale.

Colombo è rimasto zitto fino a quando Vernini è tornato nel suo ufficio e poi ha fatto un salto da Tarzan verso la mia scrivania: «Non mi chiedere più niente, Zanardelli, con te ho chiuso, tu porti solo sfiga! Me ne sbatto del sindacato e del serial killer, perché c'è solo una cosa che per me conta veramente: i cazzi miei!». Poi si è seduto di nuovo al suo posto e si è concentrato sullo schermo del computer senza mai distogliere lo sguardo, come se non esistessi.

Alle sei sono scivolata fuori dall'ufficio, Michele mi stava già aspettando in macchina col motore acceso. E adesso sto guidando con l'occhio fisso sullo specchietto retrovisore per vedere se mi segue. Desidero veramente che Vernini cerchi di strangolarmi stasera, perché se non lo fa dovrò cominciare a prendere in considerazione l'ipotesi che forse mi sono sbagliata. E il mio sarebbe un doppio autogol. Il direttore si vendicherà spostandomi sul serio in un sottoscala a fare i conti col pallottoliere, e Colombo riuscirà a farmi venire un'ulcera duodenale acuta, di quelle perforanti che non ce la fai neanche ad arrivare al pronto soccorso.

Sento il rumore di un clacson: chissà se suonano a me. La mancanza di sonno mi inebetisce e ho delle occhiaie chilometriche, che si allungheranno ancora di più se non succede qualcosa.

Sto percorrendo lentamente un vialone, quando ho l'impressione di scorgere il direttore su una macchina scura dietro la mia. C'è poca luce, però, e non sono sicura che sia lui. Cerco nella borsa il cellulare per chiamare Michele e dirgli che forse è la serata giusta, ma le mani mi tremano così tanto che non riesco a trovare il suo numero in rubrica. Ho il cuore che batte come un tamburo, un sudore freddo mi impregna la camicetta.

Arrivo sotto casa. Potrei scappare senza fermarmi, ma

penso alle ultime notti passate ad ascoltare i rumori delle finestre che scricchiolano per il vento e decido di andare avanti con il piano. Parcheggio e scendo dalla macchina.

Rimetto il cellulare in borsa, senza chiamare Michele. Se mi vedesse parlare al telefono, Vernini potrebbe insospettirsi. Se mi ha davvero pedinato, mi seguirà dentro casa per strangolarmi dove non ci vede nessuno, una cosa intima tra noi due.

Infilo la chiave nel portone e la giro pianissimo, ma di Vernini neanche l'ombra. Spingo lentamente la porta verso l'interno e – aiuto! – una mano mi stringe il braccio. Mi volto di scatto: è Gino Pisani, l'autista di Vernini! Indossa una specie di giubba militare, di quelle piene di tasche, che gli dà l'aria da pescatore avvinazzato della domenica. Porta anche un cappellino con la visiera abbassata fino agli occhi, mentre la faccia molle e rubiconda è piegata in una strana smorfia crudele, come se stesse recitando la parte del cattivo.

Lo fisso con gli occhi spalancati, fino a quando un pensiero si stacca dalla corteccia cerebrale: "Ho sbagliato tutto. Il killer è quello sfigato di Gino!".

L'idea che sia Pisani a strangolarmi invece del direttore è un insulto a tutte le mie intelligenti supposizioni. Ma questi inutili rimpianti da moribonda vengono interrotti dal killer aziendale che mi spinge velocemente nell'atrio, mentre un'altra persona si infila nel portone prima che si richiuda. Mi giro sperando di vedere Michele già arrivato a salvarmi, ma non è lui. È il direttore, con un cappotto di cammello e dei guanti di pecari, decisamente fuori stagione dato che siamo in aprile. Nella mano stringe una valigetta ventiquattrore.

Oddio! Non avevo previsto che fossero in due: come farà Michele a fermarli? Va a finire che ci strangolano entrambi!

Vernini non finge di essere venuto per una visita di cortesia: «Stia zitta, altrimenti se ne pentirà!» mi ordina, mentre Pisani mi serra il braccio con la potenza di una morsa.

Gino mi fa segno di entrare in ascensore. Obbedisco senza fiatare. Durante la salita guardo Vernini di sottecchi: ha la stessa espressione concentrata di quando parla di far scorrere il sangue nelle arterie aziendali. Avevo ragione io: è uno psicotico puro. Arrivati al mio pianerottolo, mi ordina con voce ferma: «Le chiavi, svelta!».

Comincio a frugare nella borsa. Ho le mani che tremano e non riesco a trovarle. Rovisto disordinatamente tra penne, fazzoletti appallottolati e scontrini, fino a quando Vernini sussurra rabbioso: «Pensa di farcela per domani mattina? Vuole chiamare uno dei suoi rappresentanti sindacali per farsi aiutare? Chissà che non riusciate a mettere insieme un paio di neuroni, unendo le forze!».

Non riesco a controbattere niente, il mio cervello è in black out. Lo osservo con la fissità di una triglia lessata. Mi sembra addirittura che il tempo si sia fermato, e anche i miei movimenti devono essersi rallentati, perché le parole di Vernini mi arrivano lontanissime: «Si muove a cercare le chiavi?».

Sto per morire. Questo pensiero mi attraversa di colpo la mente come una cometa e sblocca la paralisi. Il cuore e la testa ricominciano a funzionare, ma a un ritmo accelerato. Il cuore fa un *pum pum!* fortissimo che mi rimbomba nelle tempie, mentre realizzo che tra pochi secondi sarò in casa da sola, insieme a loro due. E quando la porta si sarà richiusa dietro di noi, potrò solo sperare che Michele arrivi subito dopo i duecento secondi concordati e mi trovi ancora viva.

Vernini adesso abbaia: «Ma sente quello che le dico o no?».

«Sì, sì!» gli rispondo atterrita, afferrando il ciondolo del portachiavi. Però non ho il coraggio di tirare fuori le chiavi e consegnarle ai miei futuri assassini, sarebbe come firmare la mia condanna a morte. E se facessi finta di averle perse?

Uno strattone del direttore risolve i miei dilemmi: «Mi dia la borsa!».

Tanto vale che apra io: «No, un attimo, le ho trovate!».

Giro la chiave nella toppa più lentamente che posso ed entriamo nel fortino. Accendo la luce dell'ingresso. Mentre i due si guardano intorno per capire com'è fatta la casa, ributto le chiavi nella borsetta. Così non dovrò chiudere la porta, che si può aprire anche dall'esterno: l'unica falla nel sistema di sicurezza messo in piedi da papà.

Il direttore se ne accorge: «Ma cosa fa? Le tiri fuori di nuovo!».

Io allora ricomincio a scandagliare la borsa, mentre lui bisbiglia: «Lasci perdere, tanto ci mettiamo poco!», e mi spinge verso la sala da pranzo.

Cerco disperatamente qualcosa da dire per guadagnare tempo prezioso, però in testa ho solo il vuoto. E se corressi in cucina a prendere il coltello del pane? Ma non credo che riuscirei ad avvicinarmi al cassetto delle posate, Pisani mi acciufferebbe prima che sia riuscita anche solo a fare un passo.

Quel maledetto nel frattempo ha acceso la luce della sala e si è avvicinato al tavolo da pranzo. Guardo i piedi dei miei futuri assassini: indossano lo stesso modello di scarpe, con la suola di cuoio. Paiono nuove: probabilmente le buttano via ogni volta che ammazzano qualcuno. Ma non è il momento di rubare il lavoro agli ERT, che avranno da fare pure qui, se Michele non si sbriga a salvarmi.

Riesco a balbettare: «Mi ucciderete?».

«Perché, non l'ha ancora capito?» risponde brusco Vernini, mentre Gino prende da una delle tasche una bottiglietta. La appoggia sul tavolo: è di sicuro l'etere che hanno usato con Santi, Forforella e Galli.

«È lui che mi strangolerà?» tartaglio, vedendo Pisani che strappa un pezzo di cotone, spuntato sempre da una delle tasche.

Il direttore sembra molto compiaciuto: «Gino è bravissimo: ha la mano delicata!». Poi ride come una iena della sua battuta e prosegue: «Di solito lo mando da solo a fare certi lavoretti, ma questa volta sono venuto anch'io. Volevo vedere la sua faccia, Zanardelli, quando avrebbe capito che non vi darò il bonus per le terme!».

Continuo a farlo parlare per prendere tempo: «Non avete paura che vi scoprano?».

«Se prima riesco ad ammazzare una ventina di cretini come lei, andrò in pensione contento» ghigna Vernini, mentre Pisani ha già imbevuto di etere il cotone.

«Vorrà dire in prigione» farfuglio, con gli occhi fissi sulla bottiglietta.

Ho toccato un nervo scoperto, perché il direttore scatta: «In prigione ci vanno solo gli idioti come Ferrari!».

No! Anche se è l'ultimo minuto di vita che mi resta, non gli permetterò di dare dell'idiota al mio ex capo: «Non sporchi la sua memoria! Era innocente e si è ucciso per colpa vostra! Avrete anche lui sulla coscienza».

Vernini si infuria: «Ferrari non si sapeva controllare. Gli avevo detto di stare attento con Santi, ma c'era cascato come un pollo! Quel parassita non aspettava altro: voleva una scusa per farci causa e lui gliel'ha servita su un piatto d'argento».

Insisto: «Se voi non aveste ucciso Santi, Guidoni non avrebbe arrestato Ferrari».

Adesso Vernini sembra non solo arrabbiato, ma anche orribilmente nauseato: «Santi mi aveva proposto di ritirare la denuncia se l'avessi promosso a quadro. Le sembro il tipo che si fa ricattare da un impiegato?».

Non posso credere che il direttore abbia preso Santi sul serio: «Nessun magistrato avrebbe mai giudicato la frase di Ferrari come una vera minaccia di morte».

Il rancore gli deforma la voce mentre grida: «Non mi parli di giudici e tribunali! Sono stato costretto a riassumere dei cretini che rispondevano al telefono, come se quello fosse un vero lavoro!».

Avevo ragione! È stata la sentenza l'"evento traumatico" che l'ha fatto uscire di testa. Ma adesso devo continuare a farlo parlare. Meglio che si sfoghi, che mi insulti, ma che perda qualche minuto prima di dare a Pisani l'ordine di giustiziarmi: «E Forforella e Galli? Come li ha scelti?».

Mi strilla in faccia: «Perché se lo meritavano! Non avevo assunto la Sereni per indovinare il menu del giorno al bar vicino all'ufficio. E Galli non si doveva permettere di chiedere agli altri di modificare il consuntivo di nascosto».

Adesso è tutto chiaro: «Se li avesse potuti licenziare, oggi sarebbero ancora vivi?».

Il direttore scuote la testa come se un'ombra di pentimento scendesse nel suo algido cuore, ma non è dispiaciuto, solo rassegnato, perché confessa: «Sì, ucciderli era l'unico modo per toglierli di mezzo. Voi impiegati siete intoccabili per quel maledetto articolo 18. L'unico che avrei potuto licenziare era Galli, ma aveva troppi amici influenti e mi avrebbe fatto causa. Avrei speso più in avvocati che non a tenerlo chiuso in un ufficio a far niente».

Voglio sapere proprio tutto: «Perché ha fatto uccidere la Sereni nel bagno dell'azienda? In fondo era pericoloso: qualcuno avrebbe potuto vedere Pisani».

Il direttore scoppia in una risata sarcastica: «Ero stufo di tutti quegli impiegati che passavano ore a prendere il caffè, beati e contenti a spasso per i corridoi. C'è stato bisogno di ammazzarne uno per rimetterli tutti in riga!». Poi mi guarda con un disgusto infinito: «Non doveva comportarsi così con il dottor Rivarbella. Le avevo trovato un buon capo e lei lo trattava come se fosse il suo segretario».

Avrei voglia di spiegargli che con me si è sbagliato – non sono mica come la Sereni! –, ma tanto ormai non se ne andrebbe chiedendomi scusa.

Lo provoco: «Quindi anche lei pensava che Galli fosse un pessimo capo? Ma forse le sto facendo una domanda inutile, visto che l'ha fatto strangolare!».

Riesco a farlo parlare un altro po', perché risponde irritato: «Zanardelli, lei deve imparare a stare al suo posto: non può chiedermi cosa penso di un suo superiore gerarchico!».

«Direttore, doveva pensarne molto male se l'ha fatto uccidere!» ribatto.

«Le ripeto che non ha il diritto di giudicare un suo superiore, lasci a me questo compito. A lei possono venire in mente solo il bonus contro lo stress e il bagno turco di lunedì mattina!»

Sulle cure termali sono effettivamente a corto di argomenti, e mi sto agitando sempre di più perché Michele non compare. Avrà di sicuro chiamato la polizia quando mi ha vista entrare con Pisani e Vernini, ma non credevo che sarebbe stato così vigliacco da aspettare le volanti per salire insieme ai poliziotti. Ormai sono abbondantemente passati i duecento secondi del nostro accordo. Cosa diavolo gli è successo?

Mi attacco a Colombo, pur di continuare la conversazione: «Farà strangolare anche Colombo, dopo che ha trovato dei video porno sul suo cellulare, o vuole solo ricattarlo? Gli chiederà di fare la spia e di raccontarle cosa sta complottando con Crudelia?».

Vernini è al limite. Si volta verso Pisani e gli strilla: «La faccia tacere, Gino, per favore! Io me ne vado. Se sento questa donna dire un'altra parola, le taglio la lingua. E non ho voglia di sporcarmi di sangue!».

Con gesti rapidi apre la sua ventiquattrore e tira fuori un rotolo di corda bianca, che consegna a Gino. Lo schiavo risponde, sollecito: «Dottore, non si preoccupi, faccio tutto io!».

Il direttore si incammina verso la porta, evidentemente non desidera assistere all'esecuzione. Forse uccidere di persona i dipendenti gli sembra poco adatto al suo ruolo di CEO, mentre invece lo ritiene un incarico degno di un autista tuttofare, che può anche occuparsi di faccende poco elevate, come per l'appunto ammazzare gli impiegati.

Vernini si ferma per un secondo con la mano appoggiata sulla maniglia e dice a Pisani: «Scusi, Gino, me lo stavo dimenticando: mi passi a prendere domani mattina alle sette e mezzo». Poi mi fa un ultimo sorrisetto: «Non credo che il dottor Rivarbella se ne farà un cruccio quando non la vedrà arrivare in ufficio!».

Lo guardo terrorizzata mentre sta per uscire e provo per l'ultima volta a trattenerlo: «Sua moglie sa quello che state facendo?».

Ribatte con violenza: «Non la nomini neanche, mia moglie!».

Ho trovato il suo punto debole, meglio insistere: «Sarà anche un'avvocatessa di grido, ma vive con un assassino, come ha fatto a non essersene ancora resa conto?».

Vernini adesso prende un'espressione solenne: «Zanardelli, io non sono un assassino e non godo a veder soffrire le persone, altrimenti non la farei narcotizzare prima di strangolarla. Ma la gente come lei è inutile, e prima o poi tutti capiranno che la mia è solo un'opera di bene».

Non mi arrendo: «Allora sua moglie sa quello che fa?».

«No che non lo sa!» strepita. «Ma sarebbe contenta se le spiegassi che do l'ordine di uccidere degli iscritti al sindacato!»

Questa, se sopravvivo, la racconto a Crudelia.

«Rimetterete a posto anche me, dopo che sarò morta?» farfuglio, ormai a corto di argomenti.

Vernini abbozza un sorriso tra il presuntuoso e il misericordioso: «Io libero il sistema dai fannulloni come voi: ammazzarvi è l'unico modo per togliere di mezzo chi non serve più a nulla nel mondo del lavoro. È per questo che dico sempre a Gino di lasciare tutto in ordine: stiamo solo facendo pulizia!». Poi, stizzito, gli ordina: «Si sbrighi, per favore: questa stupida ci sta facendo perdere tempo!».

Mi vedo già morta con le mani giunte sul petto, perché Michele ormai mi ha abbandonata al mio destino. Anche se so di aver visto ormai troppo per non essere uccisa, in un insensato gesto di disperazione mi butto in ginocchio e supplico Vernini: «Le giuro che straccerò la tessera della Cgil e non parlerò mai più con un sindacalista in vita mia. E non proverò mai più a fare un video nel suo ufficio, lo prometto, ma la prego, la prego, non mi ammazzi!».

«Sbrighiamoci con questa cretina» dice gelido a Pisani. «E non si faccia impietosire dalle sue lacrime da coccodrillo. Poteva pensarci prima di organizzare assemblee sui bagni turchi!»

Io sono ancora in ginocchio ed esprimo il mio ultimo desiderio: «Può chiedere a Gino di strangolarmi in camera? Vorrei morire nel mio letto, così per lui sarà anche più facile mettere a posto».

«Va bene. Gino, la strangoli pure in camera da letto, se ci tiene così tanto!» Poi si congeda da me con un finto sorriso cordiale: «Non credo che ci rivedremo mai più, cara la mia sindacalista!». Infine apre la porta ed esce senza salutare il suo tirapiedi.

Restiamo da soli io e Pisani. So che supplicarlo non servirebbe a niente, e mi rialzo dal pavimento: proverò ad affrontare la morte con un po' di dignità. Vado rassegnata verso la camera da letto, maledicendo in cuor mio Michele, che mi ha tradito e non è arrivato a salvarmi.

Quando entriamo nella stanza, Pisani accende la luce e indica il letto: «Si sdrai, signorina!».

Mi metto distesa. Mentre lui imbeve di nuovo il cotone di etere, pronuncio le mie ultime parole: «Anche lei odia così tanto quelli che strangola?».

Gino risponde inespressivo: «Niente di personale: faccio solo quello che mi dice il dott...».

Una specie di tubo nero lo colpisce in testa. Cade di botto come un albero abbattuto dai taglialegna.

Rimango ammutolita sul letto. A malapena mi rendo conto di cosa sta succedendo. Un uomo si china sul killer privo di sensi.

Lo riconosco solo quando alza la testa e prende il cellulare dalla tasca dei pantaloni: è Federico.

Forse sono già morta e non me ne sono resa conto, oppure sono vittima di un'allucinazione pre-morte. «Cosa ci fai qui?» gli chiedo.

«Il mio lavoro» risponde serafico. Poi si siede sul letto, vicino a me, e compone un numero sul telefonino. Le molle cigolano un poco sotto il suo peso. Per essere un'allucinazione, è incredibilmente realistica.

«Sono con la Zanardelli, è fuori pericolo» dice al suo interlocutore. «Ho ammanettato Pisani. Avete arrestato Vernini?»

Ma non riesce a finire la frase, perché l'ispettore Lattanzi entra correndo nella stanza, seguito da una mezza dozzina di colleghi con le pistole spianate: «Tutto ok, agente Palizzi? Abbiamo preso Vernini, ma dov'è l'altro?».

Federico indica Pisani sul pavimento: «Eccolo, gli ho dato una manganellata in testa, chiamate un'ambulanza. Anzi, chiamatene una anche per Francesca. Sarà meglio che la visiti un medico: è sicuramente sotto choc». Poi mi sussurra in un orecchio: «Stai tranquilla, è tutto finito».

Sento la sua mano forte e asciutta stringere la mia, che invece è fredda e sudaticcia. Faccio appena in tempo a pensare: "Che vergogna, gli sembrerà di toccare un'anguilla", e scivolo dolcemente nell'incoscienza.

EROI AZIENDALI

Ho dovuto tenere il cellulare spento per non so quanti giorni, perché ero tempestata di telefonate dei giornalisti. Volevano invitarmi come ospite d'onore in televisione, senza dover più usare la controfigura per la scena del tentato strangolamento. Mi hanno persino offerto un paio di copertine, ma spero che presto tutti si dimentichino dell'"impiegata quasi uccisa dal killer", compresi i criminologi che dovranno scrivere i loro libri su Vernini senza il piacere di intervistarmi.

Il pm Guidoni mi ha spiegato tutto. L'agente Federico Palizzi, laureato in Informatica e collaboratore della polizia postale, era stato infiltrato nella nostra azienda poco prima della morte di Santi. Vernini sapeva benissimo che da noi era arrivato un poliziotto e, anzi, era stato proprio lui a proporre a Federico la copertura come consulente informatico, consigliandogli di venire solo un paio di volte alla settimana per non essere notato troppo.

Forse il direttore sarebbe stato contento di uccidere in bagno anche Santi, ma ormai in giro c'erano troppe telecamere e la presenza di un poliziotto in azienda l'aveva sicuramente reso più prudente.

Dopo il suicidio di Ferrari, il pm aveva affidato a Federico un nuovo compito: cercare le prove che fosse veramente lui l'assassino degli impiegati. Federico, mantenendo il suo lavoro di copertura, si era messo ad analizzare il computer di Ferrari, nella speranza di trovare qualche mail, magari cancellata malamente, in cui il mio ex capo minacciasse i suoi collaboratori.

Ma quando, dopo l'omicidio di Galli, era saltato fuori un altro serial killer, Guidoni aveva messo la "Confutazione e Macello" sotto osservazione, chiedendo a Federico di passare tutta la giornata nella nostra azienda. Lui si era subito accorto che Michele mi seguiva in macchina, sia al mattino che la sera, col risultato che mezza questura ci pedinava da Milano a Rozzano, nella speranza di beccare Michele a stringere la corda intorno al mio collo innocente.

Tutti ormai erano sicuri che l'omicida fosse lui – il mio caro compagno di pause pranzo! – e Guidoni sperava di chiudere il caso il prima possibile.

Nessuno quindi aveva fatto caso al duo Vernini-Pisani che si infilava nel portone insieme a me, perché erano tutti concentrati sul povero Michele. E quando il mio salvatore aveva cercato di entrare nel palazzo usando la copia delle chiavi, era stato arrestato e portato in manette su una volante.

Michele aveva supplicato i questurini di correre a casa mia, dove il vero assassino stava per uccidermi, ma il clima era così agitato che nessuno gli aveva dato retta. Solo quando Federico aveva messo la testa dentro la volante presentandosi come poliziotto, Michele era riuscito a raccontargli la mia trappola satanica per catturare Vernini, che ormai stava per trasformarsi in una tagliola suicida. Federico gli aveva creduto ed era volato a salvarmi la pelle, ordinando a Lattanzi di arrestare Pisani e Vernini se fossero usciti.

Sono rimasta da sola con i miei quasi assassini per meno di cinque minuti, anche se mi sono sembrati più lunghi di una vita passata all'inferno ad arrostire sulla graticola di un satanasso.

Ormai il direttore e Pisani sono in galera da un mese, ma non parlano, anzi, come spiegano i giornalisti delusi dal loro silenzio, "si rifiutano di collaborare e rimangono muti durante gli interrogatori. Non hanno nemmeno seguito la solita prassi di accusarsi a vicenda, nella speranza di scaricare sull'altro la responsabilità".

Guidoni ha convocato la stampa per leggere un comunicato: "La procura si dichiara addolorata per la morte del dottor Ferrari, che non ha avuto la forza di aspettare che venissero raccolte le prove per dimostrare la sua piena e totale innocenza". I cronisti si sono limitati a pubblicarlo, dimenticandosi di aggiungere le loro scuse, come se non avessero partecipato al tiro al bersaglio del mostro, col meschino supporto dei vicini impiccioni.

Solo qualche giorno fa, Vernini ha fatto finalmente una dichiarazione, anche se lapidaria: «Pisani non è colpevole: ha solo eseguito i miei ordini. E mia moglie era all'oscuro di tutto». Ma questo non salverà l'autista factotum dall'ergastolo, visto che gli impiegati li strangolava lui. Gino sarà comunque in buona compagnia: pure il dottor Vernini, mandante di tre omicidi, più uno – il mio –, per fortuna solo tentato, si beccherà il "fine pena mai".

I miei genitori sono invece usciti per sempre dalla catacomba col freezer dove si erano rinchiusi. Cercano su internet i last minute per le crociere ai Caraibi e tra due settimane partiranno di nuovo. La mamma ha smesso di delirare sul mio prossimo matrimonio, e si accontenta di avere una figlia viva, anche se zitella. Non riesco proprio a farle entrare nel cervello la parola "single".

Io sono stata trasferita al Risk Management: avevo bisogno di cambiare aria. Quando è arrivato il nuovo direttore, gli ho subito chiesto di spostarmi dalla Pianificazione, e lui me l'ha concesso "con decorrenza immediata", come riferito da Laura, che non ha più paura di parlare con noi umani quando scende a prendere il caffè. Ieri mattina chiacchierava nel bunkerino persino con Crudelia, anche se forse con lei manteneva un po' della vecchia rigidità del passato.

L'unica cosa che mi dispiace è non vedere più Federico. Sono svenuta dopo che lui aveva steso quel fetente di Pisani, ma quando mi sono svegliata sull'ambulanza non c'era più. Sparito, volatilizzato, mai più passato neanche solamente a fare un salto in ufficio.

Per il resto, le mie giornate non sono cambiate, ma passano più leggere. Alle dodici e mezzo vado sempre a mangiare alla trattoria egiziana con Michele, il quale adesso si lamenta perché rido troppo, persino delle mie battute. Ma se penso alle notti in cui rimanevo sveglia col cuore in tumulto ad aspettare Vernini, mi basta veramente poco per essere di buonumore. Anche Maurizio è scomparso dalla mia testa. Di lui non c'è più nulla: autoeliminato dalla memoria.

Mi sono addirittura iscritta a un corso di bharatanatyam, una danza indiana in cui sei obbligato a sorridere mentre balli: il sottofondo di tamburi mi fa sentire più vicina al ritmo reale della vita, più veloce e travolgente di quello a cui ero abituata. E quando torno a casa, di sera, studio sui libri di macroeconomia, perché ho ricominciato ad andare all'università. Non voglio diventare quadro come Santi, ma spero di trovare un lavoro più eccitante.

Solo i sogni mi tormentano ancora. Faccio sempre lo stesso incubo: Vernini sbuca all'improvviso da un bosco umido e tetro, con le mani guantate di pecari nero. Ride cattivo, perché gli alberi, al posto dei rami, hanno lunghi artigli d'acciaio che si agitano. Il direttore è il loro padrone e ordina agli artigli di uccidermi. Allora mi sveglio con la sensazione di soffocare: le fronde metalliche girano intorno al mio collo e si attorcigliano fino a strozzarmi.

Stasera però non voglio sognare Vernini. Anzi, non voglio farlo mai più.

Mi addormento e nel bosco dei miei incubi succede il miracolo: trovo Federico e Michele ad aspettarmi, appoggiati con la schiena contro un albero. Sono contenti di vedermi e vogliono passeggiare con me. Usciamo dal bosco e camminiamo insieme tra due filari di vigne, mentre il sole ci illumina. Il buio è scomparso, sostituito dal cielo turchino delle favole.

Sono le dodici e trenta. Esco dall'ufficio insieme a Michele, che parte subito a cento all'ora. Gli sto arrancando dietro, quando una mano si posa sul mio braccio, stringendolo un po', come per fermarmi.

Faccio un balzo e mi volto terrorizzata, per un momento ho paura che Pisani sia evaso dal carcere per portare a termine ciò che ha iniziato. Invece è Federico. Sembra imbarazzato: «Scusa Francesca, non volevo spaventarti ma stavi scappando via! Posso pranzare con voi?».

Sento la lingua incollarsi al palato come se me l'avessero asciugata con il fon.

Risponde Michele: «Certo! Che piacere rivederti, caro ex collega».

Camminiamo insieme verso la trattoria, come nel sogno, ma la mia lingua è ostinatamente intorpidita, come nel giorno dell'assemblea. Quando ci sediamo, ci portano il menu e, tanto per dire qualcosa, blatero: «Chissà cosa c'è di buono oggi? Il venerdì di solito fanno le trofie al pesto!».

Michele mi guarda con un sorrisetto: «Hai raccolto tu l'eredità del toto-menu?».

Divento color amaranto: tra le stupidaggini che potevo dire, ho scelto la peggiore. Mi limito a seguire la loro conversazione, decisa a non aprire più bocca, neanche per parlare del tempo. Sempre muta come un pesce, riesco a mandare giù dei tortellini alla panna e un po' di macedonia. Ma poi, mentre Michele racconta di un rifugio in montagna dov'è appena andato con la fidanzata – quando va in vacanza, deve camminare almeno per venti chilometri al giorno –, Federico mi chiede qualcosa.

La sua voce sembra arrivare da un altro pianeta, lontano qualche miliardo di anni luce.

All'inizio capisco solo: «Val Brembana».

Lo fisso con un'espressione così vuota che lui ripete la domanda: «Sei mai stata al rifugio del passo San Marco in Val Brembana?».

Boccheggio senz'aria per un paio di secondi e poi, non so come, riesco a pronunciare: «No».

Federico fa un sorriso celestiale: «E se ci andassimo tutti insieme domenica prossima?».

Io allora, con l'ultimo dei miei respiri, rantolo un patetico: «Sì».

PALAZZO REALE

Sono andata a parcheggiare la macchina nel garage sotterraneo di piazza Diaz e poi ho fatto di corsa le due rampe di scale. Mi sento energica e frizzantina come una delle bottiglie di prosecco comprate ieri al supermercato. Attraverso velocemente i portici e sbuco in piazza Reale, dove Michele mi sta aspettando insieme a Federico.

«Sei in ritardo, lo sai?» mi sgrida Michele, più benevolo del solito.

«Solo di dieci minuti!» ribatto, mentre do un bacio a Federico e gli chiedo: «Mio padre non è ancora arrivato?».

«Non l'ho mai visto, Francesca, farei fatica a riconoscerlo!» risponde lui guardandomi stupito e ammirato.

Sì, oggi ho un bellissimo vestito di seta grigia che mi fa sembrare molto più magra di quanto non sia. Mi sono messa anche una giacca nera e delle scarpe col tacco, che ho tolto quando ero in macchina per non ammazzare nessuno. Sono arrivata da Rozzano a Milano con un paio di vecchie ballerine sfondate che avrebbero fatto schifo pure a Cenerentola, nella versione cameriera schiavizzata dalle sorellastre. Ma oggi la mia concentrazione al volante era bassissima: non volevo sbagliare strada e arrivare in ritardo facendo irritare quell'amabile pignolo di Michele.

Sento la voce di papà che mi chiama: «Ciao Francesca, eccoci qua!».

Sta correndo verso di noi, trascinandosi dietro la mamma tutta elegante, con la tinta appena rifatta e i soliti anelli alle dita.

Papà ha una strana borsa a tracolla che non gli avevo mai visto. Dà subito la mano a Federico: «Che piacere conoscerla!».

Io allora dico a mia madre: «Vorrei presentarti un amico...».

Lei è un po' stupita: «Non capisco perché hai deciso di andare a vedere una mostra di giovedì mattina! Avrai dovuto prendere una mezza giornata di ferie».

Poi guarda il vestito grigio e i tacchi alti: «Francesca, come sei vestita bene!». Rimane quindi in silenzio per un secondo e mi chiede stranita: «Come hai detto che si chiama il tuo amico?».

Le rispondo con il tono di voce più naturale del mondo: «Federico, mamma!».

Lei allora impallidisce di colpo e bisbiglia incredula: «Allora esiste...».

Avrei voglia di risponderle che è un attore noleggiato da papà per fare la parte del mio fidanzato, ma non è il momento di prenderla in giro, potrebbe avere un collasso. «Sì, mamma, a quanto pare sì.»

Fa una specie di sorriso ebete un po' impacciato e stringe la mano che Federico le porge, mormorando commossa: «Piacere, Maria Zanardelli».

Federico le fa il migliore dei suoi sorrisi, mentre lei sobbalza come se avesse preso la scossa, poi mi strizza uno dei suoi limpidissimi occhi azzurri e mi afferra sotto il braccio: «È ora, andiamo!».

Attraversiamo il portico ed entriamo nel cortile di palazzo Reale.

La mamma è sempre più confusa: «Ma quale mostra siamo venuti a vedere?».

Ridacchio: «Lo saprai tra un minuto, sono sicura che ti piacerà».

Federico e io puntiamo decisi verso una rampa di scaloni rossi, seguiti da Michele e dai miei genitori.

Quando siamo in cima, prima di entrare nel salottino

d'attesa, dico a bruciapelo alla mamma: «Oggi mi sposo, sei contenta?».

Lei spalanca la bocca come se volesse mettersi a strillare, strabuzza gli occhi e crolla a terra come un sacco di patate.

Papà l'afferra prima che si rompa un femore e le dà uno schiaffetto leggero sulla guancia: «Maria, no, non puoi svenire adesso!».

La trascina verso uno dei divani e la fa sedere, mentre con un gesto veloce tira fuori una bottiglietta di acqua minerale dalla borsa a tracolla, insieme a un bicchiere di plastica e una boccettina per medicinali.

Rovescia la boccetta nel bicchiere e conta dieci gocce. Poi versa dell'acqua, agita la mistura e la fa bere alla mamma.

Guardo verso papà come se mi avesse tradita: «Le hai dato il Valium? Accidenti, così la mamma dormirà durante il mio matrimonio!».

Lui controlla che lei abbia bevuto fino all'ultima goccia e poi risponde tutto serio: «No, Francesca, questo è Gutron. Serve a farle alzare la pressione».

«Oh papà, sei fantastico! Hai anche previsto che sarebbe svenuta?»

Lui non raccoglie il complimento perché è troppo impegnato a sfregarle un fazzoletto bagnato di acqua minerale sulla faccia: «Maria, svegliati! Oggi Francesca si sposa e non ha voluto dirlo a nessuno. Ci siamo solo noi e i genitori di Federico. Guardali, sono lì: non vorrai far fare una brutta figura a tua figlia!».

Si avvicinano infatti i miei futuri suoceri, che ho già conosciuto a un pranzo domenicale durante il quale mi hanno servito una ventina di portate della cucina tradizionale siciliana. Come Federico, hanno tutti e due gli occhi azzurro-alieno dei normanni e, se possibile, sono ancora più buoni, generosi e gentili di lui.

La signora Palizzi si avvicina a mia madre e le prende le mani: «Cara, come va?».

La mamma si sta riprendendo. Guarda verso la sconosciuta e poi verso di me. Nei suoi occhi cominciano a spuntare le solite lacrime, ma miracolosamente riesce a cacciarle indietro, si rianima e mi abbraccia: «Tesoro, hai fatto benissimo a farci una sorpresa come questa!».

Poi sentiamo qualcuno che chiama i nostri nomi: «Palizzi e Zanardelli!».

Papà solleva con forza la mamma dal divano, mentre Federico mi prende per mano ed entriamo insieme nella sala dei matrimoni del Comune di Milano. Ci andiamo a sedere nei posti riservati a noi, davanti a un arazzo gigante.

Alzo gli occhi e guardo il soffitto blu cobalto e i lampadari di cristallo che brillano contro la volta della sala. Poi abbasso lo sguardo e bisbiglio a Federico: «Fai ancora in tempo a scappare, se non ti va di sposarmi...».

Lui mi trapassa il cuore con la più bella delle frasi: «Francesca, ti sembro il tipo che cambia idea?». E poi si volta per ascoltare l'ufficiale di Stato che ha cominciato a leggere gli articoli del Codice civile: «Con il matrimonio il marito e la moglie acquistano gli stessi diritti e assumono i medesimi doveri...».

Stringo la mano di Federico. A meno che non mi cada in testa un lampadario, tra dieci minuti sarò per davvero sua moglie.

Ringraziamenti

Ho collezionato per quasi dieci anni lettere di rifiuto degli editori italiani che ritenevano impubblicabili i miei libretti. In realtà, gli editori mandavano i loro "NO!" all'agente che mi rappresentava e poi mi faceva sapere che ero stata bocciata sempre e regolarmente da tutti. Non sono il tipo che si offende ma neanche una che si arrende, e il mio problema era capire perché gli editori mi bocciavano. Nel frattempo avevo scritto tre libri, finiti in qualche sgabuzzino secondario delle case editrici.

Era arrivato il momento di chiedere il parere di un editor per scoprire perché quello che scrivevo non piaceva a nessuno. Mi sono allora separata dall'agente e messa alla ricerca sul web di un editor che fosse anche un giallista; ho trovato Sabina Marchesi, che conosceva bene il diritto penale italiano, da me studiacchiato su internet con piglio deciso ma autodidattico. Le ho mandato *Omicidi in pausa pranzo* e dopo un mese è arrivato il macroediting – cioè i suoi commenti al testo, evidenziati in giallo. Sabina aveva finalmente capito dove sbagliavo e definiva il mio stile con una serie di aggettivi crudeli ma giusti. Eccoli: didascalico, piatto, lungo, capzioso, superfluo, poco credibile, incongruo, privo di pathos. Ma non solo: secondo Sabina i personaggi non partecipavano alle scene e le mie descrizioni sembravano riassunti.

Ho riscritto il libro seguendo tutte le sue indicazioni e il risultato era decisamente migliore. Però a quel punto ero diventata dipendente da revisioni e correzioni, e a Sabina sono seguiti altri due editor che hanno lavorato sulla nuova versione del mio libretto. Nel 2013 l'ho autopubblicato su Amazon e sono riuscita a vendere 10.000 copie, facendo tutto da sola, compresa la pubblicità online. Ai lettori digitali l'ebook sembrava interessare molto, anche se qualcuno mi segnalava degli errori, che correggevo subito (pure i lettori possono essere degli ottimi editor!). Fino a quando un giorno mi ha scritto Giulia Ichino, responsabile della Narrativa italiana di Mondadori, per dirmi che il mio libro le era piaciuto e l'avrebbe pubblicato volentieri. Ma a una sola condizione: che accettassi di essere ancora editata. Ho detto di sì, perché solo un cretino presuntuoso può pensare che le sue opere siano perfette e geniali, e quindi indegne di essere rilette e corrette da un altro. Dedico quindi il libro a tutte le persone che mi hanno aiutato a riscrivere *Omicidi in pausa pranzo*, cominciando da Giulia, l'ultima in ordine cronologico. Ritengo l'editing un *work in progress* e non escludo di poter fare altre correzioni al testo. *Never say never.*

Giulia Ichino. È riuscita a capire con un fiuto da segugio dove c'erano ancora salti logici nella trama e dove bisognava aggiungere spessore e profondità ai personaggi, spiegandomelo sempre con gentilezza e cordialità, senza nessuna delle pulsioni castranti che mi immaginavo possedessero gli editor delle case editrici. Ma non solo, abbiamo lavorato insieme persino sui testi e la grafica della copertina, senza che Giulia fosse mai impositiva o prepotente.

Alessandra Maffiolini. Alessandra è stata l'editor incaricata da Mondadori di lavorare sul testo fino a correggere l'ultima delle mie virgole sbagliate. Anche di lei ho apprezzato la logica rigorosa – si è accorta che un personaggio moriva e riappariva per sbaglio un paio di volte! – e la capacità di segnalarmi tutti gli aggettivi errati e le frasi che mi erano venute male. Grazie ai suoi consigli e a quelli di Giulia, sono riuscita a riscrivere intere parti del libro e a far morire tutti i personaggi quando era arrivato il loro turno. Ringrazio Alessandra anche perché, se mi faceva notare qualcosa che secondo lei avrei dovuto modificare, premetteva sempre: «Correggilo solo se ti va: il mio è un consiglio!». Insomma, Alessandra è stata l'editor più libertaria che abbia mai conosciuto, ma anche la più puntigliosa e pignola. La ringrazio per tutta la fatica che ci ha messo.

Cinzia Fenoglio e Donatella Luxardo. Cinzia ha corretto le bozze per Mondadori, mentre Donatella aveva corretto la mia vecchia versione pubblicata su Amazon. Saper correggere le bozze è una dote naturale che non si può imparare. La capacità di scovare i refusi e capire dove mancano le virgole va posseduta in forma innata. Donatella mi ha detto che gli errori le "andavano incontro", le si manifestano insomma, facendo scattare uno strano semaforo nel cervello che si accende solo a pochi cacciatori di refusi. Grazie Cinzia e grazie Donatella per il vostro talento.

Gianmichele Lisai. Anche Gianmichele è un editor e mi ha aiutato a rimettere a posto la versione pubblicata un anno fa su Amazon, anche se ammetto di avergli chiesto un intervento *veloce* perché in quei giorni ero animata da una fretta dannata. Volevo pubblicare il libro prima che arrivasse il caldo, il peggiore nemico della rete. Non consiglio infatti a nessuno di lanciare un libro sul web il 15 luglio. Meglio aspettare gli uggiosi mesi delle piogge, quando stare davanti a un computer è più piacevole che non stare di fronte a un caminetto (almeno per noi *webaholics*). A lui devo l'idea del poliziotto infiltrato nell'azienda. Grazie a Gianmichele per avere trasformato Federico in un agente segreto.

Sissa Melogli. Sissa è stata la editor *indie* di tutti i miei libretti. Non sapeva neanche lei di essere un editor potenziale. È successo così. Era domenica mattina e stavamo bevendo un cappuccino. Le ho chiesto: «Se ti mando un libro che ho scritto, gli dai un'occhiata?». Sissa ha risposto di sì. Mi aspettavo qualche buon consiglio, un commento frettoloso, la scoperta dei refusi abbandonati fra le righe. Ma dopo due giorni, Sissa mi ha restituito il dattiloscritto con i suoi commenti. Un lavoro perfetto, non solo perché era riuscita a beccare virgole e consecutio temporum sbagliate, gli aggettivi pessimi, le ripetizioni, ma anche perché aveva fatto l'analisi dei tempi del racconto, scoprendo anche lei un paio di gravissime incongruità logiche nella narrazione. Grazie anche a Sissa: ha riletto tutte le mie prime versioni. Che pazienza!

Sabina Marchesi. È stata la primogenita di tutti i miei editor, la più crudele, la più onesta. Sempre così generosa da dirmi la verità e insegnarmi a rileggere i miei testi con il suo stesso occhio spietato ma giusto. Grazie a Sabina che della scrittura sa tutto. A lei dedico il libro.

INDICE

9 La morte ti aspetta in bagno
36 Il rebus dell'impiegata
59 La vita continua
84 Cerco marito
107 Avanti il prossimo
124 Meglio vedova che zitella
145 Una valle di lacrime
163 Riorganizziamoci
182 Trappola mortale
201 Il sindacato lotta contro lo stress
222 Eroi aziendali
227 Palazzo Reale

231 *Ringraziamenti*

Arnoldo Mondadori Editore S.p.A.

Questo volume è stato stampato
presso ELCOGRAF S.p.A.
Stabilimento - Cles (TN)

Stampato in Italia - Printed in Italy